L'amour ouf

Neville Thompson

L'amour ouf

ÉDITIONS FRANCE LOISIRS

Titre original : *Jackie Loves Johnser OK ?*
Traduit de l'anglais (Irlande) par Isabelle D. Philippe.
Publié par Poolbeg Press Ltd, Dublin.

Édition du Club France Loisirs,
avec l'autorisation des Éditions Robert Laffont.

Éditions France Loisirs,
123, boulevard de Grenelle, Paris
www.franceloisirs.com

ISBN 2-7441-4732-X

Je dédie ce livre à Jean,
une jolie fille,
une femme formidable mais, avant tout,
ma meilleure amie.

« La nuit, on se cache du fou qu'on rêve d'être.
Mais, à la fin, tout se fait jour à l'intérieur. »

Le Monde occidental, Steeleye Dan

1

Merde ! je n'arrivais pas à y croire.

Dix heures et demie, un samedi soir, et il était à la maison.

– Qu'est-ce que t'as ? ai-je demandé au moment où il entrait à la cuisine.

Sans prendre la peine de répondre, il s'est dirigé droit vers le placard en Formica marron et a sorti le pain et un pot de confiture de fraises.

– Johnser !

Il avait ouvert le pot et cherchait un couteau des yeux.

– Quoi ?

– Je t'ai demandé ce que t'avais.

– Rien.

Il a déchiré le papier d'emballage du pain, beurré une tranche et, toujours avec le même couteau, flanqué par-dessus une bonne couche de confiture. Après avoir plié sa tartine en deux, il s'en est fourré le plus possible dans le bec.

– Putain ! pourquoi tu veux toujours que j'aie quelque chose ?

Il a repiqué le couteau dans le beurre, le laissant maculé de confiture.

– Oh ! sans déc, Johnser ! Fais pas ça !

Il a baissé les yeux vers le beurrier et s'est marré.

Des bouts de pain mastiqué tombaient de sa bouche pendant qu'il parlait,

– On dirait une serviette hygiénique usagée, hein ?

Je lui ai jeté le torchon à la tête.

– Dégage, espèce de porc !

Il a rigolé, esquivé le coup et couru dans le couloir.

Je me suis baissée pour ramasser mon torchon et j'ai vu Johnser tituber en chemin. Il était peut-être à moitié bourré. Ou alors possible que son pote ne s'était pas pointé. Ou encore il s'était peut-être pointé, mais sa copine l'accompagnait. Johnser avait horreur de ça. Quoi qu'il en soit, il était à peine dix heures et demie, un samedi soir, et il était à la maison. Les gosses étaient au lit, la vaisselle faite, et l'unique serviette hygiénique en vue trônait sur la table.

La soirée s'annonçait bien.

2

J'ai trébuché dans le couloir. La bouche pleine d'une tartine de confiture, le ventre rempli de bière.

Jackie m'avait balancé le torchon, donc je savais que j'étais dans ses petits papiers.

Pat Kenny discutait avec un pisse-froid de son tour du monde à la voile en solo. Bordel ! s'il était si esseulé, qui tenait cette saloperie de caméra, alors ? Du bla-bla, trop de bla-bla. J'ai zappé. *Le Match du jour*, parole, je me rappelais même plus la dernière fois où j'avais regardé ça. Plus de Jimmy Hill, c'était un miracle ! ni de ce bâtard de Gary Lineker. Je me suis dit qu'il avait échoué en Chine ou au Japon, quelque part par là. Je le haïssais depuis qu'il avait marqué ce but contre nous pendant la Coupe du Monde de 1990, mais je devais reconnaître qu'il connaissait son foot. Pour un Anglais, en tout cas.

J'ai voulu sauter sur la banquette. À la James Dean. Tu vois le style, supercool, par-dessus le dossier, comme un sauteur en hauteur. Le haut de mon corps est passé, mais je me suis emmêlé les pinceaux, ce qui m'a déséquilibré, me stoppant en plein vol. Je me suis cogné la tête contre l'accoudoir en bois et violemment rétamé le cul par terre. Putain de chierie de merde ! je parie que James Dean a eu droit à deux ou trois prises avant de réussir son coup. Je venais de regrimper péniblement sur la banquette quand Jackie est entrée avec un pack de six Harp et un énorme paquet de pop-corn. Elle s'est faufilée sous mon bras et j'ai compris que j'étais bon pour une partie de jambes en l'air. J'ai descendu une cannette, en ai ouvert une autre et raflé une poignée de pop-corn. J'ai décidé de regarder le but du mois avant de passer à l'action.

La porte d'entrée s'est ouverte. Jackie s'est levée d'un bond.

– Et merde ! j'ai aboyé.

Je savais bien que j'aurais dû boullave quand j'en avais l'occase.

– Oh, Seigneur ! Ce doit être Ann qui vient m'emprunter le Hoover...

Elle rajustait sa jupe, plantée devant moi, et je

maudissais le fait qu'Ann n'ait pas son propre putain de Hoover. J'ai glissé ma main entre ses jambes et effleuré sa culotte.

– Lâche-moi, a-t-elle chuchoté, tâchant d'avoir l'air contrariée sans y réussir.

Je l'ai regardée. On aurait dit une adolescente dont les parents allaient débarquer. Je voulais pas le lui dire parce qu'elle m'aurait répété de la lâcher, mais elle était suprême.

La porte s'est ouverte et son sourire a disparu, sa bouche s'est arrondie, mais rien n'en est sorti. Puis elle s'est écriée, la voix rauque :

– Oh, mon Dieu !

J'ai levé les yeux et j'ai vu le canon scié d'un fusil qui me fixait de ses deux trous. On se serait cru dans un vieux film, parole ! tu sais, ceux où le héros, juste avant de se faire buter, regarde toute sa vie défiler devant lui. Durant ces quelques secondes, c'était comme si Cecil B. De Mille avait pris le relais. Je visionnais ma vie aussi clairement que si j'étais assis au premier rang de l'Adelphi.

3

Je suis né dans une grosse propriété avec d'interminables jardins ondoyants et des chevaux qui batifolaient à travers les prés tentaculaires. Jour et nuit des valets de pied en uniforme montaient la garde devant nos portes. Voilà comment le film aurait démarré. La réalité était toute différente.

Je suis né à Ballyfermot. Ballyer, pour ceux qui y habitaient. C'était le fleuron de la municipalité. Une jungle de béton qui au final a prouvé, sans l'ombre d'un doute, qu'on se tapait pas mal des pauvres malheureux qui étaient rameutés en masse pour y vivre. Des chevaux vagabondaient, d'accord, tous les putains de jours de ramassage d'ordures, pour arracher les culs des sacs poubelle. Tous les lundis, le boucan du vieux qui gueulait sur ces petits bougres pie nous réveillait.

Quant aux valets de pied en uniforme, les Garda Siochana, ils étaient toujours pendus à notre porte. Si c'était pas pour le vieux qui se soûlait la gueule, c'était parce qu'un de nous douze, les gosses, s'était fait prendre la main dans le sac. Je me rappelle pas une semaine où ils sont pas passés.

J'étais le petit dernier. M'man pondait des bébés comme s'ils se démodaient. Elle en avait eu dix-huit en tout, six étaient décédés. Dix-huit grossesses entre dix-sept et quarante-trois ans. On cause *Guinness des records* là ! P'pa disait qu'elle devait pas se donner la peine de sortir du lit parce que c'était une perte de temps. Ça la faisait rigoler. On rigolait tous, même si on savait pas ce qui était si marrant. Une fois, un jeune toubib avait tenté de lui conseiller la contraception. Elle l'avait regardé comme s'il avait deux têtes et lui avait répondu que c'était la volonté de Dieu.

– La volonté de Dieu !

La volonté de Dieu si aucun de nous a jamais eu un fute pour y mettre son cul !

La volonté de Dieu si cette ordure de Père Noël apportait toujours des jouets cassés ! La volonté de Dieu...

Je jure que Dieu était comme tous les autres et qu'il a jamais fichu les pieds à Ballyer. À vrai dire, je peux pas le lui reprocher, je pense.

C'était vraiment dur.

J'ai été baptisé John Kimble Kiely. Kimble, parce que ma mère trouvait l'acteur craquant, et John d'après un frère aîné mort à la naissance. Le plus rigolo : c'était pas John qui était mort, c'était Jimmy. Donc nous nous sommes retrouvés avec deux John, et moi je suis devenu Johnser. Enfin, j'étais mal barré si j'avais dû m'appeler Kimble !

M'man nous a donné à tous des prénoms bizarres. Chanteurs célèbres, stars de cinéma, même des noms tirés de la Bible. Leur origine semblait n'avoir aucune importance. On dit que certaines femmes mangent des trucs étranges quand elles sont en cloque. La sœur de Tommy Gormley bouffait du charbon. Ma mère, elle, inventait des blases.

Je pense que la vie n'a pas dû être marrante pour elle après tout, elle a été enceinte des années d'affilée. Fallait bien qu'elle fasse quelque chose pour pimenter ses journées, alors elle inventait des noms bizarres. Ou c'était peut-être sa manière de prendre sa revanche sur les douleurs de l'enfantement qu'on lui faisait subir. J'en sais rien. Tout ce que je sais, c'est qu'on avait les noms les plus zarbis de Ballyer.

On a eu une Marilyn à cause de Marilyn Monroe,

une Ava à cause d'Ava Gardner et un Elvis à cause d'Elvis Presley. Y a eu Luc, qui venait de la Bible, et Heston à cause de l'acteur de *Ben Hur*. Et puis deux petits veinards : Bette à cause de Bette Davis et Bobby à cause de Bob Kennedy. Mais Jésus ! à quoi pensait-elle pour Bela (Lugosi) et Rudolph, qui était un grand séducteur, même si on a cru pendant des années que c'était d'après ce maudit renne au museau rouge. Alors je trouve que John et moi, on a plutôt eu du pot.

C'était peut-être la volonté de Dieu si Boris, Greta, Toby, Fanta et Dev sont morts au lieu d'avoir à se coltiner ces noms débiles toute leur vie. La seule à porter un nom normal était Rita, et c'était uniquement parce que ma mère trouvait qu'elle était le portrait craché de la Rita de *Coronation Street*[1]. Alors voilà ! Douze gosses, quatre filles et huit garçons, du nouveau-né à l'âge de vingt ans, un vieux qui picolait le moindre penny qui rentrait (et Dieu sait qu'il y en avait pas beaucoup !) et ma mère. Tout ça sous un seul toit, un petit pavillon sordide avec trois chambres, dans une jungle de béton paumée.

Comme je dis, les temps étaient durs.

1. Série télévisée anglaise mettant en scène le monde ouvrier. *(N.d.T.)*

4

Je me suis rajustée, j'ai chassé la main de Johnser de ma culotte et tenté de prendre l'air dégoûté, alors que je ne voulais qu'une chose en réalité, que sa main ne bouge plus. Jésus ! je dois l'avouer, j'aimais ce mec plus que tout. Même si c'était facile d'oublier l'amour quand il rentrait complètement cassé, après avoir passé la moitié de la nuit au pub. Mais, quand même, la vie sans lui ne valait pas le coup.

Seigneur ! J'avais mis tant de temps à l'avoir et maintenant tout ce que je savais faire, c'était rester plantée là à fixer un bâtard inconnu qui s'apprêtait à lui exploser la cervelle ! J'étais impuissante, pétrifiée de peur, je ne pouvais même pas crier. Moi, Jackie Clarke, qui étais incapable de la boucler ou de ne pas fourrer mon nez dans une dispute. La brailleuse de Kimmage Road, cette grande gueule de Clarke, cette vieille Jackie Poumons-d'acier, silencieuse comme une putain de gogole. La seule fois où ça n'aurait pas dérangé Johnser que les voisins m'entendent et je restais muette ! Le mec que j'avais attendu quinze ans, celui qui m'avait coûté tant de plans et de galères pour l'avoir à moi, était allongé sur la banquette de mon salon, avec le canon scié d'un fusil braqué sur la tête, et tout ce dont j'étais capable, c'était d'être simple spectatrice !

Mon esprit est passé de Johnser au bâtard penché sur lui et je n'ai pensé qu'à un truc : je l'avais déjà vu. Comme si ç'avait de l'importance. Comme si, supposé que je me tourne vers lui pour lui demander si je ne l'avais pas rencontré dans tel ou tel pub ou si je n'avais pas dansé une fois avec lui à l'Embankment le jour des allocs, il allait poser son flingue, prendre une bière et oublier complètement d'arroser le papier peint avec la cervelle de Johnser...

J'ai observé Johnser. Il était toujours le même, il avait toujours cet air flegmatique sur le visage, comme s'il avait tout prévu.

Pour une fois, j'aurais voulu qu'il oublie son rôle de dur. Pour une fois, j'aurais voulu qu'il panique, chie dans son froc, implore ce fumier de l'épargner.

Mais je savais au fond de mon cœur qu'il ne le ferait pas, qu'il partirait avec le sourire, ce même sourire qui m'a rendue folle il y a toutes ces années.

5

L'ignorance est une bénédiction.

Si on avait su, on se serait révoltés. On se serait regroupés, les quarante mille qu'on était. On aurait empoigné une pelle, un marteau, un couteau, une fourchette, tout ce qui pouvait servir d'arme, et on aurait envahi et occupé les ministères. On aurait pendu les bâtards aux petits arbres rabougris qui entouraient notre misérable cour de récréation jonchée de verre. Les ordures !

P'pa disait que les seules fois où les politiciens s'approchaient de Ballyer, c'était pour quêter des voix, et il avait raison. Ils venaient au portail, on les voyait hésiter avant d'entrer. Si seulement ç'avait pas été trop évident, ils auraient mis des gants pour pas avoir à nous toucher. Ils reculaient la tête au moment où ils nous serraient la main. Un jour, m'man en a invité deux à entrer et, par politesse, ils ont accepté. L'un était une jeune snobinarde, l'autre un vieux type violemment chicos, avec un beau costard trois-pièces et un pardessus en cachemire. Il se forçait à parler comme nous autres, les Dublinois de base, mais on aurait plutôt dit Kermit, cette saloperie de grenouille.

Ma mère l'avait fait exprès, pour leur montrer nos conditions de vie, pour leur mettre vraiment le nez dans le caca. Elle l'a jamais avoué, mais je crois que p'pa et elle avaient tout manigancé. Avant que le duo ait pu refuser, elle leur a tendu à tous les deux une tasse de thé, ustensiles tirés de la pile de vaisselle sale qui encombrait l'évier en permanence. On a vu leurs figures blêmir. M'man m'a fourré sur les genoux de la fille, en disant que j'étais le bébé de la famille. J'avais cinq ans et je schlinguais à plein nez, c'était le soir du bain et j'étais le dernier sur la liste. Même après le bain, j'ai jamais senti vraiment la rose, on changeait pas l'eau, on rajoutait juste une autre bouilloire toutes les deux personnes. La plupart du temps, j'étais plus crade en sortant du bain qu'en y entrant !

L'homme a demandé si p'pa était là et m'man a crié son nom à tue-tête, puis elle s'est tournée poliment vers le politicien pour lui expliquer que papa prenait son bain. La baignoire était un grand tub en acier posé au milieu de la cuisine. P'pa en est sorti, comme il le faisait toujours, complètement à poil. Il est resté là, les couilles à l'air et la clarinette qui pendait exactement à la hauteur de la figure de la meuf aux airs bégueules. Elle avait sûrement jamais vu une clarinette, parce qu'elle avait beau s'efforcer de détourner les yeux, elle y revenait sans cesse. Quand ils sont partis, p'pa est resté planté nu à la porte pour leur dire au revoir de la main. On les a plus jamais revus ni l'un ni l'autre.

En tout cas, p'pa a jamais voté. Il prétendait que c'était perdre son temps. Peu importait qui était au pouvoir, les choses changeaient jamais à Ballyer.

Une famille dublinoise sur cinq était au chômage, disait-on. Qui sait ? Il devait y avoir un coin de Dublin où tout le monde travaillait, parce que aucun d'entre nous ou de nos voisins, ou de notre rue d'ailleurs, a jamais eu de taf.

6

J'étais un grand reurti.

Mes aînés détestaient m'emmener au centre commercial. C'était gênant d'être vu en compagnie d'un vieux clou de landau qui avait connu des jours meilleurs avant d'atterrir dans notre maison. Sept gros gamins plus tard, ce danger public à trois roues effectuait au moins quatre voyages par jour jusqu'au supermarché Elephant. Qu'on le veuille ou non, il fallait y aller et les autres devaient m'emmener, parce que sinon, je braillais comme un possédé et ma mère les déchirait à leur retour chez nous. Je trouvais ça top. Ils étaient tellement gênés qu'ils dévalaient la rue à fond de train, prenant les virages comme s'ils avaient le feu au slibard. Pour moi qui étais dans le landau, c'était comme un tour sur les montagnes russes, j'avais une frousse bleue, mais c'était top. Il leur était défendu de trimbaler le landau dans le magasin, parce que le vigile disait qu'ils en profitaient pour chaparder. Alors on me garait près des caisses, à bout de souffle dans mon landau déglingué. Le supermarché Elephant était immense, un grand bâtiment genre entrepôt aux rayons innombrables, bourrés de magnifiques marchandises multicolores. Ça nous faisait vraiment une belle jambe, parce que nous, on se limitait aux produits tristounets bon marché. Je restais là, juste à côté des bonbons, et pendant que le vigile arpentait le moindre recoin du magasin aux trousses de mes frères et sœurs, je me servais de tout ce que j'aimais. Une fois que les autres ont eu découvert ce dont j'étais capable, ils ont plus jamais rechigné pour m'emmener avec eux. J'avais cinq ans et je savais déjà ce que j'allais être quand je serais grand. Voleur.

7

J'ai chialé.

Le premier jour où je suis allé à l'école, j'ai chialé. Je m'en étais fait une joie tout l'été. Dieu bénisse

Marilyn, parce qu'elle a rafistolé son vieux cartable pour moi et a collé dessus une collection d'images de Batman pour le rendre présentable. Les images masquaient tous les trous et je palpais mes fournitures. M'man m'a amené par la main. La veille, j'avais profité du bain le premier et Bela m'avait permis de prendre une goutte de son aftershave Brut, alors je sentais bon. Mes cheveux étaient coiffés soigneusement sur le côté avec du gel. Je ressemblais à un membre des Jeunesses hitlériennes.

P'pa avait échangé un poste de radio contre le bon de vêtements de Lar Harris, si bien que j'avais un magnifique futal d'occase et un pull neuf étoilé juste d'un minuscule accroc. J'étais l'oiseau rare, le nombril du monde, ravi de mes nouveaux habits et de mon nouveau cartable qui contenait deux cahiers et un crayon avec une gomme au bout. Je marchais la tête haute, en me tenant le plus droit possible, fier de ma coiffure sublime avec tout son gel, du parfum Brut et de ma mère. Ouais, fier de ma mère comme elle l'était de moi ! Elle portait une robe normale, pas des fringues de grossesse, elle était maquillée et avait un air sur sa figure qui me disait qu'on était aussi présentables que les autres. Je suis entré dans la salle de classe en passant en revue tous les autres mômes avec leurs mères. Certains d'entre eux nous mataient de la même manière que le vigile de l'Elephant, mais la majorité nous regardait comme si on était tous pareils.

M'man m'a obligé à m'asseoir à côté d'un gosse obèse qui avait enfoui sa tête dans ses bras croisés. Il braillait comme un veau et sa mère tentait de le convaincre que tout allait bien se passer.

Je me suis retourné pour regarder les autres. Ils étaient tous en train de braire. Alors maman m'a embrassé, a essuyé le rouge à lèvres de ma joue et m'a dit que Rita viendrait me chercher après l'école.

– Rita !

Rita s'approchait jamais de moi, même après le bain elle voulait pas me toucher. Il se passait donc quelque chose. J'ai encore regardé les autres gamins, ils étaient toujours en train de chialer. Ils savaient un truc que je savais pas. Je me suis mis à chialer aussi.

La porte s'est ouverte et est entrée la meuf la plus grande que j'avais jamais vue. Géante, sèche et binoclarde, elle donnait l'impression qu'elle allait se casser en deux par vent frais, mais en toute justice elle était O.K.

Chiante comme la pluie, mais O.K.

Avec le recul, elle a été la meilleure maîtresse de toute ma scolarité. Le problème avec les autres, c'est qu'elles avaient connu mes frères parce qu'ils avaient tous eu des blèmes, alors elles supposaient que je serais pareil. Je voulais surtout pas les décevoir.

8

Je me rappelle la première fois où j'ai vu Johnser.

On avait raconté qu'on allait à un bal organisé dans la salle des fêtes du collège, mais on a coupé à travers le terrain vague derrière l'église, traversé Bluebell et couru sur les cent derniers mètres nous séparant d'Inchicore et de la discothèque Sergeant Pepper's. Là-bas, il y avait de vrais videurs, pas un frère aîné ou un père surprotecteur, mais de vrais videurs, avec nœud pap, balafres au visage et oreilles en chou-fleur. Ils te toisaient, te demandaient ton âge et puis, après une éternité, ils te laissaient entrer. La boîte était bondée. Il fallait se frayer un passage dans la foule pour atteindre la piste de danse. Nous avons toutes hurlé aux premières notes de notre chanson préférée de Mud, *Tiger Feet*. On connaissait les pas par cœur, on s'entraînait dans nos chambres, on se perfectionnait au cours de danse. Et maintenant on était prêtes à montrer au monde entier qu'on était vraiment des filles cool.

Les keums étaient trop vieux, trop expérimentés. Ils avaient au moins dix-huit ans, certains peut-être même vingt, et en moins de deux ils nous tournaient autour comme des mouches à merde. On se trouvait toutes un cavalier et, une fois dehors, ses mains se dirigeaient automatiquement sur nos nichons comme des bébés affamés. Je me souviens avoir paniqué, les choses allaient trop vite. Ça ne me plaisait pas d'être aussi âgée, mais j'avais déjà dit que j'avais dix-huit ans et on savait toutes que les vieilles de dix-huit ans laissaient les garçons toucher leurs seins, au moins à travers le pull. J'ai senti quelque chose de dur se plaquer contre mon bas-ventre, oh ! maman ! Puis, juste au moment où je croyais que j'allais tomber enceinte, quelqu'un a rugi :

– Ça frite !

Et tous les garçons ont disparu.

Des filles ont émergé des coins sombres, rentrant leurs chemisiers dans leurs jupes et leurs cheveux dans leurs queues de cheval. Tara Coyle remontait ses collants, mais nous savions toutes que c'était une lopsa.

Une foule immense s'était agglutinée et tout le monde criait :

– Tue ce salaud !

– Explose-le !

– Lame le bâtard !

Au-dessus du brouhaha, je distinguais le bruit sourd des poings nus tapant sur des crânes, le son écœurant d'une botte qui s'enfonçait dans un ventre. Malgré ma répulsion, j'étais incapable de me détourner. Je me suis retrouvée propulsée au premier rang et il était là.

Penché sur les trois corps étendus sans défense par terre, il avait l'air sauvage, déchaîné, enragé. C'était Johnser.

À cet instant j'ai eu le coup de foudre.

9

Pas de quartier !

Une grande star de cinéma a prononcé un jour ces mots et ils sont restés gravés en moi. Chaque fois qu'on sortait pour une bagarre, on scandait :

– Pas de quartier !

C'était nul, mais on le disait quand même.

Ce qui comptait, c'était la bagarre. Si on avait pas

de bagarre, la soirée nous semblait ratée. On avait beau avoir ses potes, avoir sa meuf si on avait pas de bagarre, on avait que dalle.

Le collège était un fiasco, ils savaient qu'on ferait jamais rien de notre vie. On était dans le caniveau et on avait pas l'intention d'en sortir. Ils perdaient leur temps à essayer de nous convaincre que si on étudiait vraiment dur on trouverait du taf. On savait que c'étaient des bobards. Nous, tout ce qu'on voulait, c'était nous marrer, partout où on était. Ça n'avait aucune importance que ça se passe au collège, à l'église ou dehors dans un champ, on faisait toujours les pitres. C'était pas nous que je plaignais, ni les profs, ils étaient payés pour s'occuper de nous. Non, je plaignais les gosses qui gobaient toute cette daube soi-disant que de bonnes études leur ouvriraient des portes.

Sûr, elles leur ouvriraient des portes, mais dès qu'on savait que tu étais de Ballyer, on te les claquait au nez.

Michael Butler a décroché une place dans une grosse société de crèmes glacées, une bonne place, le premier représentant de commerce de Ballyer, bien payé. Puis du matos a commencé à disparaître et soudain tous les yeux se sont braqués sur Michael. En un rien de temps il s'est retrouvé à la porte et au chômedu avec nous autres.

J'ai appris à lire et à écrire. J'aimais lire. J'ai lu des tas de bouquins de guerre et je me serais débrouillé en rédac si je n'avais pas été si nulle en orthographe. Je savais compter, faire des multiplications et des divisions. Je me laisserais jamais rouler par un book et je connaissais les doigts dans le nez tous les scores exacts aux fléchettes.

J'allais pas devenir banquier (même si j'ai touché quelquefois à la banque à ma manière). Et après ? Ça m'a toujours paru un job violemment ennuyeux.

J'ai quitté le collège l'année du brevet. Je me suis même pas déplacée pour le passer, j'en voyais pas l'utilité. L'inspecteur d'académie n'est pas venu me chercher et tout le monde a admis en silence que c'était la bonne chose à faire.

Ma mère m'a demandé un jour si je me présentais et, quand je lui ai répondu non, elle me l'a plus redemandé.

J'étais pas seule, on était toujours en bande. Toute la journée on jouait au foot dans la rue, un œil sur le ballon, l'autre sur le monde. On savait jamais quand dame Fortune te souriait. Comme le jour où un apprenti conducteur est arrivé trop vite au rond-point et a retourné son camion. On s'en tapait qu'il soit mort, on était dans le camion comme des vautours, en train de pirater toutes les caisses d'orangeade et de limonade qu'on pouvait. On s'en est mis jusque-là, on a bu jusqu'à en être malades. À la fin, on en a distribué la moitié. Y a toujours une occasion, quelqu'un qui laisse une fenêtre ouverte ou une portière non verrouillée. À l'époque, on pensait à bosser que s'il y avait personne en vue.

Notre élément, c'était la nuit. Tout à coup on était vivants et personne nous défiait. Dès que le jour tombait, on rôdait avec des airs menaçants, bousculant le premier venu qui le cherchait. Je dis « qui le cherchait » parce que c'était pas comme si on traînait tous les soirs dans un endroit différent. On nous trouvait toujours à l'angle du centre commercial. Y avait un passage derrière le centre, avec trois ruelles qui partaient dans diverses directions. Un écheveau d'issues pour nous, un coupe-gorge pour quiconque osait pénétrer dans notre domaine. Tous les soirs on était là, à l'affût, aux aguets, et si on voulait nous éviter, on le pouvait. Tous ceux qui osaient s'aventurer, on les considérait comme des proies idéales.

C'était pas vraiment mon truc de dérouiller une fiotte.

Je préférais une bonne frite. Comme la fois où ce gang de Crumlin a débarqué au Gakan ou, encore mieux, un gros grabuge en ville. Dieu sait qui s'amenait, c'était mortel !

Une bonne bagarre était tout. Elle t'assurait pouvoir et considération, mais, par-dessus tout, elle te donnait des contacts. Des contacts hors de ton territoire, dans des quartiers de la ville dont on savait peu de chose ou rien du tout. Brusquement, les gens connaissaient ton nom, le respectaient et voulaient traiter avec toi. J'avais dix-huit ans et je commençais à évoluer dans les milieux qu'il fallait. J'allais jouer dans la cour des grands.

10

Quinze jours plus tard, j'étais la meuf de Johnser.

Je n'arrivais pas à croire qu'il m'ait demandé de sortir avec lui. J'avais pénétré dans un monde entièrement nouveau. À son bras, j'étais le nombril du monde. Des filles qui m'avaient regardée de haut voulaient soudain aller aux toilettes avec moi. Une fois là-bas, elles me bombardaient de questions sur lui. Je disais que Johnser n'aimait pas que je raconte nos petits secrets, ce qui les mettait en rage. Comme je ne leur lâchais jamais rien, elles inventaient. J'ai appris que Johnster avait un sexe de vingt centimètres de long. Qu'il baisait la nuit entière. Qu'il avait mille livres venant d'un braquage de banque cachées sous son matelas. Qu'il dormait toujours avec un flingue près de son lit. Qu'il explosait quatre, puis cinq, puis dix keufs, tous en une seule nuit, tous en même temps. Tremble, Bruce Lee ! C'était rigolo. Rigolo d'écouter ce folklore, rigolo d'exciter leur envie. Rigolo d'être la meuf de Johnser.

Le plus curieux, c'est qu'avec le recul, le cynisme de l'âge, tout ça était beaucoup de bruit pour rien. C'est comme pour les Beatles, tous ces cris, tout ce délire sur les « quatre garçons dans le vent » et autres « Il n'y aura jamais d'autres Beatles ». Dieu merci ! Certains de leurs morceaux étaient de la merde qui ne voulait rien dire. Ils me faisaient gerber.

Went out tiger hunting with my elephant and gun,
For added protection I always took my mum[1]...

Si un autre groupe avait sorti ça, le ridicule les aurait chassés du studio d'enregistrement, mais c'étaient les Beatles, donc c'était forcément génial.

C'était pareil avec Johnser. Dans le fond, les endroits où on allait n'étaient pas trop excitants. Si n'importe qui d'autre m'avait dit : « Allez, je t'emmène », et que j'avais fini plantée devant le centre commercial local, en compagnie de sa bande en train de brailler : « Bouge, espèce de vache » à tous les petits boudins de passage, je l'aurais envoyé promener. Mais ce n'était pas n'importe qui, c'était Johnser et, parce que c'était Johnser, c'était le meilleur rancard que j'avais jamais eu. C'était comme d'aller à Paris en Concorde et de prendre le menu à quatre plats dans ce resto qui tourne au sommet de la tour Eiffel. C'était la classe, mais la vie n'en était pas plus fastoche.

Le fait que je me caillais le cul ne semblait avoir aucune importance.

Quand il était seul, Johnser était différent. Il était plus calme, plus terre à terre, plus naturel. Le problème était de rester en tête à tête avec lui assez longtemps pour qu'il arrête de jouer au dur. Il y avait toujours quelqu'un qui traînait, toujours des potes en arrière-plan ou quelqu'un à voir, et une fois qu'il se passait

1. « J'allais à la chasse au tigre avec mon fusil et mon éléphant/Comme protection supplémentaire j'emmenais toujours ma maman... » *(N.d.T.)*

un truc, le vrai Johnser n'existait plus. Tant que ses potes étaient dans les parages, c'était lui le boss, le chef. Il aimait ce statut, il s'était battu d'arrache-pied pour arriver là où il était et il y avait toujours un petit malin qui voulait tenter sa chance, un keum d'un autre quartier malade d'entendre parler de ce fou de Johnser Kiely, malade de lire « Johnser en force » sur tous les murs de Ballyer. Un soir sur deux Johnser se bagarrait, et si ce n'était pas sa bagarre à lui, il faisait valoir ses droits. S'il n'y avait pas de baston, il en provoquait une.

– Qu'est-ce tu mates ?

– Tu me causes ?

– Qu'est-ce t'as dit sur ma meuf ?

Ils n'avaient même pas à mater, ils n'avaient même pas à lui causer, ils n'avaient même pas à dire quelque chose sur moi, ou sa sœur ou sa grand-mère. Ces pauvres bouffons étaient juste au mauvais endroit au mauvais moment. Ramper ne servait à rien, il avait horreur de ça. Au moins si tu te battais, il te respectait. Tu rampais, et il était sans pitié. Pour être franche, j'adorais ça. Au début, en tout cas. J'allais sur mes seize ans, j'en paraissais dix-huit et, si je devais avoir dix-huit ans, tout ça faisait partie intégrante du jeu.

C'était top d'avoir mon garde du corps personnel. Avant Johnser, j'étais une de ces filles qui se font traiter de petite vache quand elles lèchent les vitrines. Dès que j'ai été la copine de Johnser, j'ai récupéré mon nom.

C'était toujours :

– Ça va, Jackie ?

Les autres restaient toujours des vaches, mais moi j'étais Jackie. J'étais à part.

Les choses changeaient. Au collège j'étais soudain recherchée. Les filles dont nous avions toutes peur voulaient maintenant que je fasse partie de leur bande et j'étais trop contente de les fréquenter. J'ai arrêté de traîner avec les ringardes, j'ai arrêté de répéter ces chansons débiles de Mud, ces danses gogoles. Status Quo était tout, Rossi sexy. J'ai arrêté de porter mon uniforme, j'ai commencé à fumer devant la salle des professeurs, je gravais *Jackie aime Johnser pour toujours O.K.* sur toutes les tables auxquelles je m'asseyais. Pour la première fois de ma vie, j'ai admiré l'intérieur du bureau de la principale.

Je mâchais du chewing-gum jour et nuit. Mes réponses étaient toujours abrégées, sur fond d'attitude j'en-ai-rien-à-cirer-de-savoir-qui-tu-es.

– Alors ?

– Ça m'est égal.

– Mais encore ?

– J'ai pas demandé à venir au monde.

Papa était inquiet. Il croyait que j'étais violemment possédée. Style *L'Exorciste*. Maman disait que c'était une phase que je traversais.

Mon travail scolaire s'en ressentait. Je n'ai jamais été une excellente élève, mais maintenant j'étais à peine passable, et encore seulement quand je regardais par-dessus l'épaule de Brigid Brennan, le « Q-surdoué ». Dieu ! quand je pense que c'était mon amie avant...

Maman et papa ont été convoqués au collège. Pour parler de mes bulletins.

– Quels bulletins ?

Tous les yeux se sont tournés vers moi.

– Comment ça ?

J'ai brisé le cœur de papa, je le sais aujourd'hui. Il attendait tant de moi, je serais la première de la famille à aller à l'université. Médecin. Bon, au moins infirmière ! À l'époque, je m'en tapais. Quand il parlait, tout ce qui me venait à l'esprit, c'étaient les paroles d'une chanson de Sweet...

Recognize your age, it's a rampage[1].

Brian Connelly est craquant.

J'ai fini par décrocher le brevet de justesse et par trouver du travail comme ouvrière chez Caffrey. Là où avait débuté tout le reste de la progéniture paternelle.

Le vendredi était top. On était payés, on courait à la maison ou, s'il faisait vraiment beau, on rentrait à vélo. Une fois j'ai pris le bus mais le plus souvent c'était une perte de temps, parce que le bus traversait la zone industrielle et qu'il était déjà bondé en arrivant à mon arrêt. Je devais remettre à maman vingt livres par semaine. De l'arnaque légale ! Et pour quoi ? Pour de la bouffe nulle, deux légumes plus des patates. Je déteste les légumes. Et mon linge blanchi... Tu parles !

Le vendredi, on avait droit au *fish'n'chips*. Pas de légumes en vue... Divin !

Puis c'était direct le bain... se sécher les cheveux...

1. « Reconnais ton âge, d'ado c'est un saccage. » *(N.d.T.)*

et passer cette saloperie de porte avant qu'ils aient une chance d'entonner leur litanie :

– Où vas-tu ?

– À quelle heure rentres-tu ?

– Tu as pris ta clé ?

– Ne sois pas en retard.

– AH ! MAIS LÂCHEZ-MOI !

11

Je descendais du 18 et il était là. Le dos tourné à l'arrêt d'autobus, il ne me regardait jamais. J'essayais de la jouer vraiment cool. Je marchais jusqu'au feu rouge et j'attendais le petit bonhomme vert. Même s'il n'y avait rien à l'horizon, j'attendais quand même. Ensuite, je traversais, l'air nonchalant, la jupe au ras des fesses, heureuse de savoir que personne n'oserait faire un commentaire. Ils garderaient leurs remarques salaces pour une autre pauvre pétasse qui se trouverait par hasard descendre du même autobus. Sur son passage, ils diraient des trucs comme : « Bouge, espèce de vache ! T'as les seins bien dressés ! »

Puis ils se fendraient la pêche, à croire qu'ils venaient d'entendre la blague du siècle. Ces connards de gogols !

Johnser m'accueillait toujours d'un « Ça va ? ». Pas de baiser.

Attends, lui, complètement à jeun, m'embrasser

devant ses potes, t'es malade ? Je me plantais à ses côtés, fumant comme un pompier, me gelant les fesses, et je répondais à ma façon supercool habituelle : « Ta gueule, toi ! » ou « Mais lâche-moi ! » ou encore « Ouais, t'as intérêt. »

Et quand j'en avais ma claque de répondre ou qu'un petit con m'avait sacquée, je lançais : « T'as entendu comment il m'a appelée, Johnser ? »

Ce qui leur clouait vite le bec. Selon son humeur, ça se terminait par Johnser sifflant « Laisse pisser » ou alors il leur flanquait un bon vieux coup de tatane dans les couilles.

Il était très doué pour ça, tout le monde était d'accord. Ils avaient beau s'y attendre, il tapait dans le mille chaque fois. Crac ! Et ils finissaient par terre au supplice. On ne disait jamais rien, on se contentait de rigoler tandis que le pauvre galérien se relevait en se frictionnant.

On pouvait régler sa montre sur nous. Sept heures et demie, on se tenait devant le marchand de vin de Quinnsworth, c'était vraiment l'Elephant sous un autre nom. Johnser ramassait tout notre argent et entrait. Personne n'a jamais jeté Johnser. Il ressortait chargé de sacs. Surtout du cidre, mais aussi quelques bières bon marché, des paquets de cigarettes et, des fois, s'il y avait assez de pépettes, une bouteille de vodka.

On picolait au bord de la voie ferrée ou près du canal. Le mieux, c'était le Naller, comme on l'appelait. La police ne venait jamais nous chercher en bas. La voie ferrée, c'était différent ; ils avaient peur qu'on cause des dégâts ou qu'on joue au premier qui se dégonfle au passage des derniers trains. Les garçons adoraient jouer à ça. Jésus ! avec le recul, c'était de la folie. Ils risquaient la mort !

Un soir, je me rappelle, Fat Larry, complètement cassé, est tombé sur la voie. À plat ventre, juste entre les rails, et le train arrivait à toute bombe. Larry était dans les vapes. Je me suis mise à crier et deux autres filles qui étaient là cette nuit-là ont commencé à brailler comme des veaux.

Johnser a réagi comme l'éclair. Un instant il avait la main dans mon corsage, celui d'après il avait chargé Fat Larry sur ses épaules et le balançait de l'autre côté de la voie. La sirène du train a retenti dans la nuit et nous avons aperçu la tête du conducteur au passage, il avait l'air naze. Pendant que le convoi passait, on a perdu de vue Johnser et Fat Larry. Nous, les filles, on a continué à crier tandis que les garçons hurlaient le nom de Johnser. Enfin le train a disparu et Johnser était là, à gueuler sur Fat Larry en le fritant.

Les flics sont descendus ce soir-là et Johnser a été emmené au poste.

Johnser a sauvé Fat Larry, il a sauvé tout un train de mickeys, bu une vingtaine de demis et bastonné les flics. Il a démoli la cellule, il a démoli le poste.

– Johnser a vraiment fait tout ça ?

– Je ne peux rien dire, Johnser n'aime pas que j'en parle.

Personne ne t'embêtait près du Naller. Chaque bande avait son propre territoire, un pont ou une écluse et un petit carré d'herbe. Nous, on avait un pont. En été, on accrochait les bouteilles à une corde pour les garder au frais dans l'eau. Les garçons allaient piquer une tête et, au moment de se rhabiller, ils s'enroulaient dans leur serviette et tentaient de retirer leur maillot de bain tout en essayant en même temps d'enfiler leurs fringues. Ils étaient toujours en train de s'arracher mutuellement les serviettes et nous, les filles, on rigolait en se montrant leurs zigounettes du doigt. Plus tard, quand on était seules, on échangeait des mots sur celles qu'on avait vues et la taille qu'elles avaient.

Mais personne n'a jamais vu celle de Johnser, personne n'a jamais eu assez de cran pour enlever sa serviette. On était toutes d'accord que Slash avait la plus grosse, on le surnommait l'Âne. Chaque fois qu'il passait, on entonnait en chœur : « Hi-han hi-han ». Et on attrapait le fou rire...

Slash nous gueulait dessus, mais il n'a jamais su ce qui nous faisait rigoler.

On levait le petit doigt chaque fois que Fat Larry passait et une fois de plus on se tapait des crises de fou rire. On s'amusait bien. J'adorais ces nuits, on était tous heureux à l'époque.

Il y avait toujours plus de garçons que de filles. Moi, j'étais avec Johnser ; Slash commençait à sortir avec une fille de Palmerstown, elle s'appelait Sally, donc elle est entrée dans la bande. Fat Larry et Froggy n'ont jamais eu de copine. Et Tommy Brady, Scall, Baldy et Tiny tournaient éternellement entre Mandy, Linda et Donna. On formait une grande famille, on avait nos hauts et nos bas, nos bagarres, mais, au final, on ne pouvait pas se passer les uns des autres. À la nuit tombante, on se divisait en couples.

Johnser était trop prévisible, il se mettait à chanter. Toujours la même rengaine. *Two outta three ain't bad.*

Ce n'était pas le plus grand chanteur du monde, mais parce que c'était Johnser, ça sonnait bien.

Now don't be sad, cause two outta three ain't bad[1].

Dès que le mot *bad* arrivait, il glissait son bras autour de mon épaule et, la note finale résonnant encore à nos oreilles, on s'écartait des autres, on se dirigeait vers notre carré d'herbe râpée, puis on s'embrassait sur la bouche.

Il savait s'y prendre, il embrassait avec la langue bien à l'intérieur pour me lécher le palais, chatouiller, puis caresser ma langue à moi. Elles s'entrechoquaient comme si elles se battaient, et la sienne gagnait toujours. Après le premier baiser, j'ai eu l'impression d'avoir une crampe à la bouche, elle est restée engourdie toute une journée. Chaque fois que je devais remuer ma langue, elle me faisait mal et je pensais à Johnser.

Le combat de langues terminé, il enfouissait sa tête dans mon cou et ses mains déboutonnaient mon chemisier. Il adorait mes nichons, il les lutinait pendant une éternité, les pressait, les tirait, les tétait, parfois même les mordillait, puis, au moment où la bosse de son jean se mettait au garde-à-vous, il laissait tomber sa main.

Je disais toujours « non » et il était toujours contrarié.

– Pour l'amour de Dieu, Jackie !

– Non !

1. « Allons, sois pas mal, deux sur trois, c'est pas mal. » *(N.d.T.)*

– Mais je suis fou de toi...
– Papa me tuerait.
– Nique ton père !
– Imagine que je tombe... tu sais ?
– Mais non.
– Comment tu peux en être si sûr ?
– Je sortirai avant de finir.
– Non, Johnser, je ne peux pas.
– Bon, alors laisse-moi te toucher.

C'est ce que je faisais. Tous les vendredis, samedis et dimanches soir. Je le laissais baisser mon slip, sans l'enlever, et il promenait ses doigts dans le buisson de poils noirs frisés pendant que je frottais son sexe à travers son jean. Je gardais toujours un œil sur les autres, juste au cas où Fat Larry aurait l'idée de jouer au voyeur. Il se vantait d'espionner ses sœurs pendant qu'elles prenaient leur bain.

Il pouvait aller se faire voir, il n'assisterait pas au mien.

Le pire, c'était l'hiver. On passait toute la soirée à se faire saucer. Tiny était envoyé en éclaireur pour allumer du feu sous notre pont et on s'asseyait tous autour, pelotonnés les uns contre les autres. Nos parents ne comprenaient pas pourquoi on voulait sortir par des soirées pareilles, alors qu'on était bien au chaud à la maison. Mais ce n'était pas aussi simple. Sous le pont nous étions spéciaux, nous étions adultes. L'hiver changeait tout. Tandis que les célibataires revenaient peu à peu vers le centre commercial, les couples restaient sous le pont.

C'était le jour de mes seize ans. Papa et maman

m'ont donné un billet de vingt livres plié dans une carte d'anniversaire. Maman m'a glissé discrètement une bouteille d'eau de toilette[1] *Tweed.*

– Bon ! ne montre pas ça à ton père. Il croit que tu as toujours six ans, pas seize...

C'était génial, ma mère au moins savait que j'étais une grande personne ! C'est pas comme tante Carmel, elle m'avait offert un paquet de trois petites culottes imprimées de bébés lapins. J'imaginais la tête de Johnser s'il les voyait. Non merci.

Johnser m'a acheté un collier plaqué or, avec un motif vraiment classieux grave autour du nombre dix-huit. Il me faudrait l'enlever avant de rentrer à la maison. J'entendais déjà les questions qu'on me poserait sur le fait que je portais un collier avec dix-huit marqué dessus, qui que soit l'auteur du cadeau. Ils n'étaient pas au courant pour Johnser. Je savais qu'ils voudraient le connaître et ce genre de truc n'était pas le fort de Johnser, aussi pour éviter toutes les embrouilles je n'avais jamais parlé de lui. Il m'a donné le collier devant le feu et on s'est embrassés. Aussitôt après suivaient les questions habituelles et j'y ai répondu de la manière habituelle. Ma culotte était en berne et il m'a doigtée comme jamais. D'abord un seul doigt s'est faufilé à l'intérieur, toujours aussi leste, juste pour m'ouvrir, juste assez pour que je mouille, pas assez pour que je proteste. Mais ensuite il s'est enfoncé et m'a caressée plus bas, plus profond. Mon Dieu ! c'était... Je ne sais pas... différent.

1. En français dans le texte. *(N.d.T.)*

Il m'a malaxé le clito, c'est ainsi qu'on l'appelait, et c'était top. J'ai jeté un coup d'œil aux autres couples sous le pont, personne ne nous regardait. J'ai ouvert davantage mes jambes, un deuxième doigt m'a pénétrée et, au moment où je mouillais encore, une sensation que je n'avais jamais éprouvée avant, et qui n'a jamais été égalée depuis, m'a envahie et je suis venue. J'ai dû enfouir ma tête dans sa chemise pour ne pas hurler. J'avais envie de sauter en l'air et de crier : « Oh oui ! Johnser, prends-moi ! »

Mais je me suis contentée de me mordre la lèvre jusqu'au sang. Il a roulé sur moi, frottant son jean contre moi, et j'ai senti son machin, plus dur que jamais, qui suppliait qu'on le libère. Johnser bougeait comme s'il me chevauchait, mais il avait toujours son jean. J'étais allongée sous lui et on a tournoyé comme si on le faisait vraiment, comme dans les films. Il me serrait si fort que j'ai compris qu'il jouissait. Il s'est laissé tomber sur le côté. J'ai vu une grande tache humide sur le devant de son pantalon et je me suis sentie bien. Je me suis sentie femme. Femme et amoureuse.

12

Je glandais toujours aux alentours du centre commercial, mais je progressais.

Ils restaient mes potes, mais moi j'avais de l'ambition. Je kiffais sur un métier, une carrière. Pas le métier courant, genre pompier ou docteur. Je voulais être reurti, un délinquant à plein temps, une menace pour la société vingt-quatre heures sur vingt-quatre, et Slash, Tiny et Fat Larry en avaient tout simplement pas l'étoffe. Alors c'était comme n'importe quel groupe de lascars, on errait ensemble, on jouait ensemble, on se battait ensemble, mais nos tafs étaient différents.

Les citadins font ce qu'ils veulent. Ils sont moins confiants, ils ont moins l'esprit de clan. J'avais du pot que certains parrains à moi créchent encore là. Je bossais pour la Brosse. La Brosse supervisait tout, je dis bien tout.

– Tu cherches un vélo pour le Noël des gosses ?

Va voir la Brosse.

– T'as besoin d'un prêt ?

La Brosse est ton homme.

– Une caisse de whisky ? Une caméra ? Un frigo ?

La Brosse, la Brosse, toujours la Brosse.

Pour pouvoir répondre à la demande, la Brosse avait besoin que le taf soit expédié.

La Brosse avait le cerveau, il lui fallait des muscles. Il avait besoin de fantassins, d'hommes de confiance, il avait besoin de moi. Alors je travaillais pour lui, je travaillais dur. Je conduisais, je transportais, je me chargeais du tout-venant. Je gagnai vite sa confiance, il me confiait des missions et mes missions étaient toujours bien remplies.

Un jour, j'ai eu à rencontrer la Brosse en personne, un événement !

La scène sortait direct d'un film. Une voiture est venue jusqu'à la maison. J'étais mort de gêne, personne passait jamais à la maison, j'avais trop la honte. J'étais là sapé comme un sapeur, je jetais l'argent par les fenêtres, à gauche, à droite et au centre, et je logeais toujours dans un taudis. Le conducteur s'appelait Blue, c'était le bras droit de la Brosse. L'enfoiré, je savais qu'il ricanait devant l'endroit où je créchais.

– Charmant décor, a-t-il dit. Le papier vinyle fait toujours de l'effet, pas vrai ?

Ç'aurait été n'importe qui d'autre, je l'aurais massacré. D'ailleurs, personne d'autre l'aurait dit. Comme il savait qu'il le pouvait, il a osé. À mes yeux, c'était prendre des libertés, me manquer de respect. Son jour viendrait... aucune crainte !

On a roulé sans parler. Il a mis la radio à fond et chantait pour accompagner les chansons.

– Fleuve jaune, fleuve jaune, je t'ai en mémoire...

« Et dans le cul », pensais-je.

Ç'a été le trajet le plus long que j'aie jamais fait en auto. On s'est arrêtés plusieurs fois. Blue descendait sans un mot. Il disparaissait quelques instants dans une encoignure de porte, puis remontait en voiture, la radio allumée, et c'était de nouveau Blueboy-Casse-couilles.

– Toi qui serpentes jusqu'à Baker Street...

J'ai commencé à revoir les mêmes coins deux fois, trois fois. La croix de Harold vue de droite, la croix de Harold vue de gauche. Et que je te descends Camden Street, que je te remonte Camden Street, que je te traverse Camden Street. Merde ! j'avais ma dose.

– Qu'est-ce qui se passe ?

– Qu'est-ce tu veux dire ?

– Merde ! c'est la quatrième fois que je vois Christ Church. Si je voulais visiter la ville, je prendrais un putain de car pour touristes !

Ça a marché. Il est sorti de la voiture, a passé un coup de fil. Peu après on prenait une ruelle et on entrait dans une salle de snooker par la porte de service.

À notre arrivée, une seule partie était en cours. Un vieux et ce que j'ai pris pour son petit-fils. Je les ai bousculés pour passer, fatigué de tous ces retards.

– Faites attention, dit le vieux.

Je me suis retourné, j'ai rien dit. Je l'ai juste regardé fixement. J'ai pensé à mon grand-père. J'aimerais pas qu'un petit con lui cause comme à un môme et lui dise d'aller se faire voir. Peu importe le motif, qu'il ait raison ou pas...

– Pardon.

Après m'être excusé, je me suis tourné vers Blue.

– Où est la Brosse ?

Il a souri. Jésus ! j'aimerais lui casser les dents d'un bon coup de latte. S'il était pas un des hommes de la Brosse, je...

Le vieux s'est avancé vers moi, la queue de billard à la main.

– Bonjour, John. J'entends de bonnes choses sur ton compte.

Ma tête devait en dire long. Il a poursuivi :

– Tu t'attendais pas à ça, hein ?

De tous les recoins obscurs de la salle ont retenti des éclats de rire.

– Allons dans mon bureau. Toi et moi, on a besoin de causer.

D'un signe il m'a indiqué une petite porte à droite de la table. Blue et le jeune joueur de snooker ont fait mine de nous suivre. La Brosse a agité la main.

– Blue – il lui a tendu sa queue de billard –, tu prends la suite.

J'ai souri.

Ouais, Blue, reste avec les mômes. Nous les hommes, on doit parler affaires.

J'aurais été ravi de dire ça, mais je me suis contenté de sourire. Je sentais ses yeux qui me vrillaient la nuque, tels des petits couteaux pointés, lancés sur mon crâne, qui ne demandaient qu'à me dessouder la cervelle. Je les sentais et c'était mortel.

Son bureau était petit mais, par contraste avec la salle obscure, il était clair et éclatant. Les murs étaient peints en bleu clair, comme les ciels d'été de mon enfance... Jésus ! écoutez-moi radoter comme un putain d'ancêtre. N'empêche que, à l'époque, les étés étaient trop éclatants aussi. On se levait le matin, on enfilait nos shorts et nos tee-shirts. On réfléchissait pas, on savait que le soleil serait au rendez-vous. Une grosse boule orange trônait au milieu d'un ciel bleu clair. Et on courait, on courait toute la journée. En se tapant pas mal de la pluie, des interdictions d'arroser ou de la sécheresse.

Cette pièce me bottait.

J'aurais adoré cette couleur pour notre maison, mais je savais qu'en moins d'une semaine, deux au mieux, elle aurait la même gueule que toutes les autres couleurs qui avaient été badigeonnées sur le papier vinyle... Jaune frite.

C'était incroyable. Qu'on peigne les murs en magnolia, qu'on les peigne en vert menthe, en rose saumon, qu'on les peigne en rouge violemment écarlate, en moins d'une semaine ils redevenaient jaune frite !

La Brosse est passé derrière une petite table en chêne et s'est assis sur une de ces chaises en plastique qui décorent toute salle de loto. Il a agité la main (un geste qu'il avait l'air de bien aimer !) en direction d'une autre chaise en plastique.

– Assieds-toi, John, on n'aime pas les salamalecs ici.

J'ignore ce que les salamalecs avaient à voir avec une chaise en plastique, n'empêche que je me suis assis.

La Brosse portait un gilet, comme les joueurs de snooker, et d'un de ses goussets il a sorti un petit paquet de Player's. Il a encore fouillé dans sa poche. Je savais qu'il cherchait du feu et j'ai jeté une boîte d'allumettes sur la table. Il les a ramassées et a allumé sa cigarette. Il a tiré goulûment une longue bouffée et, se renversant sur son siège, a laissé des ronds de fumée monter de sa bouche.

– Un des derniers grands plaisirs qui restent à un homme de mon âge...

J'ai sorti mes propres tiges et tendu le bras pour prendre les allumettes.

– John, excuse-moi, où sont passées mes bonnes manières ?

Il a remis la main à son gousset.

– Non, sincèrement, je fume que des filtres. Ces saloperies me tuent...

– Elles nous tuent tous, John, elles nous tuent tous. Les toubibs s'escriment à essayer de me faire arrêter. Mary, la patronne, m'interdit même de fumer à la maison.

Je me rappelle ma première cigarette. C'était une sans filtre de papa et elle a vraiment failli me tuer, bordel ! J'avais neuf ans et tout le reste de la famille fumait. Ils clopaient comme des malades et en même temps ils m'interdisaient de les imiter. Une fois Bobby m'a dérouillé quand je lui ai demandé un mégot. Alors j'ai retenu la leçon. Si je devais découvrir en quoi consistait le grand charme des cigarettes, il fallait que je me débrouille tout seul et que je les nique tous. J'ai décidé de barboter celles de mon vieux. Il rentrait bourré et, après avoir grillé une clope, il allait chier, puis direction le lit. C'était son rituel. Il laissait toujours ses tiges sur le dessus de la cheminée ; le pauvre soiffard ne savait jamais combien il lui en restait.

J'en prenais que deux, peut-être trois, en fonction de qui je devais voir le lendemain. Alors me voilà avec deux tiges, quatre allumettes et ma bande derrière la remise du collège. On mettait Tommo Ellis de garde et ce pauvre con chiait dans son froc à l'idée que le principal nous attrape. C'était presque tribal, un sacrifice, une sorte de rituel mystique. Tout ce qui nous manquait, c'était de faire l'offrande d'une prière au dieu du tabac.

Je l'ai allumée avec la deuxième allumette. Le vent avait éteint la première. J'ai pris une énorme taffe, laissant mes lèvres humecter le bout. La fumée est descendue jusqu'à l'extrémité de mes orteils et, au moment où j'exhalais, elle s'est transformée en flamme et a parcouru toute la longueur de mon corps, me brûlant les tripes au passage. J'ai senti mes yeux larmoyer et me picoter à mort. Je l'ai passée à Slash. Ils m'ont tous demandé en chœur :

– Comment c'est ?

Je pouvais à peine parler, mes entrailles étaient en feu et j'avais des haut-le-cœur. J'ai cru que j'allais dégueuler le pain aux raisins auquel on avait droit tous les mercredis. Non. J'ai dégluti et il a réintégré mon estomac. Ç'aurait été un terrible gâchis. J'adorais le collège le mercredi parce qu'on avait des pains aux raisins. Et j'adorais le vendredi parce qu'on avait du pain et du jambon. Si ç'avait été un mardi, ça m'aurait été égal parce que je détestais le corned-beef.

Ils m'ont redemandé :

– Johnser, comment c'est ?

J'ai eu un chuchotement rauque .

– Vachement cool.

J'étais un héros.

– Grouille, Slash !

– Ouais, Slash ! Merde, grouille et sors-la de ta gueule.

– Slash croit que c'est le nichon de sa vieille. Pas vrai, Slash ?

– Lâchez-moi, bande de nazes ! a répliqué Slash.

– Dépêche-toi, qu'est-ce qui va pas ? T'as les jetons ?

– Non mais lâchez-moi !

– Alors fume cette putain de clope !

Slash a aspiré la fumée et j'ai vu son visage changer de couleur. Au moment où il expirait, le pain aux raisins a giclé avec la fumée. Il a laissé tomber la clope dedans et a enchaîné avec une portion de céréales.

– Ah ! sans déc, Slash !

Slash a regardé autour de lui, les lèvres dégoulinant de vomi. Trop faible pour dire quoi que ce soit.

– On dégage ! cria Tommo Ellis. Voilà Lurch.

On s'est éparpillés dans toutes les directions.

Lurch a attrapé Slash et l'a bloqué comme une poupée de chiffon dans ses battoirs. Nous l'avions surnommé Lurch d'après le personnage de la famille Addams. Il devait bien mesurer deux mètres, Bannon la Lumière prétendait qu'il approchait les deux mètres dix. Toujours est-il qu'il nous terrifiait.

Le pauvre Slash a dû nettoyer son vomi et a pris cinquante lignes : « Je ne dois pas fumer au collège. »

Cet après-midi-là, le principal nous a fait un laïus sur le tabac, mais en rentrant à la maison on a partagé la deuxième cigarette tous ensemble, même si on a failli en crever...

– J'ai appris de bonnes choses sur ton compte, John.

Je savais pas quoi dire, alors j'ai rien dit.

– Ça te plairait de bosser avec moi ?

La Brosse était une légende. S'il existait un plus grand criminel en Irlande, j'en avais pas entendu parler. Le simple fait de travailler pour cet homme te donnait une image de marque. Collaborer avec lui te mettait à part.

– Super.

À cet instant précis, je me suis senti un vrai pipo branlo. « Super ! super ! » c'était ce qu'on disait quand on te demandait de jouer au foot ou qu'on te passait une boîte de bière.

La Brosse a écrasé sa cigarette dans le cendrier.

– Écoute-moi, John. Pas un mot de ça à quiconque. Si un seul bruit me revient... crois-moi, j'ai de bonnes oreilles.

Pour la première fois de ma vie, j'étais vraiment terrorisé. Voilà un mec plus petit que moi, plus maigrichon que moi, plus vieux que moi, pourtant il me foutait les chocottes. Il a dû sentir ma peur.

– Mais... comme je dis... J'entends de bonnes choses sur ton compte. Je suis persuadé que toi et moi on va bien travailler ensemble. J'ai encore quelques détails à régler. Je te contacterai.

Il s'est renversé en arrière et a agité la main vers la porte. J'ai compris que notre entrevue était terminée.

13

Deux jours après, le taf était déjà sur le métier.

J'ai pris le bus pour descendre en ville et Blue s'est arrêté dans un vieux camion déglingué. Dès que je suis monté, il m'a dit de me changer et d'enfiler un bleu de travail. J'ai inspecté l'état du camion, il tenait grâce à la rouille.

– Jésus ! Merde ! j'espère qu'on aura pas à filer en quatrième vitesse !

– Te laisse pas abuser par le châssis, petit, ce moteur a du jus !

Cinq minutes plus tard, on a ramassé la Brosse. Planté à l'angle d'une rue, il attendait qu'on vienne le chercher comme n'importe quel type qui va travailler, son fourre-tout en toile posé par terre à ses pieds. Nous en avons récupéré deux autres sur le chemin. Personne caftait. On restait assis en silence sur un banc de fortune installé le long du flanc du camion.

Il était même pas huit heures et déjà Blue chantait à tue-tête en se faufilant dans la circulation. On est arrivés devant les portes de la banque et le vigile, davantage intéressé par le passage des jeunes filles, nous a laissés entrer sans faire d'histoires.

Une fois à l'intérieur on a bossé... Putain, ce qu'on a bossé ! Pendant quatre heures et demie on a passé les portes au papier de verre et gratté la vieille peinture. Je zoomais la Brosse comme si c'était un monstre à deux têtes. On était dans le parking en sous-sol quand le fourgon de convoyage de fonds s'est pointé. Blue s'est dirigé vers notre propre camion et a mis le contact. Le fourgon de la banque s'est garé à côté de nous sans que personne y fasse gaffe. Au moment où le bahut reculait vers la porte de l'ascenseur, la Brosse a ouvert son sac et nous a tendu les armes. Les convoyeurs sont descendus, on a attendu. Le hayon à l'arrière du fourgon s'est ouvert et les convoyeurs ont empoigné deux sacs chacun. Avant qu'ils comprennent ce qui se passait, on était sur eux.

La Brosse avait un fusil à canon scié, sa voix était déformée par la fureur.

– Passe-moi tes putains de sacs !

Les convoyeurs sont restés cloués sur place. La Brosse a arraché les sacs au premier sans qu'il proteste, mais le second résistait. Du coin de l'œil j'ai vu le vigile de la banque regarder de notre côté. Le type luttait toujours avec la Brosse.

Je me suis précipité vers le vigile, mon gun braqué sur lui.

– À plat ventre ! Putain ! À plat ventre !

Il s'est écroulé, comme si je l'avais descendu. Les bras écartés, face contre terre. Je me suis penché sur lui et je me suis retourné pour regarder la Brosse. Le convoyeur continuait à se défendre. La Brosse s'est reculé, a pointé son canon scié sur le genou du type et a tiré une fois. Dans un espace aussi réduit on aurait cru un coup de tonnerre. Tout le parking s'est illuminé. Le type a crié de douleur. La Brosse a ramassé les sacs et a couru vers Blue et le bahut. Moxy, un des autres coéquipiers, a atteint le camion le premier, ouvert les portes arrière et sauté à l'intérieur. En s'approchant, la Brosse et Domo lui ont jeté les sacs. Moxy les a réceptionnés et les gars ont grimpé à bord. Blue a crié :

– Allez, Johnser ! Grouille !

« Va te faire mettre, Blue ! j'ai pensé. Pourquoi tu leur files pas mon nom et mon adresse tant que tu y es ! »

Je me suis baissé en braquant mon flingue sur la tête du vigile.

Il a fermé les yeux.

– Non, je vous en supplie, non... je suis marié.

– Pas un geste, vu ?

J'ai bondi à mon tour dans le camion. Pendant qu'on démarrait sur les chapeaux de roue, je me suis retourné : le vigile restait rivé sur place. Ah ! le pouvoir du flingue ! La Brosse planait complètement. Mais sans perdre les pédales.

– Du calme, Blue. Ralentis. On veut s'en sortir entiers...

Ça déménage, virage sec à gauche et arrêt brutal.

– O.K. Moxy, Domo, prenez la moto.

La Brosse leur a lancé les clés.

– John, tu viens avec Blue et moi.

Les sacs à la main, on a dévalé une ruelle où nous attendait une Jag. On s'est changés, costard pour tous. Quatre minutes plus tard on assistait à un mariage.

La Brosse a été embarqué par la police. On avait tant de noms pour elle. Condés, keufs, schmits, bobbies, *gardaí*, on avait même pris les starskys dans *Starsky et Hutch*. Ça changeait rien, qu'on les appelle comme on voudra, on pouvait pas les blairer. Tout ce bla-bla comme quoi ils étaient nécessaires, qu'ils protégeaient l'homme de la rue ! Pour nous, c'étaient des bâtards de fouineurs qui étaient dignes d'aucun respect et n'étaient pas respectés. Si on était embarqués, on parlait pas. On refusait de coopérer même s'ils nous tenaient par les couilles. On fermait sa gueule, on disait rien et on purgeait sa peine. Si on avait besoin d'une leçon sur la façon de s'y prendre, y avait qu'à filmer la Brosse à l'œuvre.

Il choisissait un point devant lui et ne le quittait plus des yeux. Ça leur foutait les boules. Ils avaient envie de l'éclater, de le flanquer contre un mur et d'appuyer sur la détente, mais ils pouvaient pas. Le seul truc que ces nazes de blaireaux savaient, c'était n'importe comment qu'on déconnait pas avec la Brosse. Si on s'y risquait, on en subissait les conséquences. Un policier de Philsboro s'y est amusé une fois. Dans la semaine sa maison a été incendiée, sa femme a eu droit à une belle double balafre en travers de la joue gauche et sa fille de trois ans a disparu quelques heures. Les charges ont été abandonnées et le schmit a quitté la police.

Ils l'ont interrogé six heures durant. Ils ont débiné sa femme, il a continué à fixer le mur. Ils ont débiné sa fille, il a gardé le silence.

Ils lui ont demandé où il avait passé la journée, il a toujours rien répondu. Pendant ces six heures tous ceux qui avaient assisté au mariage ont été entendus par la police et tout le monde a donné la même version, y compris le prêtre. La Brosse, comme le reste d'entre nous, avait été présent toute la journée. Soixante dépositions qui racontaient toutes la même chose. Le temps que la Brosse soit relâché, une rangée entière de véhicules près du poste avait eu les pneus crevés. Deux teurinspecs attachés au poste ont fait changer les fenêtres de leurs maisons.

La réception du mariage a été offerte par la Brosse. L'église du prêtre a eu droit à un nouveau toit, ce qui était pas un luxe. Ça payait d'être dans les petits papiers de la Brosse.

La Brosse était content de moi, de ma manière de me comporter. De la manière dont je m'étais occupé du vigile. J'ai reçu quatre mille livres et l'ordre de pas faire l'imbécile avec. C'était ma première vraie leçon dans le crime. Voilà ! des pépettes pour flamber, mais impossible d'y toucher.

Je pointais toujours à l'A.N.P.E., je passais aux services sociaux pour réclamer des chaussures neuves et des bons de beurre. Tout ce qui pouvait exister, que j'y aie droit ou non, il fallait que je l'aie.

J'ai même jamais été suspecté. J'appartenais désormais à un cercle fermé, mais, pour mes potes, pour les keufs, pour tout le monde, j'étais toujours seulement Johnser. Personne savait à quel point ce taf m'avait transformé.

Le lendemain m'man est morte. J'ai compris qu'il y avait pas de retour en arrière possible.

14

Johnser était toujours très secret sur la manière dont il passait ses journées.

Je savais bien qu'il volait, mais il n'est jamais entré dans les détails. C'était inhabituel, parce qu'à l'époque les mecs frimaient pour tout. S'ils pissaient droit, Dieu me pardonne ! ils vous en informaient. S'ils mettaient la main sur un nichon, le monde entier en entendait parler.

Rien n'était sacré, à part le taf de Johnser. Je l'ai souvent questionné là-dessus. Je le questionnais quand tous les garçons étaient là, croyant qu'il aurait envie de taper l'épate devant eux. Mais il me fusillait du regard et me disait de le lâcher.

J'ai même tenté de lui poser des questions quand on était seuls. Une fois il avait sorti mes tétons ; en temps normal, je pouvais lui demander la lune, les étoiles et le soleil quand il jouait avec. Alors voilà qu'il les bécotait l'un après l'autre et moi je passais mes mains dans ses cheveux comme il aimait. J'ai chuchoté :

– Johnser...

Au moment où un de mes seins quittait ses lèvres pour laisser la place à l'autre, il a marmonné, l'esprit tout à ce qu'il faisait :

– Ouais ?

– Comment tu gagnes ta vie ?

Il s'est figé, a relevé la tête et allumé une cigarette. J'ai dû rabattre mon tee-shirt moi-même.

– Pour l'amour du ciel ! Johnser, où est le problème ? On sort ensemble depuis plus d'un an et je ne sais toujours pas ce que tu fais...

Il n'a pas voulu répondre. Dix minutes plus tard, j'étais dans le bus qui me ramenait à la maison.

Les choses changeaient. Johnser a commencé à devenir vraiment lunatique. Il voulait coucher. Moi, je ne voulais pas. Ce n'est pas que je n'avais pas envie, mais je voulais que ce soit spécial. Je ne voulais pas que ça arrive au bord du canal, en plein hiver, en me pelant les fesses et avec mes copines à quelques mètres de nous à peine. Sans déc, Fat Larry serait probablement en train de nous espionner ! je voulais que nous allions dans un endroit spécial, rien que Johnser et moi. On envisageait de louer une caravane à Brittas l'été prochain et je pensais perdre ma virginité à ce moment-là peut-être. Si Johnser était plus pressé, je le ferais à l'hôtel ou dans un bed and breakfast, mais au bord du Naller, pas question !

Puis sa mère est morte. Il n'en parlait jamais. Et tout comme il n'était jamais venu chez moi, je n'étais jamais allée chez lui. En fait, je ne connaissais même pas sa mère. J'avais vu certains de ses frères, une fois même une de ses sœurs était descendue au centre commercial avec un message pour lui. Il avait été vraiment contrarié et l'avait suivie en lui gueulant dessus. Pour la mort de sa mère, je n'aurais jamais été au courant si une des filles de Caffrey's qui habitait sa rue ne m'avait pas prévenue. J'ai vérifié dans le journal et je suis allée à l'église.

Johnser était en costume et s'était coiffé avec la raie sur le côté.

Il avait fière allure. Si les circonstances n'avaient pas été aussi tristes, je lui aurais dit qu'il était craquant. J'aurais aimé qu'il s'amène à nos rendez-vous avec ce costume, peut-être une autre cravate, même si au pire je me serais contentée de la noire. Mais il aurait eu l'air grave, planté en costume au coin du centre ou au bord du Naller !

Johnser donnait l'impression d'avoir pleuré. C'était ses frères tout crachés, il ne ressemblait pas du tout à ses sœurs, elles devaient tenir de la mère. Je suis allée lui tendre une carte.

– Johnser, je suis dé...

Il m'a coupé la parole.

– Jackie, qu'est-ce tu fous ici ?

– Jésus, Johnser ! Je voulais juste te dire que je suis désolée.

– D'accord, à plus tard.

Il a sorti un billet de vingt livres.

– Rends-nous service. Demande à Slash d'apporter de quoi boire et je te vois plus tard au bord du Naller.

– Mais tu ne peux pas y aller ce soir !

– Pourquoi ? a-t-il demandé, sincèrement perplexe.

– Et ta famille ?

– Quoi, ma famille ? J'ai pas envie de passer ma vie avec eux !

– Mais, Johnser...

– Jackie, tu sais pas de quoi tu parles.

Il s'est éloigné de moi et j'ai compris qu'il faisait toujours ce qui lui chantait.

Ce soir-là il est descendu habillé normalement et, après avoir chanté *Two outta three ain't bad*, on s'est écartés des autres et je l'ai branlé pour la première fois. Je ne me rappelle pas pourquoi, j'avais tout simplement l'impression que je ne pouvais pas dire non. Il avait bu plus que d'habitude et ses yeux prouvaient qu'il avait encore pleuré. Pendant qu'il m'embrassait, ça m'a fait un effet différent, et quand il tétait mes seins on aurait dit que c'était un gosse que j'allaitais. Il bandait toujours, ma culotte était toujours en berne et il me fouillait toujours avec ses doigts, mais il n'a pas tenté de me prendre de force comme il le faisait d'habitude. Je voulais lui faire un truc spécial, quelque chose que je n'avais jamais essayé avant. J'ai baissé la fermeture Éclair de son jean et sorti son sexe. Il était dur et chaud au contact. J'avais envie de le regarder, mais Johnser suçait mes nichons et je ne voyais rien. Je n'avais jamais branlé un mec avant, mais chaque fois que les garçons traitaient quelqu'un de branleur, ils mettaient toujours leur main en coupe et la secouait de haut en bas. Alors j'ai saisi son machin dans ma main en le tenant délicatement et j'ai agité ma main de haut en bas. Johnser m'a pris la main et l'a pressée. J'ai compris que ça voulait dire que je ne le tenais pas assez bien. J'ai serré plus fort et recommencé à pousser et à tirer. Il s'est couché sur le dos et a baissé son jean jusqu'aux genoux. Enfin j'ai vu son sexe. J'ai eu envie de rigoler en repensant aux garçons quand on leur arrachait leurs serviettes de bain. C'était bizarre, le truc le plus bizarre que j'aie jamais vu, encore moins tenu. Le sac de ses testicules était pareil à celui de Slash ou de Fat Larry, mais sa zigounette était énorme. Elle se tenait droite comme un cierge, couverte de petites veines, hideuse. Le gland (« mon nœud », comme l'appelait Johnser) ressemblait à un chapeau, un petit chapeau violacé avec une fente sur le dessus et, pendant que je l'astiquais, toute la peau lâche et ridée remontait sur le bout pour le recouvrir entièrement. Chaque fois que je la ramenais en arrière, Johnser gémissait comme je gémissais quand il me caressait. J'ai augmenté la cadence de la main, tâchant d'ignorer les vilaines veines. Tout était violet. Violet le chapeau.

Violettes les veines. Ses gémissements se rapprochaient et s'accéléraient, soudain tout son corps s'est raidi et sa zézette a tressailli entre mes doigts. J'ai senti dans ses veines un afflux de liquide chaud et un gros jet d'une substance laiteuse a jailli par la fente du petit chapeau violet. J'ai arrêté de secouer.

– Continue.

L'empoignant de nouveau, j'ai recommencé à le masturber. Son corps s'est arqué et il n'arrêtait pas de jouir. Moi j'ai continué même quand son sexe s'est ramolli. Il a tendu le bras pour écarter ma main. Sa chemise était pleine de sperme, mais il souriait. Il m'a embrassée.

– C'est d'la balle !

J'ai passé les trois semaines suivantes à le branler. Chaque fois que nous nous éclipsions, je sortais son sexe et le prenais dans ma main. Certains soirs je m'activais au moins trois fois. Et puis, brusquement, la branlette ne lui a plus suffi.

Tara Coyle était entrée dans notre bande et je savais qu'elle serait une source de problèmes.

Johnser ne comprenait pas pourquoi je ne l'aimais pas. Je n'allais quand même pas lui faire un dessin ! Attends, qu'étais-je censée dire ? « Elle est bandante ? »

Ç'aurait été comme agiter un chiffon rouge au nez d'un taureau. Aucune de nous ne couchait ; si on l'avait fait, ils auraient tous voulu sortir avec nous, mais on savait que dès qu'ils auraient réussi leur trou, ils disparaîtraient. Mais ce n'était pas seulement ça, elle était belle et elle le savait. Ses robes étaient toujours beaucoup plus courtes que les nôtres et, quand un garçon lui disait qu'on voyait sa culotte, elle ne croisait pas les jambes et ne lui disait pas d'aller se faire voir comme nous toutes. Non, elle restait tout simplement assise et souriait. Tara, tout le monde a vu sa culotte, même Fat Larry.

Johnser était de plus en plus frustré. Puis, un soir, il ne s'est pas montré et Tara non plus.

Le lendemain on est descendus au Naller. Tara nous a observés toute la soirée, Johnser et moi. Quand Johnser a eu fini de chanter, on est allés dans notre petit coin. Il a vite baissé ma culotte. Il essayait de la retirer.

– Johnser !

Il m'a ignorée et a commencé à ouvrir sa braguette. Je voyais bien ce qui se passait mais, avant que je puisse l'en empêcher, il était sur moi.

– Johnser ! Lâche-moi !

Sa main s'est emparée de ma chatte. Un doigt à l'intérieur, il essayait de me faire mouiller.

Il a tenté de m'écarter les jambes avec son... y réussissant... m'écartelant.

– Non, Johnser !

Son autre main tirait brutalement sur mon corsage... mes seins à l'air... la tête baissée... pour les mordiller.

– Johnser, lâche-moi !

Je me suis défendue. Contre Johnser ? Tu rigoles !

Sa main s'est déplacée vers son sexe pour le rapprocher de ma chatte. Il a essayé de me prendre.

J'ai crié.

Il m'a mordu cruellement au sein. Le chapeau a tenté de passer, manqué son coup.

Retour de sa main en bas, ses doigts à l'intérieur, nouvel échec du chapeau.

Des pensées de mon père tourbillonnaient dans mon esprit : il me regardait et j'étais enceinte sans avoir de petit ami.

– Johnser, je suis sérieuse, lâche-moi !

Il me blessait. Blessait mes seins, blessait ma chatte, blessait mes rêves. Johnser, mon Johnser n'existait plus. Il était aussi mort que sa mère.

Il a encore raté son coup, c'était un supplice, mais il a raté son coup. En me débattant j'ai dégagé un genou, je lui ai flanqué un bon coup dans les couilles et il s'est écroulé. Sous l'effet de la douleur, il a roulé sur le côté, recroquevillé comme un bébé. J'ai attrapé ma culotte et je me suis sauvée. Il ne m'a pas suivie.

Je me suis tenue à l'écart de Ballyer pendant une semaine. Mais, à la fin, je me suis raconté que Johnser se sentait coupable, qu'il regrettait ce qui s'était passé, qu'il était trop fier pour me téléphoner. Après tout, c'était moi qui étais rentrée à la maison en courant. Au moment où l'autobus tournait le coin, j'ai aperçu la bande.

Ils étaient tous là, Fat Larry, Slash, Johnser et Tara. Tara Coyle, la jupe ras-duc en plein hiver, suspendue au bras de Johnser, en train de l'embrasser.

Tara dans sa bouche, Johnser dans sa petite culotte.

Je ne suis pas descendue du bus.

Le bruit s'est répandu comme une traînée de poudre. C'était terminé entre nous. Tara Coyle était sa nouvelle meuf, Tara Coyle était en cloque. Ils étaient fiancés et allaient se marier.

Pour moi, la vie s'arrêtait.

Je suis allée à pied au centre commercial de mon quartier et, alors que je dépassais une bande de jeunes à l'angle de la rue, ils m'ont crié :

– Bouge, espèce de vache !

15

Je ne sortais pas beaucoup, en fait je ne sortais pas du tout. Ça oui ! j'allais travailler sans problème, puis retour à la maison.

Maman et papa ont commencé à se faire du souci pour moi. Encore plus qu'avant.

Mon attitude a changé. J'ai retrouvé mon ancien moi, je suis devenue plus gentille. Pas gentille gentille, mais gentille comme quelqu'un qui a le cœur brisé, parce que sa moitié est morte. Une personne qui est en deuil, voui, en deuil ! c'est sans doute la meilleure manière de décrire ce que je ressentais. Plus rien ne semblait avoir d'importance, la vie n'avait plus de sens. Je me levais le matin et je prenais ma douche comme d'habitude, je descendais, j'avalais mon petit déj comme d'habitude, je faisais les quelques pas qui me séparaient de mon arrêt de bus et je me rendais à mon sinistre boulot comme d'habitude. Il me paraissait encore plus sinistre maintenant que je n'avais plus Johnser pour m'occuper l'esprit, sachant que je ne le reverrais plus.

Qu'est-ce que j'ai dit là ? Qui essayais-je d'abuser ? Je ne faisais que penser à Johnser, au temps où je prenais plaisir à ma petite marche à pied jusqu'à l'arrêt de bus parce que j'étais sûre de le voir dans la soirée. Je pensais à lui en emballant les petits marshmallows qui déboulaient de mon côté du tapis roulant. Je pensais à lui en emballant chacun. En déjeunant, je pensais à lui. Quand je descendais la rue et que les mecs au coin de l'immeuble criaient : « Bouge, espèce de vache ! », je pensais encore à lui.

Johnser, Johnser, Johnser. Il occupait toutes mes pensées.

Maman et papa se décarcassaient, ils voyaient bien que quelque chose n'allait pas mais ils avaient trop peur pour demander ce que c'était. Maman se mettait vraiment en quatre pour essayer de me faire plaisir, tu connais le genre de truc...

– Des œufs brouillés pour ton petit déjeuner, ma puce ? Tu veux que je beurre ton toast des deux côtés ? Le thé n'est pas trop fort ?

Et papa ! En fait, c'est la première fois, autant que je me souvienne, que papa a émergé de derrière son journal pour tenter d'engager la conversation sur les nullités qui passaient à la télé comme *Coronation Street*, série que je n'ai jamais regardée. Il savait que je ne suivais pas cette daube, il savait que c'était par excellence le truc que j'exécrais. J'étais la seule personne de ma connaissance à détester Mavis. Je détestais Rita, je détestais aussi Bet. Merde ! je détestais toute la bande. J'aurais voulu devenir terroriste l'espace d'un jour, rien qu'un jour, pour flinguer toute la distribution ringarde de *Coronation Street.* Et voilà que mon père me demandait :

– Qu'est-ce que tu penses de Mavis ? Et qu'est-ce que tu penses qu'elle va faire pour la fête d'anniversaire de Derek ?

Je me tape de ce qu'elle fait, j'ai répondu, en pensée bien sûr. Extérieurement, j'ai continué à fixer l'écran en inclinant la tête et en poussant un grognement quand il le fallait, il n'a pas eu l'air de remarquer mon indifférence. En fait, la vérité, c'est que papa était sans doute content maintenant parce que j'étais tout le temps à la maison. J'étais revenue, j'étais redevenue sa petite fille.

Si seulement il se doutait, si seulement il était capable une seconde d'imaginer ce qui se passait dans ma tête, si seulement il pouvait voir que je pleurais intérieurement. Et ce n'était pas seulement intérieur. Toutes les nuits sans exception je pleurais pour de bon. Je ne dormais plus. Je fermais les yeux et les larmes jaillissaient.

Je ne pouvais pas m'en empêcher, je ne pouvais vraiment pas m'arrêter. Simplement je pleurais, je pleurais, je pleurais.

Je pensais à Johnser et à Tara. À Tara qui faisait les trucs que j'avais faits avec Johnser, mais, bien sûr, elle faisait aussi le reste. Je m'en voulais, la main sur le cœur je m'en voulais de ne pas avoir écarté les jambes, de ne pas m'être donnée à Johnser. Et merde ! j'étais là et personne ne me prenait et je n'avais plus envie d'être prise par personne. J'avais envie de Johnser. Je voulais que Johnser me dépucelle, je voulais que

Johnser soit le premier, je voulais que ce soit Johnser qui déchire mon hymen, appelle ça comme tu veux. J'aurais voulu que Johnser soit mon premier amant et je savais maintenant qu'il ne le serait jamais. Il était celui de Tara. Putain ! Tara les avait tous eus, les uns après les autres, elle n'avait pas besoin de Johnser, elle n'avait sans doute jamais eu envie de Johnser.

Je faisais des rêves idiots sur la façon dont j'irais trouver Tara pour lui expliquer, comme Dolly Parton dans la chanson *Joleen*, quand elle avait dit à l'autre femme : « Tu peux avoir tous les mecs que tu veux, mais je n'aimerai plus jamais. »

Je pensais même que c'étaient les mots exacts que je dirais, tu imagines ?

« Bon, écoute, Tara. Les choses sont ce qu'elles sont, O.K. d'accord O.K., tu peux avoir tous les mecs que tu veux, mais moi, bon, je ne pourrai plus jamais aimer. »

Et bien sûr, elle allait me le rendre, on se livrerait à un petit échange. Je lui donnerais deux de mes mini robes plus un pull qu'elle m'enviait, et elle me rendrait Johnser.

Tant que j'étais éveillée en pleurs, en pleine nuit, sans avoir dormi correctement depuis des semaines, tout cela me semblait d'une logique parfaite. J'allais jusqu'à me convaincre qu'elle serait d'accord, que Tara Coyle échangerait Johnser Kiely contre deux mini robes et un pull. Mais à la froide lumière du matin je savais bien que c'était impossible. J'étais sûre que Tara ne renoncerait jamais à lui, surtout si elle sentait que je voulais le lui reprendre.

Elle serait trop contente, elle sauterait de joie, elle chanterait alléluia sur l'autel, elle tchatcherait que je le voulais à toute l'assistance, à la vingtaine de gens qui suivaient la première messe, et si ç'avait pu me le ramener, ça m'aurait été complètement égal, je crois.

Je pensais à aller le voir, lui, je pensais lui dire : « Écoute, Johnser, tu te rappelles les bons moments qu'on a eus ensemble ? Bon, je veux bien me donner à toi maintenant. Je veux bien m'allonger sur le dos, dans l'herbe humide au bord du canal, et te laisser arriver à tes fins. »

Mais quelque chose en moi m'en a toujours empêchée.

Ah ouais ! je pensais à lui à chaque instant de la journée et je pleurais à chaque instant de la nuit, je le voulais plus que tout. Mais, au fond de mon cœur, je savais que si je m'avouais vaincue, il serait comme tous les autres keums. Dès l'instant où tu t'avouais vaincue, ils ne voulaient plus de toi. J'essayais de me convaincre que Johnser me respectait, qu'il me respectait parce que je n'étais pas facile, qu'il me respectait parce que je n'étais pas revenue en courant, qu'il me respectait parce que je lui avais flanqué un coup de pied dans les couilles quand il avait essayé d'en faire à sa tête. Mais, en fin de compte, qu'est-ce que ça m'avait rapporté ? je n'avais pas Johnser, cette lopsa de Tara Coyle me l'avait piqué.

Tara-couche-toi-là, Tara-ouverte-comme-un-pont-à-péage, Tara-à-la-cuisse-légère avait Johnser.

Elle avait mon Johnser et je n'y pouvais rien.

16

La Brosse ressemblait à un entrepreneur, il trouvait tant de jobs qu'il en avait toujours un dans sa manche. On restait jamais très longtemps au chômedu !

Je parle sérieusement. Après l'histoire de la banque, je me suis dit : « Bon, c'est terminé pour un moment ! », mais le mercredi d'après on était déjà sur un autre taf. Pas aussi important, bien sûr, juste un minuscule bureau de poste au fin fond de la cambrouse. On est entrés, on a braqué le flingue de l'autre côté du guichet et on s'est arrachés avec quelques milliers de livres dans la poche arrière du pantalon. Il ne s'est même pas déplacé pour l'opération, mais on a dû quand même partager la thune avec lui, et bien entendu il a pris le plus gros pourcentage. Personne a semblé y voir d'objection, puisque, après tout, la Brosse était le cerveau de toute l'opération. Tous les vendredis, il fallait que je passe chez certains commerçants autour de Pearse Street ramasser l'argent qu'ils devaient verser à la Brosse pour leur protection. C'était fendant, vraiment fendant de voir ces types qui, un autre jour, dans une autre vie, quand j'étais môme et que je traînais dans les parages du supermarché Elephant, m'auraient viré de leurs boutiques. Désormais ils se contentaient de me saluer de la tête, l'air craintif, parce qu'ils savaient qu'à tout instant je pouvais décider de leur froisser leurs putains de ciboulots, ils me remettaient l'argent et, si je prenais une barre de Mars, ils m'en faisaient aussi cadeau. En fait, ils m'auraient refilé toute la boîte de Mars si je l'avais demandée.

Mais je m'y suis jamais risqué, je voulais pas qu'ils y voient un signe de faiblesse. Je voulais pas qu'ils pensent que c'était plus ou moins autre chose que du bizness. Je leur causais pas, je leur disais jamais plus que l'essentiel : « Ça va ? C'est la Brosse qui m'envoie ! »

Ils gardaient toujours le fric dans une petite enveloppe coincée derrière les cigarettes, ils me les tendaient et je disparaissais. J'ouvrais jamais les enveloppes. Tu le crois, que je savais même pas combien il leur prenait ? Pourquoi j'aurais voulu savoir ? Ça rapportait bien, c'est tout ce qui m'intéressait.

Je conduisais une tire maintenant. Et je crois que j'étais le seul habitant de Ballyer content de savoir que personne me la chourerait. C'était pas un carrosse, une vieille Ford, mais c'était quand même une voiture. Le plus rigolo dans tout ça, c'était que les keufs commençaient à me respecter, désormais ils passaient à la maison pour m'interroger sur des délits importants. Plus de « T'as volé une auto ? T'as volé une barre de Mars, un Snickers ? »

Tu vois, ce genre de trucs. Ah non ! on passait plus chez nous parce que le vieux s'était torché. À présent on passait seulement quand on savait qu'il y avait du bizness en cours, une grande réunion, les réunions du conseil d'administration je les appelais. Les keufs m'embarquaient au poste et me posaient toutes sortes de questions, des questions sur les boulots que manageait la Brosse. Je me contentais de fixer un point du mur, comme me l'avait appris la Brosse, et je leur disais merde à tous, j'étais au paradis. Dans l'instant, je voyais leurs gros cous rouges de gogols obtus devenir un peu plus rouges. Ils commençaient à se gratter la tête, à se gratter et à réfléchir : Comment peut-on obliger ce petit bâtard à se mettre à table ? je me rappelle une fois, je regardais mon petit pan de mur en me disant qu'on aurait pu facilement les prendre pour deux paysans en train d'inspecter le cul d'une vache sur le point de vêler. Il ne leur manquait plus que les bottes en caoutchouc. Jésus, qu'ils étaient relous ! Je crevais d'envie de leur confier le fond de ma pensée.

Autrefois, j'aurais lancé une vanne sans me soucier de me faire frotter les oreilles, mais plus maintenant. Maintenant, je me concentrais juste sur mon petit point. Au final, au bout de deux ou trois plombes, ils se fatiguaient de leur petit jeu et me relâchaient.

Je perdais le contact avec mes vieux poteaux, je les considérais plus comme des amis, c'étaient juste des gars avec qui j'avais grandi, ils étaient comme Batman, quelque chose que j'avais aimé dans le temps mais j'étais trop grand désormais. Batman était dépassé, et mes potes du canal aussi. Siroter des cannettes assis dans l'herbe mouillée me disait plus rien. Je voulais plus, beaucoup plus, et je l'obtenais. J'avais dix-huit ans et tout commençait à se mettre en place. J'allais être le caïd. Je choufais la Brosse, je le choufais droit dans les yeux en pensant : « Vieux, t'as intérêt à profiter des quelques années à venir parce que je vais prendre la relève. » Après tout, j'avais l'intelligence pour moi. J'allais vivre les quelques années à venir comme un apprentissage, j'allais apprendre tout ce qu'il y avait à apprendre. Comment voler, qui voler, où voler, quand voler, pourquoi voler et, résultat des courses, merde ! je serais le plus grand reurti que Dublin ait jamais connu, j'étais déjà un des meilleurs cogneurs de cette ville et je savais qu'une fois que je m'attaquais à quelque chose, je pouvais devenir le meilleur.

Je voyais encore les lascars de temps en temps, mais les choses avaient changé désormais, ils semblaient aller dans le mur. D'eux je m'étais détaché. J'étais sûr qu'à sept heures trente, n'importe quel soir, si je roulais dans Quinnsworth, ils seraient dehors avec leur casse-croûte, comme toujours, à crier des noms d'oiseaux à toutes les souris qui passaient. D'abord, j'avais une copine à plein temps maintenant, j'avais Tara, et Tara s'allongeait. Après la première fois, j'ai décidé de plus recommencer dans l'herbe, je voulais pas que Fat Larry s'approche de nous en catimini pour mater nos ébats. C'était ma meuf et ce qu'on faisait était privé. J'avais pas envie que les autres soient au balcon. Donc Tara et moi on sortait ensemble, c'était pas dans mes plans, c'est arrivé, point. J'étais flatté de lui plaire, j'imagine, après tout c'était un canon. Elle avait une sacrée paire de seins. D'ailleurs, tous les lascars étaient d'accord pour dire qu'elle avait la plus belle paire d'airbags jamais vue chez une reusse de seize, dix-sept, dix-huit et même vingt ans. Elle était vraiment chamelle et on savait tous qu'elle couchait. Enfin, du moins, on l'espérait !

Jackie était une gentille fille, mais je me suis lassé d'elle. Attends, voilà que je braquais des banques, mettais ma vie en péril, appliquais des flingues sur la teuté des autres et je pouvais toujours pas m'envoyer en l'air, Jackie était toujours sens interdit. Pas question que j'accepte ça, y a plus de sens interdit pour J.K. Alors pourquoi pas ? Tara s'offrait, j'étais preneur. Elle m'avait fait comprendre qu'elle me repousserait pas. Chaque fois que je la voulais, elle était là et elle se pliait à tous mes désirs. Le froid ne la dérangeait pas, l'herbe mouillée ne la dérangeait pas, rien ne la dérangeait. Elle m'aimait pour ce que j'étais et je me suis persuadé qu'elle était celle que j'attendais. Après tout Jackie m'a envoyé un coup de latte dans les couilles et personne avait jamais osé avant. Le respect est le respect, et Jackie m'en a jamais montré. C'est comme, merde ! j'apprécie qu'elle veuille pas qu'on dise qu'elle couchait, mais on sortait ensemble depuis plus d'un an et on avait épuisé tout le reste... ma reum était morte, sans déconner, et où était le soutien moral ? Elle aurait pu facilement ouvrir ses jambes pour moi, mais elle a refusé. Tara a accepté, donc j'ai pris Tara. Fin de l'histoire.

Je mentirais si je prétendais ne pas penser à elle, à Jackie s'entend. Souvent je repensais aux bons moments qu'on avait eus tous les deux, à l'écart du reste de la bande, quand je lui chantais *Two outta three ain't bad*.

Elle me comprenait, j'avais pas à jouer au dur quand j'étais en sa compagnie. Elle voulait pas que je joue au dur et, même si ça me gavait par moments, parce que les filles sont comme ça, y avait des fois où j'étais heureux d'ôter mon armure. Heureux de révéler une partie de moi qui avait pas à exploser la tête des autres. Jackie était cette partie de moi. Tara, elle, voulait rien savoir de la tendresse, tout ce qu'elle voulait c'était que je sois le caïd. Et pour la rendre heureuse, je me suis mis à frimer sur les trimards en cours. Bien sûr, au début, je fermais ma gueule, mais maintenant que je défrayais la chronique, pourquoi pas lui dire ce qu'elle rêvait d'entendre ? Elle choisissait toujours le bon moment, les boutons défaits, le chibre à l'air, puis elle me questionnait :

– Johnser, parle-nous de... ce taf-ci, ce taf-là, l'autre taf.

Je me demandais comment elle était si bien renseignée sur les différents tafs ! À vrai dire, j'étais flatté par son intérêt, je crois. J'étais flatté du fait que cette fille au corps sublime, qui se laissait tirer par moi, m'admire autant.

Les choses traînaient pas avec elle. En réalité, avec le recul, elles allaient peut-être trop vite. Elle me faisait comprendre qu'elle voulait être à moi, et cela suffisait à mon bonheur. Après tout, le septième ciel est le septième ciel.

Puis un jour, brusquement, elle a largué sa bombe :

– Johnser, je suis enceinte !

J'en croyais pas mes oreilles, elle attendait un bébé.

Je pensais à une seule chose, à ma mère, dix-huit à la file, bang ! bang ! bang ! C'est ça les femmes, y a qu'à les regarder quand elles sont fertiles et elles tombent en cloque.

On s'est donc fiancés, pour la simple raison que

j'étais Johnser Kiely. Ça a l'air débile, je sais, mais on se refait pas.

J'étais toujours un dur, toujours un ouf grave, un dingue, mais j'étais respecté. Ma plus grande crainte dans la vie, c'était que les autres cogitent : « Ah ! Johnser ? Il a encloqué sa meuf et maintenant il s'est cassé. Classique ! » je laisserai personne jaser sur mon dos. Je m'étais fiancé, point final, ça avait rien à voir avec l'amour. J'avais pas l'intention de me marier avec elle, mais six mois plus tard je me retrouvais direct à l'autel, Tara à mon bras. Cette tueuse allait si vite en besogne qu'avant que je sache ce qui arrivait, elle était Mrs Kiely.

17

Rien ne semblait changer.

Je pleurais et je pleurais et je pleurais. Ce n'étaient même plus des jours, c'étaient des semaines, ç'allait faire des mois. À un certain stade, je me suis dit : « Pour l'amour de Dieu, ma fille, ressaisis-toi, tu ne peux pas continuer ainsi, tu ne peux pas passer le restant de ta vie à pleurnicher. O.K., Johnser est parti, Tara se l'est fait, ils sont fiancés, il y a un bébé en route, ils vont vivre heureux, etc., mais ta vie n'est pas finie. » Je songeais au suicide, mais je n'en avais pas le courage, je le savais. C'était une de ces idées qui prouvaient à quel point j'étais infantile. Sérieux, tu m'imagines armée d'un couteau, en train de m'ouvrir les veines ? Ou bien avalant des cachets ? Me connaissant, je trouverais moyen de prendre ceux qu'il ne fallait pas. Je prendrais du Brutlax et finirais par avoir la diarrhée pendant trois semaines. J'étais incapable de me tuer, sans déconner, j'étais incapable de tuer qui que ce soit. J'avais horreur des araignées, mais j'étais incapable d'en trucider une seule. Je la regardais grimper au mur et je me faisais toute petite dans un coin, terrifiée, comme si elle allait me battre à mort avec ses pattes. Et la malheureuse araignée tentait sans doute seulement de retourner à sa toile pour nourrir ses petits bébés. J'étais incapable de tuer une mouche. Tu te rappelles *Psychose*, quand on dit qu'elle ne ferait même pas de mal à une mouche ? Eh bien, c'était moi ! J'étais tout simplement incapable, mais incapable de tuer quoi que ce soit. Alors pourquoi restais-je là à me répéter que j'allais me tuer, me supprimer ? « Le suicide est indolore. » Mon cul !

Au final, que ça me plaise ou non, j'ai décidé que la vie continuait. Quels que soient mes états d'âme, je devais m'obliger à prendre l'air. Les filles de chez Caffrey's ont été géniales. Il y en avait qui étaient au courant de ce qui se passait, il y en avait qui étaient au courant que Tara Coyle sortait avec lui. Pendant quelque temps ç'a été un peu gênant, elles ne savaient pas quoi me dire, alors elles m'évitaient. Mais c'était fini maintenant, elles étaient toutes redevenues normales, elles me parlaient des événements habituels, de leurs soirées de réjouissance et de ce qu'elles avaient acheté pour le week-end. Du Television Club, des beaux garçons qui le fréquentaient, du fait qu'ils étaient tous sexy. De la place que cet endroit occupait dans leur cœur. Je me suis dit : « Bon, pourquoi pas ? Il est grand temps de reprendre un peu goût à l'existence. » Teresa Cummins se fiançait ou se mariait, un truc de ce genre. Il se passait quelque chose d'important dans sa vie qui ne m'intéressait pas particulièrement, mais aussi bien je suivrais peut-être le mouvement et, si ça ne marchait pas, je pourrais toujours rentrer chez moi de bonne heure. Donc je les ai accompagnées, je me suis pomponnée et je suis allée boire un coup avec elles. Et c'était rigolo, c'était une sensation rigolote de me retrouver dans un pub avec une banquette rembourrée sous les fesses au lieu de l'herbe mouillée. C'était confortable, mais je ne m'amusais pas. La musique braillait, elle rebondissait sur les murs. J'ai cru que mes tympans allaient éclater.

Je l'ai dit à une des filles et elle s'est contentée de rigoler en s'écriant :

– Jésus ! Vous l'entendez, celle-là ? Merde ! c'est comme si j'avais amené ma grand-mère...

Et elle a continué à s'enfiler ses pintes de bière. Moi, j'étais à la vodka, à la vodka-orange bien sûr, et je suis restée là à siroter mon verre et à écouter la musique assourdissante. La musique n'était même pas tellement bonne, je n'aimais pas les morceaux qui passaient. Wham ! ou toute cette merde disco, c'était pas mon truc. J'avais envie d'écouter *Two outta three ain't bad*, mais je ne voulais pas que ce soit le gros Meatloaf qui le chante, je ne voulais pas savoir que c'était Jim Steinman qui avait écrit les paroles, aussi génial ce bâtard soit-il. Je voulais entendre Johnser la chanter, je voulais que Johnser soit là pour me la chanter. Et il n'était pas là. Alors j'ai pris une autre vodka et puis une autre et puis encore une autre...

À la fin, la musique ne m'a pas paru si mauvaise que ça, et le boucan ne m'a plus autant gavée. Je commençais à avoir la tête légèrement vide et mes jambes m'ont semblé toutes drôles quand je suis allée aux toilettes. À mon retour, Teresa Cummins m'a traînée sur la piste de danse.

Là, j'ai été bloquée au milieu de tous ces bras et ces jambes qui battaient l'air comme des branches d'arbre secouées par le vent. Coincée au milieu de trois cents gogols qui jouaient les putains d'arbres, j'allais devenir l'un d'eux. Je suis restée là pendant ce qui m'a paru une éternité et puis, pendant que Teresa ne me regardait pas, je me suis éclipsée pour retrouver ma vodka-orange. Nous sommes devenues de très bonnes copines. Non, pas Teresa, pas elle, moi et ma vodka-orange. On se retrouvait tous les jours, à la même heure, au même endroit, en général dans ma chambre. Je la tirais de dessous mes petites culottes, c'est là où je la cachais, dans mon tiroir à sous-vêtements. Ma mère ne touchait jamais à ce tiroir. À tous les autres tiroirs de la maison, oui, mais pas à celui-là. Elle farfouillait partout, mais jamais là. À sa manière de poser mes culottes sur mon lit, j'avais la certitude qu'elle ne touchait pas au tiroir.

Peut-être dans sa chambre, qui était son petit coin privé, je n'en sais rien, mais pour une raison ou une autre elle laissait toujours mon tiroir à sous-vêtements tranquille

J'y cachais donc une petite bouteille de vodka. Une petite goutte dans ma tasse et je redescendais. J'aurais pu la boire n'importe où dans la maison, j'imagine. Papa et maman n'ont jamais rien remarqué. Je ne sais pas comment, car quand je rentrais le soir je n'avais jamais rien à leur dire, alors qu'à dix heures trente j'étais intarissable. Ils voulaient se coucher. Papa restait planté avec ses deux bouteilles de lait vides, prêt à les mettre dehors, et moi je me mettais à jacasser sur tout et n'importe quoi. J'attaquais même par *Coronation Street*.

Je commençais à lancer des trucs du genre : « Elle n'est pas jolie, Rita, papa ? Tu trouves Mavis drôle ? »

Et il me fixait comme si j'étais un monstre bicéphale parce qu'il avait déjà essayé d'avoir cette conversation avec moi et que je n'avais même pas daigné lui répondre.

Il tentait :

– Je crois que c'est l'heure d'aller au lit, mon chou.

– Ah, papa ! Ah, papa ! mais...

Je parlais, je parlais, je parlais. Je savais qu'il aimait James Bond alors je me mettais à blablater sur les films de 007 et, qu'il le veuille ou non, il lui fallait toujours participer à la conversation. Ensuite j'allais me pieuter à toute vitesse. Ma pauvre petite maman devait l'écouter pérorer sur le fait qu'*Octopussy* était le plus grand film de tous les temps. Si ça n'avait pas été si pathétique, ç'aurait été rigolo.

18

On avait plusieurs tafs sur le feu, mais la Brosse rongeait de plus en plus son frein cause il pouvait pas y participer. Les kisdés le traquaient. Chaque fois qu'il passait la porte, ils l'alpaguaient. Direction le poste de police, la salle d'interrogatoire. Trois heures plus tard, il ressortait et rentrait chez lui. On tapait à sa porte et il retournait au poste. Ils ne le laissaient pas en paix. Le seul truc qui lui restait, c'était d'organiser des coups. Il voulait taxer des tableaux. Foutus tableaux, c'était peut-être pour ça qu'on l'appelait la Brosse, ça n'avait peut-être rien à voir avec le fait qu'il avait travaillé pour la mairie. Ça lui convenait mieux, après tout à sa manière c'était un artiste. On allait chez lui et on y restait des plombes à organiser des coups. En partant, on saluait de la main les keufs qui planquaient dehors dans leur auto. Même s'ils essayaient de nous ignorer, on voyait leurs gros cous rouges bien épais rougir encore plus de frustration.

Il y avait donc des tableaux sur la route de Wicklow. Grosse baraque, taule de rupins, un soir je suis passé devant avec Blue. Blue était toujours le même et je le détestais, je le détestais grave. Je me tenais sur la défensive chaque fois que je devais aller quelque part avec lui et il le savait, je pense. Il jouissait, c'était l'effet qu'il recherchait, il aimait faire marcher les autres. C'était le bâtard le plus ignorant qu'on pouvait rencontrer. Zique braillarde, lui qui chantait faux à tue-tête. Va te faire mettre, Blue, un jour, un jour, je t'aurai. Ce qui le faisait le plus jouir, je crois, c'était qu'il était sincèrement persuadé que je serais jamais assez fort pour lui causer le moindre blème. Ce dont il se rendait pas compte, c'est que j'observais la Brosse. La Brosse rajeunissait pas et moi je m'impliquais toujours un peu plus. Un jour, tout le bizness serait à moi. C'est moi qui serais aux commandes, exactement comme l'était la Brosse, c'est moi qui tiendrais tout le monde, comme la Brosse nous tenait. Les gens me respecteraient encore plus à ce moment-là, parce qu'ils sauraient d'où je sortais. Ils se rappelleraient les vieilles guerres de gangs, parce qu'ils auraient tous le même âge que moi, ils se rappelleraient aussi que j'ai toujours été un fonceur. Je pourrais exiger tout ce que je voudrais et je l'obtiendrais.

Mais pour le moment je devais rester assis dans une bagnole avec Blue et surveiller cette grande et vieille baraque. On voyait l'antique Bentley descendre l'allée. Parole, c'était une immense allée, aussi grande que le Phoenix Park. On planquait au bord de la route et on épiait. C'étaient deux ancêtres, lui devait avoir au moins cent ans et la vieille était à peine plus jeune. La Bentley se traînait à une allure d'escargot, j'exagère pas, on aurait pu jogger à sa hauteur. Mais c'était pas eux notre cible, c'étaient leurs tableaux. Un jour, on a jeté un coup d'œil dans le coin, après leur départ, et j'ai remarqué que toutes les fenêtres étaient équipées de systèmes d'alarme.

Je suis rentré faire mon rapport à la Brosse, lui expliquer les habitudes de la maison. À quelle heure les vioques partaient et à quelle heure ils revenaient.

J'ai suggéré de casser une des fenêtres et de déclencher l'alarme. Blue s'est pâmé, comme si je venais de sortir la vanne de l'année.

– Bordel, qu'est-ce qui te fait rigoler ?

– Casser une des fenêtres. À quoi ça va nous servir ?

Il avait l'air dérouté, complètement dérouté. J'y croyais pas, ce nullard comprenait pas pourquoi je voulais déclencher l'alarme. Mais Jésus ! même lui devait la connaître, sûr c'est l'astuce la plus éculée dans les annales. Déclencher l'alarme plusieurs fois, faire sortir les keufs, les keufs en ont leur claque, ils disent au proprio qu'ils ont un problème, on débranche l'alarme, bye-bye la sécurité... et adieu les tableaux !

J'ai regardé la Brosse et j'ai vu que même lui était gêné par le manque de coopération de Blue. L'ignorant, il a tourné son attention vers moi :

– Excellente idée, John. Penses-tu pouvoir monter l'opération ?

Blue a réagi sans réfléchir.

– C'est du délire, la Brosse ! À quoi tu penses, laisser ce petit con prendre les manettes ?

Grossière erreur. Personne répondait à la Brosse.

La Brosse l'a foudroyé d'un regard style je-vais-t'éclater-la-tête-malgré-mon-âge.

Blue s'est aussitôt rétracté.

– Excuse, excuse, patron, a-t-il bafouillé.

La Brosse a allumé une cigarette, aspiré une longue bouffée et soufflé la fumée à travers la pièce, puis il m'a redemandé :

– Peux-tu t'en charger ?

J'y croyais pas, c'était un des plus gros coups qu'on

était susceptibles de réaliser, et non seulement la Brosse voulait que je sois dessus, mais il voulait que je monte toute l'opération.

Désormais j'étais le second de la Brosse, avant Blue. J'ai jeté un œil à Blue et j'ai vu, à l'expression de son visage, que lui aussi le savait. Je suis sûr qu'on aurait été seuls, il m'aurait supplié de passer l'éponge. Il se serait tourné vers moi en disant : « Je regrette tous les différends que nous avons eus par le passé. D'avoir critiqué le papier peint de la maison de ta mère. Mais, je t'en prie, me fais pas ça... »

C'était le moment que j'attendais. Va te faire voir, Blue. J'ai regardé la Brosse.

– Ouais, je peux la monter.

La Brosse a écrasé sa cigarette.

– Bon. Je te donnerai des précisions sur les toiles qui m'intéressent dans une semaine ou deux.

19

Une semaine plus tard, je revoyais la Brosse. Cette fois-ci, il était seul.

Comme d'habitude, la Brosse a parlé le premier :

– Tu as les hommes pour l'opération ou tu veux mes gars ?

– Sauf votre respect, la Brosse, je pense que je préfère mes hommes. Moins vous aurez de liens avec cette affaire, mieux ce sera.

Il souriait.

– Tu es comme un fils pour moi.

Et c'était vrai, je crois. J'avais l'impression d'être son fils. Qui plus est, il se montrait plus paternel avec moi que mon reupe l'avait jamais été. O.K., papa avait perdu le goût de la boisson depuis la mort de maman, mais les choses ne seraient plus jamais pareilles. Il sortait avec une vieille peau, une vioque qu'il avait connue du temps où il picolait. Tous les deux tentaient d'épurer leur numéro. J'étais sûr que ça marcherait jamais. Il irait bien quinze jours, tout serait au poil, mais au final il échapperait pas à la dispute, c'était obligatoire, ça faisait partie du bonhomme. Et quand ils se disputeraient, tout leur pèterait à la gueule et il se remettrait à boire. Il m'avait déjà fait le coup cent fois. Papa avait jamais été ce qu'on appelle un père, il avait jamais été quelqu'un sur qui on peut s'appuyer ou compter pour survivre. Attends, il était trop occupé à se demander en permanence où il allait trouver les prochaines dix livres pour tiser. On n'avait jamais rien, à l'époque on leur baisait la gueule à tous à Ballyer. C'était pas comme si l'argent était rare, mais on avait toujours du retard pour le loyer. Quant à la bouffe, des saloperies de paquets jaunes ou tout ce qui existait de moins cher à ce moment-là. Pour les textiles, rien que de la fripe, et maman, maman, elle, avait droit à rien. Sauf le jour où j'ai commencé l'école, je l'ai jamais vue porter des sapes neuves, c'était toujours le même sarrau d'été qu'elle appelait une robe. Et en hiver elle portait une grande jupe, une jupe en tweed, et un pull de laine qu'elle s'était tricoté. Elle était à chier, vrai de vrai, à chier. Est-ce que c'était vraiment étonnant, alors que mon père buvait jusqu'au dernier penny qui entrait dans la taule ? Ça lui était égal, il avait rien à branler de ce qui se passait. Il s'en tapait si maman tombait encore enceinte.

Des livres neufs pour le collège, mais tu rigoles ! Même si on avait eu un génie à la maison, il aurait pas eu sa chance. Papa nous a jamais donné l'occasion de démarrer dans la vie. Il nous a jamais donné la chance qu'ont eue d'autres gosses, la chance de faire notre chemin et de nous élever. Nous étions donc enterrés au fond d'un bouge d'une jungle de béton, avec papa qui sortait tous les soirs de la semaine pour pochtronner jusqu'au dernier penny.

De temps en temps, maman pétait les plombs, elle craquait, point.

– Ça suffit, j'en ai assez !

Elle devenait folle de rage, le foutait dehors et jetait ses affaires derrière lui. Son costard trois-pièces à fines rayures passait par la fenêtre, son unique costard atterrissait dans la vieille rue dégueulasse. Et il partait, il partait toujours, et on le voyait pas de trois jours. On savait sans problème où il se cachait, la voisine d'à côté prenait un malin plaisir à informer maman.

– J'ai vu Mr Kiely... Il est passé par ici, il repassera par là...

C'était toujours un pub. Il finissait par revenir. Il s'asseyait dans la cuisine et chialait toutes les larmes de son corps. Il suppliait ma mère de le reprendre à la maison et, comme une nave, elle acceptait.

Je me revois assis là en train de me répéter, dans

ma cervelle, parce que j'ai jamais rien dit à haute voix : « Maman, je t'en prie, le reprends pas à la maison, fous-le dehors, laisse-le à la rue, lui et son costard trois-pièces. C'est un minable, un nul. »

Tu vois, sans lui, ma mère allait aux allocs... après tout, elle était une femme abandonnée. Et pendant quelques jours on mangeait à notre faim. Je me rappelle, une fois il est parti une semaine entière et j'ai même eu droit à une paire de chaussures. Des chaussures toutes neuves, mes premières pompes neuves. Elles me martyrisaient les orteils, mais je marchais sur un petit nuage. C'est tout ce que tu veux quand tu es gosse, c'est tout ce qu'il te faut. Quand tu entres dans ta classe, tu t'en balances si ton père a joué aux sept familles avec toi tout le week-end, du moment que t'as le matos, que t'es sapé comme tes potes, tu t'en balances complètement. Quand tes potes se mettent à porter des Wrangler et que toi t'es toujours en short, là tu te sens un bouffon.

C'est ce que j'ai ressenti. C'est ce que tous les Kiely ont ressenti.

C'est pour ça qu'on était si coriaces.

Il y avait d'autres gosses comme nous, tout aussi démunis, qui n'avaient rien, qui venaient à l'école en short et se faisaient vanner. Pas nous. On a appris à se défendre. Comme dans cette chanson de Johnny Cash, *A Boy Named Sue*. Se balader dans Ballyer en culottes courtes, c'était pareil qu'être un garçon et s'appeler Sue. Il fallait te battre pour t'imposer, parce qu'aussi vrai que Dieu existe, t'avais pas l'air de quelqu'un à qui on devait le respect.

Une paire de culottes courtes, je la revois encore. J'avais déjà onze ans et, pour aller à l'école, je portais un short étriqué comme pas possible. J'avais l'impression d'être en string.

Un string rayé, bordel ! avec mes fesses moulées dedans.

Papa a permis ça. Il a laissé maman recevoir toutes ces lettres de la compagnie d'électricité. C'était sa faute si le courant était coupé, encore sa faute si les mains de ma mère étaient pleines de crevasses à force de lessives. À ses yeux, un lave-linge était un luxe dont elle pouvait se passer. Mais il y avait aucun risque que lui se passe du luxe de ses maudites pintes de bière. C'était sa faute si on était la seule famille de notre rue à pas avoir la télé couleur. Au fond, qu'est-ce que maman était censée faire ? Elle pouvait difficilement chercher du travail, elle était trop occupée à faire des gosses pour ça. Donc j'avais pas de père. J'avais personne à qui je puisse me référer comme image paternelle. J'en voulais à Fat Larry. Fat Larry parlait sans arrêt de son reupe, il l'aimait bien. Je lui menais la vie dure à cause de ça, à cause de son vieux. Je disais que c'était un soûlaud. Je racontais à tout le monde que le papa de Fat Larry était un pédophile, mais au fond de moi ce dont je rêvais vraiment c'était d'avoir un père comme le sien. Quelqu'un qui m'aimerait, quelqu'un dont je pourrais être fier. Je savais que ce quelqu'un serait jamais mon père.

En toute honnêteté, même si je sentais que la Brosse était la chose la plus proche d'un père susceptible de me tomber du ciel, même s'il m'avait déjà dit que j'étais comme un fils pour lui, c'était malheureusement trop tard.

Priorité au bizness, a présent. J'étais trop dur ; tous ces moments où j'aurais eu besoin d'être épaulé, j'avais été seul. J'étais maintenant assez grand pour m'assumer, je n'avais plus besoin de personne. Et même si j'appréciais tout ce que la Brosse faisait pour moi, et même si j'aimais la relation qu'on avait tous les deux, au fond de moi je savais que le jour viendrait où je prendrais sa succession et, quand ça arriverait, je serais aussi impitoyable là-dessus que je l'avais été pour tout le reste.

Alors on a peaufiné notre plan. La Brosse m'a montré des photos des peintures. Je trouvais que c'était nul, de la vraie daube. Il y en avait une seule qui avait un semblant de sens à mes yeux, mais la Brosse s'est marré et m'a dit que je la tenais à l'envers. Je pensais en moi-même : « Au nom de Jésus, d'où les gens tirent leur goût ? » La Brosse semblait savoir de quoi il parlait, il s'est mis à pérorer sur les diverses touches de peintres, diverses périodes et l'importance de ce mec-ci, de ce mec-là et d'un troisième. Tout ce que je voyais, moi, c'était un monstrueux bouquet de sales fleurs. Un vase plein de fleurs sur une table qui avait l'air mangée aux vers. Je me demandais pourquoi on en faisait tout un plat. Je te promets, Jimmy McEnteer, qui avait été dans ma classe, peignait mieux que ce soi-disant artiste quel qu'il soit. J'ai baissé les yeux pour savoir le nom, mais j'arrivais pas à le déchiffrer, le bâtard savait pas écrire, encore moins peindre !

Mais de toute façon cela me regardait pas. On allait

faire le coup et c'était moi le caïd, c'était tout ce qui m'intéressait. Maintenant, le problème était de trouver des gars en qui je pouvais avoir confiance.

20

Tout le monde répétait que Jeffrey était charmant, gentil. Adorable, c'était le qualificatif qui revenait. Ma mère disait qu'il était adorable, mon père le trouvait gentil et toutes mes amies s'exclamaient : « Ah ! il est charmant. » Mais ce n'était pas lui que je voulais. Jeffrey Adams. Son nom avait un petit air très anglais, très distingué ou efféminé, simplement il ne sonnait pas bien. Toujours est-il que j'ai commencé à sortir avec lui. Il était très gentil, vraiment, et il était effectivement adorable. Si Jeffrey proposait de passer me chercher à huit heures, il arrivait à huit heures moins dix. Il apportait toujours des fleurs ou des chocolats, même si je lui avais expliqué que je n'aimais pas spécialement les fleurs. Et il prenait toujours le temps de bavarder avec mon père, ils discutaient de *Coronation Street* ou d'*Octopussy*. Papa a été immédiatement conquis. Il faisait aussi la conversation à ma mère. Combien la journée avait été belle, n'était-ce pas génial d'avoir un temps si magnifique, il avait remarqué que les fleurs du jardin étaient superbes. Voilà, c'était ce qu'on appelle un gentil garçon, il avait une bonne situation, une voiture, et il était présentable.

Il ne cassait rien question look, ce n'était pas Brian Connelly ni Rossi, mais il faisait l'affaire. C'était très difficile de décrire Jeffrey. Son seul trait marquant, c'était sa taille.

Bon, ne transforme pas ce que je dis, il n'y avait rien qui clochait chez ce mec. Rien qui puisse provoquer une réflexion du style : « Oh ! Seigneur ! pas lui, sans déconner, qu'est-ce tu branles à sortir avec ce baltringue ? »

C'est juste qu'il était insignifiant. Un autre truc, c'est que tout le monde l'appelait Jeffrey. Personne ne l'appelait jamais Jeff, et il n'avait pas d'autre surnom, alors c'était toujours Jeffrey.

Dieu que c'était guindé !

Il travaillait au siège de Cadbury's. Directeur adjoint stagiaire ou quelque chose dans ce goût-là, je ne sais pas trop. Il avait un poste qui serait un jour sérieux et important, mais pour le moment ce n'était pas le cas. Il portait une chemise avec une cravate et il avait un véhicule de fonction. On se promenait en voiture et, en hiver, c'était agréable d'être assis au chaud pendant qu'on roulait par monts et par vaux.

On fréquentait les restaurants, des restaurants de qualité. Italien une semaine, indien la suivante, grec, chinois. Pas pour de la bouffe à emporter, un vrai repas à table, avec environ cent vingt plats qui étaient servis en même temps. C'était top, mais j'avais toujours l'impression qu'il manquait quelque chose.

Jeffrey m'a déclaré sa flamme le premier soir, et aussi le deuxième, et puis le troisième. À l'instant où il arrêtait la voiture devant chez moi, il chuchotait ces trois petits mots : « Je t'aime. »

Moi, je détestais ça. Je n'avais pas envie de lui, je n'avais jamais voulu sortir avec lui, je ne voulais pas de sa compagnie et je ne voulais surtout pas qu'il m'embrasse. Mais je m'en accommodais. Parce qu'au moins il existait, au moins il était là.

J'étais toujours en retard à nos rancards. Lui arrivait dix minutes en avance et moi je débarquais avec une heure de retard. Il restait avec mes parents pour discuter des hauts et des bas, des tenants et des aboutissants de l'existence.

Et quand je faisais enfin mon entrée, il ne se fâchait pas.

Il ne disait pas : « Sans déconner, tu peux te grouiller un peu ? On va manquer le début de la toile ! » mais : « Tu as l'air superbe, tu es ravissante, très belle. »

Que sais-je encore... Et la vie continuait ainsi.

Je ne lui permettais pas de m'embrasser, pas même un baiser. Pas au début, en tout cas. Je revois la première fois où je suis sortie avec lui. Il est arrivé à la maison à huit heures moins dix, nous avons décollé à neuf et j'étais de retour à la maison et dans mon lit à minuit moins le quart. Je lui avais fait une bise en vitesse sur la joue et m'étais sauvée.

Je suis rentrée en courant, j'ai grimpé l'escalier quatre à quatre et retrouvé ma meilleure amie. Ma petite bouteille de vodka. Je me suis même passée de jus d'orange parce que j'avais oublié d'en acheter plus tôt dans la journée. Je l'ai descendue, en deux gorgées c'était fini. Une fois de plus, je me suis endormie en pleurant.

Il devait être maso parce qu'il m'a réinvitée.

Voilà qu'on sortait ensemble. On se voyait depuis sept semaines. Sept semaines entières. J'ai fini par le laisser m'embrasser. Enfin, je ne l'ai pas vraiment laissé, simplement c'est arrivé.

C'était un soir où j'en avais particulièrement ras-le-bol, et il a arrêté sa voiture sur le chemin du retour. J'avais beaucoup bu, mon ventre était plein de vodka-orange et Johnser me manquait violemment. Si on avait été encore ensemble, ç'aurait été notre anniversaire. Alors, quand il s'est penché, je me suis imaginé que c'était Johnser et, au moment où il me plantait sa langue rigide grave dans la bouche, j'ai répondu. Pas trop, juste assez pour titiller le bout de sa langue avec la mienne. Ses mains m'ont assiégée, pour me malmener les nichons, les toucher, les palper. Je me suis écartée.

Il a passé le reste du trajet à me répéter qu'il était désolé, que je devais le prendre pour un vrai monstre, à me rebattre les oreilles qu'il avait du remords. J'avais envie de lui crier : « Tu veux bien la fermer ! Il y a rien qui cloche chez toi, c'est moi ! »

Pourquoi devait-il s'accuser ? Pourquoi tout le monde marchait sur des œufs autour de moi ? Pourquoi personne ne m'enguirlandait ? Comment ça se faisait que personne ne m'ait jamais dit : « Bon, écoute un peu ici, toi, il est temps de te reprendre, qu'est-ce qui ne va pas chez toi ? Pourquoi tu te conduis en garce ? Pourquoi tu ne recommences pas à vivre Johnser est parti et il ne reviendra pas. »

Jeffrey s'alignait sur mes parents ; il ignorait la situation, s'accusait, faisait comme si je n'agissais pas mal, se conduisait comme si mon attitude était normale.

Mais moi je savais que j'étais dans mon tort. C'était moi qui buvais trop, c'était moi la garce, mais je n'y pouvais rien, je ne pouvais pas m'en empêcher.

J'abusais de leur gentillesse.

Je prenais tous les cadeaux de Jeffrey. Toutes ses excuses, tous ses « je t'aime », toutes les boîtes de chocolats, tous les bouquets de fleurs, tous les repas gratos. Je me contentais de prendre, de prendre, de prendre encore.

Je m'en voulais, vraiment, je m'en voulais. Je m'en voulais de ne pas avoir eu le courage d'aller trouver Johnser, je m'en voulais de ne pas avoir fait l'amour avec Johnser tant que j'en avais l'occasion. Je m'en voulais de traiter Jeffrey si mal, je m'en voulais de suivre cette daube de *Coronation Street*, j'en voulais même à ma meilleure amie de l'époque. Elle était là, enfouie sous mes petites culottes, j'allais la sortir et on se réconciliait. On allait au lit ensemble.

Je continuais à avoir des nouvelles de Johnser grâce au téléphone arabe. Certaines filles de Caffrey's habitaient son quartier et d'autres étaient voisines de Tara Coyle. J'étais donc toujours au courant de ce qui se passait. Ils étaient fiancés, ça me faisait mal. La simple idée qu'elle portait sa bague me torturait. Je me demandais comment elle était, je me demandais si Johnser avait vraiment fait le tour des bijouteries pour regarder les bagues ou si c'en était une qu'il avait volée.

J'ai appris par la suite que c'était une torsade sertie

de trois pierres, j'ai aussi appris qu'elle avait coûté un argent fou. Je ne voyais pas Johnser entrer chez Weir de Grafton Street et payer une fortune pour un bijou. Ça me faisait mal de penser qu'il était fiancé avec elle, ça me faisait mal d'imaginer Tara en train de frimer avec sa bague... Une authentique réaction de gamine, mais j'avais quand même mal.

Je savais que le mariage était annoncé. Je savais que c'était dans trois mois à peine. Dans trois mois ! Merde ! C'était quoi, ce délire ? Comment était-elle arrivée à se faire épouser si vite ? juste en se mettant sur le dos ? Ce ne pouvait pas être aussi simple. Qu'on n'aille pas me raconter que si j'avais ouvert mes jambes et que si j'étais tombée enceinte, c'est moi que Johnser épouserait aujourd'hui. Que j'aurais été l'heureuse future jeune mère et que c'est elle qui se serait endormie en pleurant. Ce n'avait pas pu être aussi facile que ça !

21

J'avais tous les tuyaux indispensables pour l'opération. Tout ce qu'il me fallait maintenant, c'était mettre un gang sur pied. Je devais bien cogiter, je devais veiller à prendre des sosses sachant la boucler. Des keums qui seraient à la hauteur, des chacals assez coriaces pour se prendre en main. J'avais recruté un tas de nouvelles chetrons, des gars des quartiers sensibles, des gars dont je savais que je pouvais leur faire confiance. Ces lascars étaient mes potes maintenant ; certains étaient des cousins, éloignés, je sais, mais des cousins quand même. C'étaient de bonnes pâtes, ils savaient la fermer et je pouvais avoir confiance en eux.

J'avais besoin de quelqu'un qui sache très bien conduire, d'un bon chauffeur, rapide et sans tache. De quelqu'un capable de tirer une, peut-être deux, voire trois bagnoles. De les éparpiller dans tout le coin pour nous assurer assez d'issues de secours. Il y avait un galérien de ma connaissance qui en était capable, c'était la Poche. La Poche était un tout petit format, il tiendrait dans ta poche, d'où son surnom. Mais, parole, quel as du volant ! J'ai jamais vu son pareil, putain de bordel de merde ! Me parle pas d'Evil Knievel ou d'un de ces cascadeurs. Ce gars avait la classe, c'était le roi, il était capable de faire tourner une tire sur une pièce de un penny !

Il était top. Et j'étais sûr que le taf lui plairait, qu'il kifferait l'occasion de bosser avec moi, parce que tout individu doté d'un brin de jugeote savait que j'étais le futur caïd de Dublin. Il savait aussi que s'il voulait s'insinuer dans mes bonnes grâces, c'était le moment ou jamais.

J'ai donc rencontré la Poche et lui ai demandé s'il était intéressé par une coopération. Il a failli en crever. Je crois qu'il a presque joui sur lui. Il a dit oui, évidemment, alors je lui ai expliqué ce que je voulais. Deux véhicules rapides, plus une Land Rover pour passer à travers champs sans s'embourber. Il m'a promis que ça poserait aucun problème, qu'il lui faudrait environ trois semaines pour tout organiser et qu'il garderait les caisses dans un box jusqu'à ce que j'en aie besoin.

J'avais aussi besoin de gros bras. Stan le Man devait être ma prochaine recrue.

C'était le bâtard le plus énorme et le plus vilain que j'aie jamais vu. On aurait dit un sac de patates avec des yeux. Il était vilain, un vrai cadavre ! Son visage était ravagé par toutes les bastons auxquelles il avait participé. Mais il en avait rien à cirer. Si quelqu'un devait recevoir sa branlée, si les choses devenaient un peu physiques, Stan était le Man.

Cinq cents livres, voilà ce qu'il me coûtait. Mais à en juger par ce que disait la Brosse, je le regretterais pas. Un bon placement !

Il me fallait encore un homme, un lilliputien. Pas la Poche, c'était le chauffeur. L'idéal serait quelqu'un de sa taille, mais avec des mains plus grosses. Johnny Fingers. Johnny Fingers était légèrement gelé, mais il était petit, agile, rapide. On aurait qu'à casser la plus petite des lucarnes et il entrerait. Il ouvrirait les portes et nous on se chargerait du reste.

Quatre mecs sur le plus gros cobra qu'on ait jamais vu, voilà de quoi alimenter les conversations pendant les années à venir.

Mais j'avais un autre blème. Le mariage qui se rapprochait. Tara me houspillait pour que je voie son père. J'en avais pas envie. La moitié du temps, je voulais même pas la voir, elle. J'arrêtais pas de reporter l'événement, mais je savais bien que tôt ou tard je devrais le rencontrer. L'idée d'aller dans sa taule m'horripilait. Toutes ces grimaces et ces embarras, merde ! c'était pas mon truc.

Je lui donnais de l'argent par poignées. Achète-toi la robe, achète la pièce montée, achète ci, achète ça. Mais elle arrêtait pas de me dire : « Non, mon père s'en occupe, mon père s'en occupe... »

J'avais envie de lui répondre : « Eh ben, pourquoi t'épouses pas ton père, alors, s'il est si génial ? »

Les seuls moments excellents, c'est quand je sentais les légers mouvements de son ventre. Tous les petits coups de pied que je pouvais relier à mon bébé. Le fils de Johnser Kiely. J'ai jamais pensé à une fille, c'était toujours un garçon. Je voulais faire pour lui les choses que mon reupe avait jamais faites pour moi. Je voulais lui payer des pompes neuves, je voulais l'envoyer à l'école. Je voulais lui filer une baffe s'il manquait la classe. Je voulais qu'il ait le meilleur matos, les plus belles flingues. Je voulais lui apprendre la dureté en cas de besoin, mais aussi la tendresse. Je voulais me balader avec lui, assister à des matches de foot, des délires de ce genre. Chaque fois que je sentais ce petit coup de pied, je me disais : « Ouais, je vais t'épouser, je te kiffe pas particulièrement, mais je vais t'épouser de toute façon. »

Elle me répétait sans arrêt que son père voulait un grand mariage, un mariage mondain, qu'elle disait. Elle habitait un peu plus haut sur la route, à cinq kilomètres de Ballyer, et elle fantasmait sur un mariage mondain !

Elle l'aurait, son mariage mondain. Un coup de latte dans le monde, voilà ce qu'elle aurait !

J'allais pas me prendre la tête, tu vois ce que je veux dire. En fin de compte c'était la thune de son vieux, alors qu'ils fassent ce qu'ils veulent ! Un soir je me suis vraiment vénère et je lui ai dit :

– Putain, mais qui c'est ton vieux ? Il est plein aux as ? Comment fait-il pour pouvoir allonger tant de pépettes ?

– Tu dois le connaître, lui te connaît.

C'est tout ce qu'elle m'a répondu.

Sa réponse m'a pas surpris, en réalité je me bidonnais. C'était peut-être un de ces nazes que je rançonnais toutes les semaines pour le compte de la Brosse. Ouais, c'était peut-être un de ces baltringues qui raquaient pour leur protection !

Je la retrouvais presque tous les soirs. De temps en temps je l'emmenais voir une toile, mais la plupart du temps on se contentait de circuler en auto, puis je la déposais chez elle. Je ne la laissais même pas devant sa maison parce que, quand on avait commencé à se fréquenter, elle m'interdisait d'approcher, et maintenant qu'elle voulait que j'entre, c'est moi qui refusais. Je lui disais :

– Non, descends ici. C'est là où tu descendais toujours avant.

J'étais dans la tuture avec elle, un jour, quand j'ai eu la plus grosse surprise de ma vie. Comme j'ai dit, elle était bonne, être vu en sa compagnie me déplaisait pas. Toujours est-il : qui arrête sa tire à côté de nous, sinon Blue ? On était juste assis là. Je fumais une tige, elle zoomait dans le vague et jacassait sur les invitations qu'elle avait commandées. Et qui venait ? et voudrais-je bien, aurais-je la gentillesse de lui dire combien de gens venaient de mon côté...

– Merde ! j'en sais rien, je te le dirai quand je serai fixé.

Je voulais pas être mêlé de près ou de loin à ces questions, c'était pas mon truc. J'avais encloqué la meuf, je l'épousais, fin de l'histoire. J'allais trouver un petit logement, un point c'est tout ! Logement du conseil régional, logement de la mairie, quelle importance du moment que c'était un logement. Et le voilà, lui. L'homme que je gerbais le plus au monde se garait à notre hauteur. Il est descendu de son char avec un sourire banane. Et j'ai pensé en moi-même : « Un mot, Blue, un seul mot, et tu y as droit. » Mais, pour la première fois, il s'est montré vraiment gentil avec moi. Il est venu me voir, on s'est salué d'un signe de tête et il s'est mis à causer. J'en ai pas cru mes oreilles quand Tara a lancé :

– Salut, papa.

Je me suis retourné pour la regarder.

– Comment ça, papa ?

Elle souriait.

– Je savais que tu le connaissais, je te l'ai dit.

Je suis revenu à Blue, lui aussi souriait.

– Tu vois pas un air de famille, non ?

Sur le moment, je l'aurais étranglée. Si j'avais su qu'elle était la fille de Blue, je me serais pas approché d'elle pour un empire. Comment as-tu pu, mais comment as-tu pu toucher quelque chose qui sortait de la bite de Blue ?

– Je me suis laissé dire que nous allons former une famille, Johnser. Ça alors ! Qui a eu cette idée ?

« Pas moi en tout cas, pensai-je, des clous ! » À cet instant j'ai compris que j'étais coincé, il me tenait par les couilles, ce qui expliquait pourquoi il avait pris des airs supérieurs ces derniers temps. Il n'y avait plus moyen de m'en sortir, il fallait que je l'épouse. Je pouvais pas perdre la face devant ce bâtard.

Ah bon Dieu ! J'ai maudit mon chibre, j'ai maudit le fait d'avoir tiré mon coup ce soir-là. Un seul malheureux coup. Je pouvais pas garder ma teub pour moi, non, il fallait que je tire mon coup. Je pouvais pas rester avec la meuf qui m'éclatait, non, je pouvais pas rester avec Jackie, il fallait que je fasse l'Homme. Il fallait que j'en fasse à ma tête, il fallait que je tire mon coup. Eh bien, va te faire mettre, Johnser Kiely ! Où sont ta force et ton astuce maintenant ? Tu es coincé avec ce salaud pour la vie.

Après, chaque fois que je rencontrais le Blue, il me cassait les oreilles avec les préparatifs de la noce. J'y croyais pas, mon estomac se soulevait à l'évocation du « grand jour ».

C'était l'horreur de me lever le matin en sachant que le jour écoulé me rapprochait un peu plus de celui où j'allais devenir son gendre. Je me demandais si elle était pas tombée enceinte sur son ordre, s'il avait pas dit à sa naze de fille :

« Vas-y, ma chérie, laisse-toi sauter par ce petit gars ! »

Je l'en croyais bien capable. Je croyais ce nain capable de tout.

Et un beau jour, au milieu de tous les préparatifs, la pièce montée, les photos, les bagnoles et les « Faut inviter la Brosse, et faut inviter Untel et Untel... », il a balancé :

– Alors qu'est-ce qu'on fait pour les tableaux ?

Je savais qu'il me tenait. Je savais que je pouvais plus l'exclure, j'avais trop à perdre, y avait trop de choses en jeu. On allait être cinq maintenant. Maintenant que Blue était branché.

On a arrangé le coup pour le jour de la noce. Ça paraît ridicule, mais elle nous fournirait un alibi béton. Attends, comment je pourrais être mêlé à un casse alors que je me mariais ? Je devais bien assister à mon propre mariage !

Tout devait être organisé à la perfection, le minutage devait être hyper précis. On pourrait profiter d'un trou d'à peu près quatre heures parce que la cérémonie aurait lieu le matin aux aurores.

Le vieux couple sortait toujours aux alentours de midi et rentrait à six heures. On allait devoir s'introduire dans l'intervalle. Tout était planifié, la Brosse avait tout prévu et Blue était trop content d'organiser le mariage à notre place.

Blue organisait aussi l'enterrement de ma vie de garçon et tout le monde devait venir à la soirée, y compris mon propre reupe. Le Blue savait que je serais violemment gêné, c'est pour ça qu'il l'a fait, ce bâtard.

22

Jeffrey commençait vraiment à me taper sur les nerfs. Je lui marchais sur le ventre. J'aurais aussi bien pu mettre des talons aiguilles et le piétiner de haut en bas, il serait encore venu m'en redemander.

Alors je me suis mis à le malmener, je ne le lâchais pas d'une semelle. Je le laissais en bas avec ma mère pendant deux heures, quelquefois trois. D'autres jours, je ne me donnais pas la peine d'apparaître du tout ou alors peut-être, après quelques vodkas, il m'arrivait de descendre en clamant que je ne me sentais pas bien. Ne pouvait-on pas reporter à un autre soir ? Et il passait la soirée là, avec mes parents, à parler du temps, de cinéma et de qui était le meilleur Bond. Tous votaient pour Sean Connery.

Le mariage de Johnser approchait. Je me réveillais le matin, oppressée par un horrible sentiment d'angoisse. Comme si c'était moi qui allais me marier. Comme si c'était moi qui devais tout organiser. Je me disais : « Ils vont commander la pièce montée aujourd'hui. Ils s'occuperont des photographes demain. » Et je me demandais combien il y aurait de voitures, de demoiselles d'honneur et ainsi de suite. Je pensais à tout, j'avais la sensation de péter les plombs.

Jeffrey devait partir en stage, c'était comme si je fêtais tous mes anniversaires en même temps. J'ai décidé : voilà, ce soir je sors avec les copines. Je n'avais rien à cirer de Jeffrey.

On a mis le cap sur la ville. Je savais qu'il ne restait

qu'une semaine avant le mariage de Johnser et je ne pouvais pas le supporter. Il fallait que je passe cette semaine dans un état d'oubli. On est arrivées au pub et je me suis mise à tiser de la vodka. Aucune des autres n'arrivait à soutenir la cadence. J'en commandais deux à la fois. Les copines en étaient au stade où elles se demandaient si elles ne devaient pas me ramener à la maison et moi je ne cessais de leur dire de se casser et de me laisser en paix.

Puis, soudain, le voilà planté devant moi. Je me suis dit que l'alcool me donnait des hallucinations, me faisait voir des trucs qui n'existaient pas. Mais c'était vraiment lui. J'ai tendu le bras pour lui toucher la main et il m'a lancé :

– Salut !

Il s'est assis près de moi. J'ai dessoûlé d'un coup.

– Salut, a-t-il répété. Ça va ?

Je ne pouvais plus parler, j'étais comme une ado qui aurait perdu sa langue à l'instant où elle rencontre son idole alors que depuis des années elle peaufine la mise en scène de ce qu'elle lui dira quand elle aura la chance de la croiser. Quand l'occasion se présente enfin, tout ce dont elle est capable c'est de la regarder fixement, la bouche ouverte.

Je me suis sentie idiote, je n'ai rien trouvé d'autre à répondre que : « Bien. » Deux petites syllabes. « Bien. »

Les mots qui me brûlaient les lèvres, c'était : « Johnser, je t'aime, merde ! Reviens-moi. »

J'avais l'impression d'être muette, que mon cerveau avait cessé de fonctionner.

– Tout va bien ? insistait-il.

– Ouais, bien.

Revoilà ce putain de mot.

Il y eut un silence de quelques secondes, puis j'ai repris :

– J'ai appris que tu allais te marier.

Il m'a regardée avec dans les yeux une lueur que je ne lui avais jamais vue. Ce n'était pas de la haine ni de la tristesse ni quelque chose de ce genre, c'était plutôt une expression de frustration, de perplexité. Un air qui signifiait que, pour la première fois de sa vie, Johnser Kiely ne savait pas quoi faire.

– Ouais, je vais me marier.

Il s'est mis à parler. À parler de Tara, à parler de nous, à parler du passé, de Fat Larry et du reste de la bande. Des moments que nous avions partagés au bord du canal, comment c'était le bon vieux temps. On aurait dit deux vieux schnocks qui se rappelaient leur jeunesse. Évoquaient le seul bon souvenir qu'ils avaient au bout de toute une vie sur terre.

– C'était le bon temps, hein ? a fait Johnser.

J'acquiesçai. On a parlé de la fois où Fat Larry s'était couché sur la voie ferrée. De la fois aussi où le camion avait pris le rond-point trop vite et où tous les cageots d'orangeade avaient valdingué. Je lui ai raconté la raison du surnom de l'Âne et il a rigolé. Ce rire que j'aimais tant, un rire enfantin, un rire ordinaire mais, venant de Johnser, c'était le rire le plus charmant du monde à entendre. Moi aussi je riais. Pour la première fois depuis ce qui me semblait des années, je riais vraiment. Nos mains se sont touchées et agrippées, nos yeux se sont croisés et on s'est embrassés.

Il s'est écarté.

– Jackie, pardonne-moi, pardonne-moi.

– Que je te pardonne quoi ?

– Tu sais bien...

Brusquement, l'envie de le gifler m'a démangée. Jamais auparavant je n'avais ressenti une telle rage.

– Non, Johnser, je ne sais pas. Tout ce que je sais, c'est que je n'ai pas voulu me laisser sauter par toi. J'ai agi comme j'ai toujours agi et tu m'as larguée.

– Je sais.

– Non, tu ne sais pas, c'est ça le truc, Johnser, tu ne sais pas, merde ! Tu ne t'es jamais cassé le cul pour savoir...

Je n'arrivais pas à croire que je parlais à Johnser de cette façon. Mieux, je n'arrivais pas à croire qu'il le tolérait. Qu'est-ce qui clochait chez lui ? Me traitait-il de haut ou ne se rendait-il vraiment pas compte ?

– Pourquoi, Johnser, mais pourquoi tu m'as fait ça ?

Il fixait le sol des yeux, comme si la moquette le fascinait. Il m'a demandé une nouvelle fois de lui pardonner.

– J'étais un crétin, Jackie. J'aurais pas dû faire ce que j'ai fait. Je le sais maintenant. Merde ! je le sais. Mais qu'est-ce que j'y peux ? C'est trop tard pour nous, elle est enceinte.

On s'est encore bécotés. Cette fois, il ne s'est pas écarté. C'était comme si on était retournés au bord du canal par ces glaciales soirées d'hiver. Ces soirées où je pensais crever de froid jusqu'au moment où Johnser m'embrassait. Alors j'oubliais le froid et tout le reste. Tout sauf lui et le fait que j'étais sa copine.

J'ai répondu, j'ai répondu avec toute la passion et la fièvre que j'avais éprouvées du temps où j'étais sa copine. Il m'a demandé s'il pouvait me raccompagner à la maison. J'ai dit oui.

On est montés dans sa voiture et j'ai souri

– Tu as grimpé les échelons, Johnser.

Il s'est contenté de rigoler.

On a roulé en silence. Ce n'était pas un silence gêné, c'était le silence complice de deux êtres qui se sentaient bien ensemble. Quand on s'arrêtait aux feux, il tendait le bras pour me prendre la main. Il la serrait et je lui rendais sa pression. Le feu passait au vert et il reposait la main sur le levier de vitesses. Il a pris la direction de Phoenix Park, mais je n'ai pas protesté. Je savais ce qui allait se passer.

On a trouvé un coin bien tranquille, on a arrêté la bagnole et, sans dire un mot, on s'est encore embrassés. Cette fois-ci, quand il a plongé la main dans mon chemisier, je me suis laissé faire. C'était merveilleux, cela faisait du bien de le retrouver. Il a marmonné quelque chose comme quoi je lui manquais, j'ignore s'il me parlait ou s'il s'adressait seulement à mes seins, mais je m'en fichais, je me fichais de tout. J'ai passé mes mains dans ses cheveux tandis que sa tête descendait de plus en plus bas pour m'embrasser le ventre. Il a soulevé ma jupe et s'est mis à me butiner les cuisses. Je me suis faite toute petite. Au nom du ciel, qu'est-ce qui m'avait pris de mettre des collants ? Maudits collants, je les détestais, je ne me serais même pas montrée à maman en collants et voilà que Johnser les embrassait ! Seigneur, j'étais écarlate !

Il les a abaissés, j'avais hâte qu'il les enlève, non pas pour une raison sexuelle, mais simplement pour être débarrassée de ce machin avant de mourir de honte. Pourquoi n'avais-je pas mis mes bas résille et mon porte-jarretelles, ou mes jarretières, ou encore mes socquettes, merde ! n'importe quoi, n'importe quoi plutôt que ces horribles collants épais avec leur gousset renforcé ? Quand il a fini par me les retirer, j'ai remercié le Seigneur d'avoir au moins choisi un joli slip neuf. Imagine que j'aie porté une de ces vieilles culottes défraîchies qu'on garde pour la période des ragnagnas, j'aurais été bel et bien foutue. Ou je ne l'aurais peut-être pas été, en y réfléchissant...

J'étais nue. Nue de la taille aux pieds. Et sa tête était entre mes jambes. Il m'embrassait, me léchait, il me faisait venir, c'était mortel. Je n'y croyais pas. Moi, dans une bagnole, en plein milieu de Phoenix Park, en train de jouir ! Où était ma vertu à ce moment, le grand projet de perdre ma virginité dans une chambre d'hôtel qu'on aurait réservée pour le week-end ? Merde, qu'est-ce que cela pouvait bien faire ?

Je le voulais, lui, je le voulais maintenant. Il a incliné mon siège et s'est allongé sur moi. Il tripotait son jean comme un gosse qui meurt d'envie d'aller aux toilettes. Tout à coup il m'a pénétrée. Ça m'a fait mal mais je n'ai rien dit. Je n'allais pas l'empêcher cette fois-ci. Il m'a pénétrée, il me chevauchait, je couchais pour la première fois de ma vie et c'était avec Johnser, le garçon que j'aimais plus que tout.

Je ne peux pas dire que je me suis éclatée, je n'ai rien senti d'autre que le poids de Johnser sur moi. Ce n'était pas très différent de ce qui s'était toujours passé, sauf que cette fois j'avais un petit peu mal, je savais donc qu'on faisait l'amour. Il me caressait partout et me chuchotait à l'oreille

– Je t'aime, Jackie, je t'ai toujours aimée.

Et je lui ai répondu :

– Moi aussi je t'aime, Johnser.

J'ai vu son visage et j'ai eu la certitude qu'il était sérieux.

Je le tenais serré contre moi et soudain son corps s'est raidi, il s'est arqué en arrière et j'ai compris qu'il jouissait. J'ai senti son sperme jaillir en moi. J'ai agrippé ses fesses et poussé contre lui de toutes mes forces jusqu'à ce qu'il ait fini.

On s'est rhabillés et il m'a tendu une cigarette.

– Jackie, je suis désolé. Je voulais pas te...

Je l'ai interrompu au milieu de sa phrase.

– Tu n'as pas besoin de t'excuser, c'est ce que j'ai toujours voulu, c'est ce que j'attendais depuis des années.

Il s'est penché pour m'embrasser.

– Je t'aime, Jackie, répéta-t-il.

C'était la première fois qu'il disait qu'il m'aimait. Et j'étais sûre à ce moment-là, sans l'ombre d'un doute, qu'il était sincère.

On est restés là, blottis l'un contre l'autre. On s'embrassait, on discutait, on s'embrassait encore. On discutait du passé, du malentendu entre nous, de tout ce qui existait sous le soleil. Le seul sujet tabou, c'était

Tara Coyle. Je ne pouvais pas en parler, c'est tout. Je ne pouvais même pas me résoudre à lui demander comment elle allait, comment le mariage se présentait. Non, cela m'était impossible.

Je ne voulais pas savoir. Tout ce que je voulais c'était Johnser, tout ce que je voulais savoir concernait Johnser. J'aurais voulu que cette nuit dure toujours. En un sens ç'a été le cas, j'imagine. On est restés dans le parc toute la nuit, serrés l'un contre l'autre. On s'assoupissait deux minutes, on se réveillait, on discutait, on se rendormait. À la fin, les oiseaux ont entamé leur concert matinal et le soleil a commencé son périple vers le centre du ciel.

La tête de Johnser reposait sur mon épaule au moment où il a murmuré :

– Je crois qu'il vaut mieux que je te ramène à la maison.

J'ai soupiré en passant ma main dans ses cheveux. J'aimais ses cheveux, leur toucher doux et soyeux, leur odeur, leur couleur, ils étaient si beaux.

– D'accord, John, comme tu veux.

Je l'avais appelé John. J'y croyais pas. Il n'était plus Johnser le gamin. C'était John, un homme.

Il est arrivé devant chez moi, juste devant la porte d'entrée.

On a discuté quelques minutes, puis il m'a embrassée.

– Au revoir, Jackie. Prends soin de toi.

Je l'aimais pour ça. Pour ne pas entonner un couplet du genre : « Si seulement les choses étaient différentes...

Nous savions tous les deux qu'il allait se marier, alors à quoi bon ! On avait eu notre nuit à nous. J'avais eu mon Johnser, c'était tout ce qui comptait. Désormais j'aurais mes souvenirs pour le restant de ma vie.

J'ai ouvert la porte et suis entrée.

Maman et papa m'attendaient. Papa était furieux.

– Vous avez vu l'heure qu'il est, madame ?

Quel accueil ! je n'ai même pas répondu. Je suis allée à la cuisine me préparer un toast. Maman y était assise en train de fumer, elle qui n'avait pas fumé depuis des années.

– Ton père te parle, Jackie Clarke.

J'ai fait volte-face.

– Quoi ? Qu'est-ce qu'il y a encore ?

– Je t'ai demandé si tu avais vu l'heure qu'il était.

J'ai consulté mon bracelet-montre.

– Tu sais l'heure qu'il est, papa. Merde ! tu sais pertinemment l'heure qu'il est. Tu sais aussi que je m'endors en pleurant depuis des mois. Tu sais que je bois comme un trou, comme tu sais que je n'ai rien à foutre de toi, de maman, de Jeffrey, de James Bond ou de n'importe qui d'autre d'ailleurs. Alors lâche-moi ! je suis amoureuse d'un autre, il va se marier et je ne peux rien pour l'empêcher. Mais je n'espère pas que tu comprennes. Alors ne m'emmerde pas avec l'heure qu'il est !

Je ne pouvais pas croire à la tirade que je venais de prononcer. Seigneur ! j'allais me faire déchirer. Mais non.

Ils se contentaient de me regarder, sans voix. Mon toast a sauté en l'air, mais je n'avais plus faim.

– Je vais me coucher.

Je suis montée dans ma chambre. En l'espace de quelques minutes, je dormais. Avec Johnser.

Je me suis réveillée tard le lendemain matin, ma culotte encore trempée du foutre de Johnser. La maison était silencieuse, alors je suis allée prendre une douche. Quand j'ai fini par descendre, mes parents se sont comportés comme d'habitude, faisant comme si de rien n'était. Ils me donnaient envie de gerber.

Jeffrey a téléphoné pour m'inviter au restaurant. Je lui ai répondu de me lâcher. Ça m'a fait du bien. J'avais du mal à croire qu'après une seule nuit avec Johnser, je pouvais être dans une telle forme.

Je ne m'étais pas sentie aussi heureuse depuis des années. En réalité, je ne pense pas avoir jamais été aussi heureuse.

Plus tard dans la soirée, Jeffrey a rappelé.

– Comment vas-tu ? Tout va bien ? Ça va ?

– J'ai la pêche, Jeffrey. Je le jure devant Dieu, j'ai la pêche !

Je savais que ça lui plairait, ce truc de jurer devant Dieu, Jeffrey n'aimait pas les gros mots, il aimait les gens raffinés. Il voulait que je sois raffinée, je le savais.

– Tu te prépares ? On sort ?

Et je me suis dit « pourquoi pas ». On est donc allés dans un autre restaurant exotique, on a goûté à une nouvelle bouffe exotique et la vie a continué.

23

Je m'en voulais pour ma façon d'avoir traité Jackie, la manière dont je venais de la déposer chez elle et de m'enfuir. Pourquoi n'étais-je pas assez grand, assez adulte, pour annuler le mariage ? Pour avouer à Tara que je l'aimais pas, que j'en aimais une autre, que je voulais en épouser une autre. Je m'en vais te dire pourquoi, répondait une petite voix dans ma tête. Parce que tu as peur du prix à payer. Peur de perdre la face devant la Brosse. Peur de pas être le caïd, de pas être respecté. Voilà pourquoi, Johnser, voilà pourquoi...

J'essayais de me persuader que je kiffais peut-être pas Jackie autant que je m'imaginais. Après tout c'était qu'une partie de boullave !

Mais j'y arrivais pas. C'était davantage, c'était faire l'amour. C'était la première fois que j'avais fait l'amour, là était toute la différence. C'était pas mieux, sexuellement, je parle. Je devais reconnaître que Tara était peut-être plus chaude, mais c'était différent, c'était plus tendre, c'était pur. Même si tout s'était passé dans un carrosse en plein Phoenix Park, c'était pur.

J'aurais voulu lui expliquer ce que j'éprouvais, lui dire que j'étais amoureux d'elle, qu'elle était la seule femme que j'avais jamais vraiment aimée, mais j'en étais incapable. Je voulais pas que la nuit s'achève et elle non plus, je pense. Mais le matin avait fini par se pointer et j'avais dû la reconduire chez elle. Je savais qu'il servait à rien de demander à Jackie de me revoir, je voulais pas de ce genre de situation. Je la voyais pas comme un à-côté, je voulais qu'on soit vraiment ensemble. Je savais que c'était impossible parce que je désirais aussi vivre ma vie. Comment je pourrais renoncer à tout ça ? Qui allait m'employer ? Quelle personne normale allait me dire : « Oh ! tout neuf, Johnser ! Tu as tourné la page, s'il te plaît permets-moi de te donner du travail. »

J'avais pas d'instruction, en tout cas rien qui vaille la peine d'en parler. Je savais lire et écrire, mais c'était à peu près tout, point final. Il a jamais été dans mes projets d'avoir de l'instruction ou d'acquérir une formation. J'étais même pas capable de planter un putain de clou dans un mur. Je me voyais pas passer un entretien, je me voyais pas mettre une chemise et une cravate pour mendier un job à un petit bouffon sournois. Tenter de lui prouver pourquoi il devait me choisir parmi les deux autre mille glands assis dans la salle d'attente, juste pour qu'il puisse me payer cent vingt livres par semaine avant retenues. Je me voyais vraiment pas faire ce cinoche et, si je le faisais, je finirais seulement par haïr Jackie et tout lui mettre sur le dos, j'en étais sûr.

La vie de voyou avait son charme. Je gagnais ma vie, je me débrouillais bien. Seul me manquait l'amour de cette meuf, et si c'était le prix à payer, ainsi soit-il !

C'était comme être curé mais en moins dur, c'était pas comme si je devais faire vœu de célibat, simplement je devais me passer de Jackie.

J'en sais rien, peut-être que j'ai la grosse tête, mais je crois que Jackie se serait contentée du rôle de maîtresse. Pourtant je pouvais pas lui faire ça.

Jackie méritait mieux. Jackie méritait un mec gentil, avec une bonne situation, capable de lui offrir un niveau de vie décent, un joli pavillon et deux gamins. Il fallait pas s'attendre à ce qu'elle accepte ce que j'avais à lui proposer.

Le jour du mariage approchait à toute carbure, comme propulsé sur des montagnes russes, et j'y pouvais rien. Même si je dois avouer que mon esprit était ailleurs, j'oubliais pas le cobra. Ce serait le nec plus ultra, le gros casse, celui dont j'avais rêvé. Et mon futur beau-père, Blue, devait y participer, que je le veuille ou non. Il allait falloir que j'essaie de mieux m'entendre avec lui. Malgré tout, Tara et moi, on attendait un gosse et c'est lui qui serait le grand-père. Pour être juste, il semblait faire un effort pour m'amadouer. Il avait obtenu ce qu'il voulait, il était sur le coup.

Je me rappelle lui avoir causé un soir. Il m'a dit une chose qui m'a vraiment choqué. Il m'a dit qu'il pensait pas qu'on ait encore besoin de la Brosse, qu'en ce qui le concernait, moi et lui, on était bien capables de prendre la suite de tout le bizness. Qu'on avait eu tous les deux la responsabilité de gros coups, donc qu'on connaissait la zique. Pourquoi la Brosse devrait-il toujours manger la plus grosse part du gâteau sans avoir à prendre les mêmes risques que nous ?

Je savais qu'il était sérieux, c'était pas un piège, il me testait pas ou un plan de ce genre. Il pensait sincèrement qu'on était assez bons pour prendre la relève.

Il voyait que j'étais intéressé, il savait bien que j'avais toujours caressé le rêve d'être le caïd.

– Penses-y, mon fils penses-y.

« Mon fils », il m'appelait toujours « mon fils », et j'avais horreur de ça. Je pliais l'échine, j'étais pas son fils, merde ! Le simple fait d'épouser sa fille ne faisait pas encore de moi son fils. Son gendre peut-être, mais pas son fils. C'était pas qu'une façon de parler, vu que je l'avais jamais entendu dire ça à un autre. Et il insistait, partout où on allait il parlait de moi comme de son fils. Même devant la Brosse. Je crois qu'il voulait que tout le monde sache que j'avais encloqué sa fille et que je faisais désormais partie de la famille. Je tâchais de l'ignorer, mais il me gavait vraiment.

– Penses-y. Comme je t'ai dit, pour quelle raison la Brosse devrait toucher sa part ? Il va participer au casse ? Non. Il sait où trouver quelques mochetés de tableaux ? La belle affaire. C'est nous qui prenons les risques, c'est nous qui montons le coup.

« Nous. » De quel droit disait-il « nous » ? C'était moi qui montais le coup, tout était mon œuvre. La Brosse m'avait confié le taf, j'avais dégoté les hommes, j'avais dégoté les bagnoles. Je connaissais l'horaire, je savais ce qu'on faisait.

Je m'efforçais d'être rationnel, je m'efforçais d'éviter tout conflit à seulement une semaine de la cérémonie... et du casse.

– Dis, Blue, je suis d'accord avec toi. Un jour, on sera les chefs. Mais on a aucun contact pour se débarrasser des tableaux. Personne nous connaît, personne voudra traiter avec nous.

Il secouait la tête.

– Écoute, mon fils, voilà comment ça se passe. Si tu as des tableaux comme ceux-là, tu trouves un marché. Je connais certains de ceux avec qui la Brosse traite. Je traiterai avec eux, y a pas de problème.

– J'en sais rien, Blue. J'aimerais mieux laisser la Brosse agir sur ce coup. On a tout le temps d'en monter d'autres tout seuls.

Il me considérait.

– Toi peut-être, pas moi. J'en veux tout de suite. La Brosse a eu son temps. Sortons-le. C'est le bon moment.

24

C'était samedi, le 6. Je n'oublierai jamais cette date, c'était le jour où Johnser se mariait. Je ne pouvais pas m'empêcher d'y penser. Je la voyais aller chez le coiffeur, je le voyais se lever, je voyais les voitures arriver, la couleur choisie par les demoiselles d'honneur de la mariée. Je me demandais si Fat Larry avait été invité, si un membre de notre vieille bande y allait. J'en doutais plus ou moins, Johnser avait grimpé les échelons, non ?

Ce soir-là, Jeffrey est venu me voir. Ce grand dadais de Jeffrey. Et nous sommes restés au salon à papoter. Papa et maman étaient sortis, le dernier James Bond avait débarqué sur les écrans et Jeffrey leur avait offert des places de cinéma. Jeffrey était lèche-cul à son habitude, me parlant de ma beauté alors que je ne m'étais même pas donné la peine de me laver les cheveux. J'étais assise là, dans un vieux survêt qui avait été rose dans le temps, avant que maman le passe à la machine avec du linge de couleur, et qui était maintenant d'un bleu-violet à chier, et lui m'affirmait que j'étais belle ! J'avais envie de lui dire de me lâcher, j'étais trop intéressée par ce qui me trottait dans la cervelle pour écouter ses bouffonneries. Je voulais penser au mariage, quelles chansons étaient reprises en chœur, quels laïus s'y succédaient. Je me demandais si Johnser chantait *Two outta three ain't bad* et, si c'était le cas, s'il pensait à moi.

Pendant que les paroles défilaient dans ma tête, *I want you, I need you, but there ain't no way I'm ever gonna love you*[1], je me demandais si c'étaient les sentiments que j'inspirais à Johnser. Mais non, Johnser m'avait dit qu'il m'aimait, simplement il ne pouvait pas m'épouser. Mais je n'éprouvais pas autre chose pour Jeffrey, c'était clair. Je voulais bien de lui, mais pas sexuellement, et pendant les soirées solitaires où mes copines sortaient en ville, j'avais violemment besoin de lui (j'avais horreur de la solitude). Sauf qu'il n'était pas question d'amour. Il n'était pas question que j'en aime un autre que Johnser. Johnser était la crème des mecs, le top du top. Je l'aimais. Personne ne prendrait jamais sa place. Certainement pas cette taroupette.

– Jackie, a-t-il commencé. Il faut que je te demande quelque chose.

1. « J'ai envie de toi, besoin de toi, mais je ne pourrai jamais t'aimer. » *(N.d.T.)*

Je regardais la télé. Il n'était que neuf heures trente et il n'y avait absolument rien, mais je la regardais quand même. Je feignais de m'intéresser à ce que j'étais en train de suivre, mais, sur la tête de ma mère, je ne me rappelle pas ce que c'était. L'émission aurait aussi bien pu être consacrée à la vie des puces sur le cul d'un chameau, vu qu'à ce moment-là de l'histoire ça m'aurait davantage intéressée que Jeffrey.

– Jackie ?

– Ouais, ouais. Qu'est-ce qu'il y a ? J'écoute. Me demander quoi ?

Il s'est levé, a traversé la pièce et éteint la télé.

Je lui gueulai dessus.

– Rallume-moi ça, je regarde !

– Dans un instant.

Seigneur qu'est-ce qu'il se passait ? Jeffrey était réellement fâché.

C'était une nouveauté. Jeffrey le mouton devenait enragé. Pince-moi, je rêve ! Il s'est agenouillé devant moi.

– Jackie, je t'aime.

– Lâche-moi, s'il te plaît, et rallume la télé.

J'avais honte pour lui. Pour qui se prenait-il, pour cette tarte de Roméo ? Oh, Seigneur ! À quoi il jouait ?

– Accorde-moi un instant, s'il te plaît. J'ai demandé à ton père...

– Tu as quoi ?

– J'ai demandé ta main à ton père et il a dit oui.

– T'as fait quoi ? (Je me suis levée d'un bond.) T'as fait quoi ? (Je suis allée à la fenêtre.) J'y crois pas. T'as demandé à mon père avant de me demander à moi !

Il m'a suivie jusqu'à la fenêtre en me tirant par le bras. Je l'ai repoussé.

– Va-t'en, je le crois pas que tu m'aies fait ça.

– Jackie, je t'en prie...

– Jackie, je t'en prie, mon cul ! Si tu veux te marier avec moi, tu me demandes à moi. Pas à mon père, ni à ma mère, tu me demandes à moi ! Pour qui tu me prends ? Pour une Indienne ou quoi ?

– Jackie, je t'en prie, je t'en plie, suppliait-il.

Mais j'étais lancée. J'y croyais pas, je ne croyais pas que j'allais être victime d'un mariage arrangé.

– Non, Jeffrey, je ne t'écouterai pas. Je ne suis pas une petite squaw que son père donne au plus offrant. Je suis une Irlandaise, et si tu veux te marier avec moi, tu me demandes à moi. Et si je dis oui, bon, après, tu vas parler à mon père.

– Je suis navré, Jackie, vraiment navré...

– Navré ? Je te connais. Navrante, la vision, oui ! Pour qui tu me prends ? Pour une espèce de nulle incapable de se décider toute seule ?

– J'ai cru bien faire.

C'était effarant. Il y avait un livre sur le fauteuil. Je l'ai ramassé et le lui ai jeté à la tête. Il s'est baissé et le bouquin a heurté la télé.

– Jackie, je t'en plie...

– Jackie, je t'en prie, rien du tout ! Tu as cru bien faire. Pourquoi tu dois toujours bien faire ? Qu'est-ce qui t'arrive ? Je croyais qu'on était au XXe siècle, mais visiblement je me suis trompée parce que tu m'as tout l'air de vivre encore au Moyen Âge. Jeffrey, va-t'en... Merde, sors d'ici !

Il est parti.

J'ai fondu en larmes. Il n'y était pour rien. O.K., il m'avait énervée, je le reconnais. En demandant à mon père avant de me demander à moi. Mais ce n'était pas la vraie raison de ma crise. La vraie raison, c'est que je savais que Johnser n'était plus là. Ce que je pouvais espérer de mieux désormais, c'était Jeffrey. J'allais devoir me contenter d'un pis-aller parce que Tara Coyle avait décroché la timbale.

Je pleurais sur quelque chose qui n'avait pas d'avenir : Johnser et moi. Mes larmes ont été interrompues par un coup de sonnette. J'ai été tentée de l'ignorer, et puis j'ai changé d'idée. C'était Jeffrey.

J'ai fait volte-face et suis retournée au salon en laissant la porte ouverte. Il m'a suivie. Il s'excusait.

– Jeffrey, s'il te plaît, arrête de me soûler. Ce n'est pas toi, c'est moi. Je t'en veux d'avoir demandé à mon père avant de me demander à moi, mais tu m'as déjà dit pardon, alors laisse béton, d'accord ?

– D'accord, pardonne-moi.

– Jeffrey, arrête. Fais-moi donc plaisir, arrête de me dire pardon...

On est restés silencieux, puis j'ai empoigné ma tasse de vodka et je me suis remise à boire.

– Allez, tu veux bien ? me redemanda-t-il, agenouillé à mes pieds. Tu veux bien être ma femme ?

J'ai détourné les yeux. J'ai zoomé la pendule de la cheminée et vu l'heure. Onze heures moins dix. Je me demandais si Johnser et Tara dansaient encore dans la nuit ou s'ils s'étaient éclipsés pour monter dans leur chambre. Faisaient-ils l'amour ? La tenait-il serrée contre lui ? Johnser Kiely tenait-il la jeune mariée, sa femme légitime, Mrs Tara Coyle, dans ses bras ?

Je me suis retournée vers Jeffrey.

– Ouais, Jeffrey, je veux bien.

Son visage s'épanouit.

– Tu es sérieuse... tu veux bien m'épouser ?

Il m'a serrée dans ses bras, mais je n'ai pas répondu à son étreinte, je me suis contentée de laisser mes mains mollement posées sur ses épaules.

Je fixais la pendule en songeant à d'autres vœux. Jusqu'à ce que la mort nous sépare.

Jeffrey m'embrassait. J'ai jeté un nouveau regard à la pendule. « Va te faire voir, Johnser ! pensai-je. Si tu dois appartenir à cette lopsa de Tara, alors je vais appartenir à Jeffrey. » Je lui ai pris les mains et les ai plaquées sur ma poitrine.

Il avait l'air bouleversé.

– Mais, Jackie, tes parents ? Ils ne vont pas tarder à rentrer.

Je n'ai pas répondu. Qu'ils aillent se faire voir ! je m'en fichais pas mal.

J'ai ouvert mon corsage, glissé ses mains à l'intérieur et je l'ai embrassé. Jeffrey a tenté de protester.

– Jackie, je t'en prie, on ne peut pas...

Mais moi je le pouvais, il le fallait.

Et voilà, Jeffrey m'a baisée. Il appelait ça faire l'amour, moi j'appelle ça de la baise.

Je n'ai pas bougé. Je suis simplement restée allongée là, les yeux fixés sur le lustre de ma mère, sur sa lumière éblouissante, pendant qu'il me sautait. En deux, trois, quatre mouvements, c'était fini. Il a remonté la fermeture Éclair de son pantalon et s'est couché près de moi.

– Je t'aime, Jackie, je t'aime.

C'est tout ce que j'ai entendu après « pardon », qui était le truc le plus énervant qu'il m'ait jamais dit. Il s'est mis à glousser tout seul.

– Merde ! Qu'est-ce qui te fait marrer ? Qu'y a-t-il de si drôle ?

Il n'y avait pas de quoi rire. Toute une vie avec Jeffrey n'était pas ma vision personnelle de l'amusement. Il continuait à glousser et je sentais que j'allais encore me vénérer. Je lui ai flanqué une baffe.

– Ça va pas ? Qu'y a-t-il de si rigolo ? Merde !

Il a fourré sa main dans sa poche.

– J'ai oublié de te donner ça, a-t-il répondu en sortant un écrin.

Ce geste aussi me contrariait. J'étais contrariée qu'il ait choisi la bague. Il ne m'avait même pas laissé la satisfaction de donner mon avis.

Il avait pris un solitaire qui avait l'air vraiment cher, mais moi je ne voulais pas de solitaire. Je voulais une torsade avec trois diamants, exactement pareille à celle qu'avait Tara, à celle que Johnser lui avait offerte.

Mes parents sont rentrés peu après. Jeffrey a couru à la cuisine prendre une bouteille de champagne dans le frigo.

Ils avaient tout préparé, ils étaient tous au courant de ce qui se passait. Tous sauf moi. Maman se conduisait en ado. Elle pouffait et gloussait pour un rien.

– N'est-ce pas magnifique ? roucoulait-elle. Tu nous croyais juste au cinéma, mais on était dans la confidence, depuis le début on connaissait les projets de Jeffrey.

« Son projet de baise aussi ? » pensai-je.

Merde ! si vous êtes tous si heureux, si merveilleusement heureux, pourquoi vous ne vivez pas ensemble ? Pourquoi vous ne vous tirez pas tous pour me laisser tranquille ? Ce cirque n'avait rien à voir avec moi, il concernait uniquement ma mère, mon père et Jeffrey.

Mais je ne désirais pas vraiment être tranquille, c'était là le problème. Aussi, une fois de plus, je me suis accommodée bon gré mal gré des plans des autres.

Maman se figurait que tous les pingouins de sa galaxie viendraient à mon mariage, mais j'ai dit non, je ne voulais pas de grande réunion chic, je préférais ma proche famille. Je désirais que le mariage ait lieu le plus tôt possible, les ai-je prévenus. Jeffrey a pris ce souhait comme un énorme compliment, il croyait que je ne pouvais plus attendre pour passer le restant de ma vie avec lui. Comme c'est triste !

Si seulement il avait su ! jamais je ne retrouverais un autre Johnser, jamais plus je n'aurais le coup de foudre. Je n'aimerais plus jamais, alors peu importait qui j'épousais...

25

Au final, Blue a accepté qu'on reste avec la Brosse. Uniquement parce qu'il ne savait pas comment écouler les tableaux, car il tenait toujours à se séparer de lui dès que possible. J'ai accepté. J'ai accepté parce que je pensais pouvoir gagner du temps jusqu'au moment où je serais prêt.

Le matin de la noce est arrivé et tout s'est déroulé selon nos plans. La Poche avait les trois bagnoles dans son box et il était convenu que lui, Fingers et Stan les conduiraient aux emplacements prévus. Elles seraient bien cachées, à trois kilomètres les unes des autres. Je suis allé me marier. C'était trop simple !

J'ai conduit Tara à l'autel et je dois reconnaître que, même enceinte de deux mois, elle était charmante. Elle était mortelatomique ! Elle était d'une beauté renversante malgré la présence à ses côtés de sa tache de père.

Il y avait là des potes à moi, qui étaient plus des relations d'affaires que des potes. Ma famille était là, mon père et sa vieille lopsa de petite amie. Et surprise, ô surprise ! il était encore à jeun. J'ai aperçu Fat Larry au fond de l'église. Il n'était pas invité, mais j'étais content qu'il soit là, j'étais content qu'il ait pris le temps de venir me voir convoler. Et puis j'ai repéré le reste de la bande et cette vision m'a fait sourire. Ils m'ont salué de la main. Fat Larry donnait l'impression qu'il allait crier, mais, réalisant soudain où il était, il s'est ravisé. Je leur ai adressé un signe de tête.

La Brosse s'est assis au deuxième rang, l'air vaniteux comme un paon, tout le monde devait le prendre pour le père du marié. Il m'avait demandé ce que je voulais comme cadeau de mariage, je n'étais pas fixé, alors au final il m'a acheté une bagnole. J'y croyais pas. La veille de la noce, il m'avait tendu les clés. Une

Ford Escort, flambant neuve, avec la carte grise à mon nom. C'était le plus beau cadeau qu'on m'ait jamais offert, mais j'aurais préféré qu'il s'abstienne. Je veux pas dire « Mon Dieu ! t'aurais pas dû ! » tout en arrachant en même temps les clés de sa main. Mais j'avais mauvaise conscience, parce que je savais qu'un jour, j'allais me pencher sur son territoire et prendre sa succession, le tuer si nécessaire, et en ce moment lui me récompensait de ma loyauté. Quelle loyauté ?

Il fallait bien reconnaître que c'était un petit bijou. Rouge vif, le tableau de bord décoré d'un beau placage noyer. C'était la tuture la plus classe que j'avais jamais vue et c'est moi qui serais au volant.

Blue, lui, nous a offert des vacances. Une lune de miel de quinze jours, il appelait ça, mais pour moi c'étaient seulement des vacances. Je ne devrais pas être si ingrat quand même, ça voulait dire que je serais loin quand il y aurait la pression.

On s'est donc mariés. La cérémonie m'a paru durer des plombes, grâce à Tara et à sa sale famille.

Enfin on en est arrivés à la réception. On aurait droit d'abord à un petit vin d'honneur, puis à un peu de musique et ensuite à un dîner.

Les schmits étaient omniprésents, ils nous épiaient comme des aigles, mais sans pouvoir rien faire. Le vin d'honneur avait lieu derrière des portes closes pour qu'on puisse s'arracher aussitôt entrés dans la salle à manger.

Les laïus avaient commencé, chacun y allait du sien. Ils n'étaient pas nécessaires, c'était un prétexte pour jouer les prolongations et nous donner le temps de sortir. Tous ceux qui assistaient à la noce se doutaient qu'il se tramait quelque chose. Et je dois reconnaître que j'étais très excité par le casse que j'allais commettre.

Pendant toutes les simagrées de l'église, des pensées de Jackie m'ont remué l'esprit. C'est pas que je la comparais à Tara, c'est juste que j'avais l'impression que j'aurais été cinquante fois plus heureux si c'était à elle que j'avais passé la bague au doigt. Mais c'était pas avec Jackie, c'était avec Tara que j'étais marié maintenant. Et ça rimait à rien de penser à ce qui aurait pu être, il fallait que je me concentre sur le taf du moment. J'étais un professionnel, après tout !

26

Tous les keums se sont changés et on a filé discrètement. La Poche faisait le pied de grue pour nous véhiculer à l'endroit où était la Land Rover. Une fois là-bas, on a roulé à travers champs jusqu'à la maison. Le vieux couple était sorti. J'ai cassé la fenêtre et déclenché le système d'alarme. On s'est planqués en attendant l'arrivée des kisdés. Moins d'une heure plus tard, ils débarquaient et fouillaient rapidement le secteur du jardin, constataient qu'il y avait une petite fenêtre de cassée, mettaient la chose sur le compte des garnements et redémarraient. Dès qu'ils furent repartis, on est entrés. On connaissait les tableaux à embarquer, de sorte que l'opération devait pas prendre longtemps. L'alarme hurlait comme une perdue en arrière-plan, mais on était sûrs que les condés reviendraient pas. De toute façon la Poche était de guet et il pouvait surveiller la campagne sur des kilomètres. On s'est emparés de toutes les peintures que la Brosse avait marquées sur son catalogue et Blue en a choisi une ou deux autres pour lui. Ces croûtes n'avaient sans doute aucune valeur, mais il les voulait quand même. On avait vingt huit chefs-d'œuvre en tout, ils étaient cent pour cent immenses. La Brosse nous avait dit d'enlever les cadres, précaution qui les rendrait plus faciles à entreposer. J'ai crié à la Poche de venir nous donner un coup de main. Il n'en restait plus que trois quand la porte s'est ouverte. Le vioque a fait son entrée.

Putain de bordel de merde ! L'unique fois où je tente ma chance et je trouve moyen de galérer. Avant que j'aie eu le temps de réagir, avant même que je puisse ouvrir la bouche, Stan lui est tombé dessus. Il a frappé l'ancêtre en force et l'a envoyé valser à travers la pièce. En tombant, papy s'est cogné la tête à un coin de table.

La vieille est entrée à son tour. Elle s'est mise à crier et s'est agenouillée devant son mari. Stan l'a shootée si fort que j'ai entendu le choc au moment où sa grosse chaussure lui touchait le ventre. Le mec a commencé à gémir. Stan lui a sauté dessus. J'ai entendu le craquement de son cou qui se brisait.

– Sans déconner, Stan !

Mais il était trop tard, Stan avait perdu les pédales. Il s'est rué sur la femme, furieux du dérangement. En grinçant des dents, il lui a flanqué un autre coup de latte.

– Espèce de vieille connasse !

Les coups de pied pleuvaient sur elle.

– Connasse, connasse, connasse...

C'est tout ce qu'il savait dire. Je l'ai agrippé.

– Sans déc, Stan, laisse tomber !

Il a pivoté. La folie zébrait ses yeux, mais je savais qu'au pire, il allait me trouver. D'une bourrade, je l'ai expédié à l'autre bout de la pièce.

– Merde ! laisse béton !

J'ai gueulé à la Poche :

– Sors le matos d'ici, allez !

On s'est carapatés. Au moment où on sautait dans la Land Rover, j'ai aperçu les voitures de police au loin. Nique leur mère ! Pourquoi voulaient-ils revisiter le château ? Ils avaient rien d'autre à glander ? Bon Dieu ! Cette saloperie d'alarme avait été déclenchée tous les jours de la semaine précédente. C'était violemment évident qu'elle était défectueuse...

La Poche a bombé à travers champs comme si le diable était à nos trousses.

Les schmits accéléraient, cap sur la maison. J'en voyais un penché sur sa radio, visiblement pour demander des renforts.

La Poche conduisait comme un ouf, évitant les arbres de justesse. Je sais pas où en étaient les keufs. Je sais absolument pas s'ils avaient visité la maison, trouvé les cadavres. J'en avais rien à cirer, tout ce que je savais c'est qu'on s'arrachait, on traçait, on était sous pression. L'adrénaline coulait à flots, ce sentiment de peur mêlé d'excitation. Stan se marrait, se vantait de ce qu'il avait fait.

– Tu l'as vue ? T'as vu la vioque ? T'as vu comment je lui ai fermé sa gueule ?

Blue se marrait aussi. Pas moi. Je les ai allumés.

– Attendez un peu que la Brosse soit au courant, attendez un peu...

Stan l'a bouclée. Mais pas Blue. Il s'est tourné vers moi.

– La Brosse n'a pas besoin d'être au courant.

– Il peut pas ne pas l'être. On peut pas mettre une croix sur ce qui s'est passé. C'est pas comme si un commerçant de Pearse Street payait pas les thunes de sa protection et qu'on le fracassait. Merde ! Ils sont morts les proprios, tu piges ?

– Comment tu le sais ? Comment tu peux être si sûr ? balbutia-t-il.

– T'as qu'à lire les journaux demain et tu verras !

On a changé deux fois de caisse et on a rejoint la réception trois heures après notre départ.

La noce battait son plein, mais j'étais incapable de m'éclater.

Il fallait que je briefe la Brosse, il fallait que je lui dise ce qui s'était passé. Une fois certain que les tableaux étaient en sûreté, il a voulu savoir comment Blue avait géré la situation. Je lui ai tout raconté et, pendant que je tchatchais, il fixait Blue à l'autre bout de la pièce.

Blue a tenté de lui faire baisser les yeux, sans résultat. Il s'est détourné avec un petit rire nerveux. La Brosse n'a même pas sourcillé.

– Johnser, je ne vais pas me répéter, alors écoute-moi bien. Blue devient incontrôlable, c'est un poids mort. Je sais que tu viens d'entrer dans sa famille, mais tu vas devoir choisir entre lui et moi. Attends, ne réponds pas tout de suite. Penses-y pendant ta lune de miel. J'attends ta réponse à ton retour.

Il m'a souri.

J'appréciais son honnêteté. Il y allait pas de main morte, il savait ce qui se passait. J'appréciais aussi le fait qu'il me donne le temps de me décider. Inutile de lui expliquer que c'était pas la faute de Blue. Une fois que la Brosse s'était fourré un truc dans la boule, la réalité avait plus d'importance. Il refuserait d'entendre parler de Stan. D'ailleurs, si je mettais les choses au clair, je serais dans la deumère jusqu'au cou. Somme toute, c'est moi qui avais sélectionné ce putain de gang. Non, que Blue aille se faire voir ! il était assez grand pour veiller sur lui.

La noce s'est prolongée jusque dans la soirée. Tous on dansait, on chantait, on rigolait. On a fait toutes les choses qu'on fait d'habitude à un mariage. J'essayais d'oublier Jackie, sans résultat.

Toute cette bouffonnerie était de la blague. Tara était de la blague, Blue était de la blague, ce putain de manage était de la blague. Mais j'y pouvais plus rien, c'était trop tard.

La Poche et Stan étaient allés planquer les tableaux dans les monts dublinois. Ils devaient les y entreposer jusqu'à ce que la Brosse ait contacté son acheteur. Ils connaissaient la cachette. On avait creusé puis isolé un trou profond de trois mètres au cœur d'une forêt, on aurait pu crécher là-dedans. Mais il fallait que ce soit parfait, sinon les tableaux s'abîmeraient, c'est ce que disait la Brosse. À leur arrivée au mariage, plus tard dans la soirée, ils nous ont assuré que le plan avait été suivi à la lettre.

Le repas de noce était royal, mais j'ai rien pu avaler. Tara compensait largement. J'avais entendu parler de manger pour deux, mais c'était rien à côté, elle se goinfrait assez pour nourrir toute une équipe de foot. L'orchestre a attaqué avec *When you're in love with a beautiful woman*. J'avais horreur de danser, mais je savais que j'avais pas le choix. Alors j'ai traîné les pieds de long en large et j'ai respiré quand le morceau s'est terminé. J'ai rapidement battu en retraite vers le bar où je suis resté simple spectateur pendant que ses tantes et ses oncles massacraient toutes les chansons jamais composées.

Oncle Albert a commencé par *That old devil called lurve*. Je me demande pour qui il se prenait, il gambadait d'un bout à l'autre de l'estrade comme un ado et retroussait sa lèvre genre un Elvis enragé chaque fois qu'il prononçait *Lurve*. Alors qu'il baissait la tête pour se faire applaudir, sa perruque a glissé. On aurait cru un gag sorti des Monty Python, non, c'était pire, parce que c'était vrai. C'était Monty Python sous acide !

J'ai pas pu me résoudre à regarder quand sa tante May, cent kilos toute mouillée, a interprété *Patricia the Stripper* en insistant pour mimer l'action. J'aurais aucun problème pour la voir, sûr et certain qu'un de ses parents l'avait filmée en vidéo.

Malgré ce que j'avais ingurgité, les vieux débris sur l'estrade m'interdisaient l'ivresse. À dix heures moins dix la noce s'est enfin achevée pour Tara et moi. Pendant que l'orchestre entonnait *Congratulations*, nous avons fait notre sortie sous la haie d'honneur des invités. À l'instant précis où on atteignait la porte, les kisdés débarquaient.

Ils m'ont alpagué, puis ils ont alpagué Blue, puis la Brosse. Ils ont arrêté une dizaine d'autres lascars et nous ont embarqués de manière musclée. Tara chialait toutes les larmes de son corps, sa mère aussi. Mais y a rien eu à faire. On nous a tous conduits à des postes de police différents. Sheriff Street, Rathmines et Pearse Street. Pendant que j'étais assis là-bas, j'étais sûr qu'on faisait tous exactement la même chose, on choufait un point du mur. Je me rappelle le condé. Je me rappelle qu'il m'a giflé, à toute volée. Avant de pouvoir réagir, je me suis retrouvé par terre et du sang me coulait sur la joue. J'étais étourdi, mes mains étaient menottées derrière mon dos, me venger était donc hors de question. Il m'a envoyé un coup de brodequin.

– Kiely, espèce de bâtard !

J'ai levé les yeux et je me suis dit : « T'imagines pas le bâtard que je suis. Mais un jour, un jour... »

Quand il a eu fini de m'exploser à coups de pied, je me suis relevé et je me suis rassis sur ma chaise, d'où j'ai continué à fixer le mur. C'était douze heures avant qu'ils me remettent en liberté.

Je suis sorti direct pour prendre un avion à destination des Bermudes.

C'était loin les Bermudes et j'étais raide comme un piquet à force de rester assis dans l'avion. Tara devait pas être très à l'aise non plus, mais elle le gardait pour elle. Elle était trop occupée à accaparer mon attention en revivant le moindre instant de notre mariage et, quand elle s'est aperçue que j'écoutais pas, elle s'est tournée vers le mâle assis à côté d'elle et a commencé à l'entreprendre. J'avais pitié de ce pauvre bougre. Il essayait de dormir un peu, mais chaque fois qu'il fermait les yeux, elle lui flanquait un coup de coude dans les côtes.

– Vous m'écoutez ?

Il se contentait d'incliner la tête, il était trop poli pour lui dire de le lâcher.

La seule fois où elle l'a fermée, c'est quand on nous a servi à manger. Seigneur ! elle damait pour toute l'Irlande. Elle a même piqué la pâtisserie dans l'assiette de son voisin quand elle a vu qu'il la mangeait pas.

Quand il s'agissait de commander une boisson, elle était encore pire. Mon Dieu qu'elle était vulgaire !

– Excusez, mademoiselle, ouais, vous la tartinée de maquillage. Quand vous aurez fini de nous montrer les sorties de secours et les sacs en papier, vous voulez nous apporter un autre verre ?

L'hôtesse de l'air l'a foudroyée du regard tout en souriant, puis est allée chercher son chariot à boissons. Tara a commandé une bière pour moi et deux vodkas pour elle.

– Vous feriez mieux de m'en donner deux, parce que vous êtes un peu lente avec votre caddie.

Elle a insisté pour payer un whisky à son copain de

fraîche date, alors qu'il ne voulait qu'une boisson gazeuse.

– Vous allez prendre une vraie boisson d'homme, tous ces trucs pétillants sont pas bons pour vous. Vous allez péter toute la nuit !

Elle a émis le son d'un coussin farceur, un gros prout. Puis elle s'est tordue de lire, renversant de la vodka sur la femme assise devant elle.

Après huit vodkas, elle a décidé que c'était le moment de mettre un peu d'ambiance. Elle a entonné *Una paloma blanca* à pleins poumons.

Quand l'hôtesse l'a priée de se taire, elle a braillé encore plus fort :

– Oh ! Mais ferme ta gueule !

Elle chantait toujours les chansons les plus grotesques. Et toujours comme une casserole.

Son petit numéro me fracassait la tête.

J'ai vu que certains passagers rigolaient, ça leur plaisait. Ils contemplaient l'attraction du bord. Moi, je contemplais le reste de ma vie. Sans déconner.

Il était tard à notre arrivée à l'hôtel. On s'est même pas donné la peine de défaire les bagages. L'effet des vodkas se faisait enfin sentir sur Tara et elle voulait qu'une chose, son lit. J'étais ravi. Dans le taxi elle avait parlé d'aller se cuiter toute la nuit ; heureusement ça risquait plus d'arriver. Elle s'est écroulée sur le lit et a sombré dans le coma aussi sec. Elle avait même pas pris la peine de se dévêtir. Si elle croyait que j'allais m'en charger à sa place...

Je me suis réveillé tôt le lendemain matin. Tara était toujours comateuse. J'ai tenté de la secouer mais elle refusait de bouger, alors je suis allé prendre mon petit déjeuner tout seul.

C'était pas un petit déj irlandais, mais il comblait quand même un creux.

On crevait de chaleur dans la salle à manger. Un énorme ventilateur pendait du plafond et toutes les fenêtres étaient ouvertes, mais ces précautions changeaient lien.

Après avoir fini, je suis remontée dans la chambre enfiler un short de foot. Tara a marmonné quelque chose comme quoi elle me verrait plus tard avant de se tourner sur le côté et de se rendormir. J'ai empoigné une serviette et la crème solaire et suis redescendu.

La piscine était comme un lac en forme de cœur, elle était trop grande. Elle était entourée de transats pliants, pour la plupart occupés.

Je suis resté planté à zoomer tout ce qui m'entourait, j'ai senti ma bouche s'affaisser devant le spectacle. Pas un sous-tif à l'horizon. Des airbags à perte de vue !

J'y croyais pas, merde ! Des gros bronzés, des petits pointus, des asymétriques, certains avec des mamelons riquiquis, d'autres larges comme des soucoupes. Je pouvais pas m'empêcher de baver, y en avait dans tous les coins. Des énormes, des maigrichons, même des filles Findus.

Bon Dieu ! Il fallait que je m'asseoie. J'ai donc étalé ma serviette sur mon matelas et je me suis assis. Je me suis flanqué de la crème et commandé une bière. C'était de la merde, on aurait dit de la pisse tiède. Je me suis retartiné de crème et j'ai décidé de piquer un somme.

Je me suis réveillé au son des éclats de rire.

La voilà qui venait vers moi avec une casquette et un bikini à pois. Mon Dieu ! mais de quoi elle avait l'air ? Son ventre blanc était énorme, on aurait dit une Biafraise albinos boutonneuse. Elle a crié à tue-tête :

– Oh, Seigneur ! j'ai honte. Regarde-les !

Elle montrait du doigt toutes les cousines aux seins nus.

– Johnser, Johnser, vite, mate ! Elles ont toutes les doudounes à l'air !

J'aurais voulu que la piscine s'ouvre pour m'engloutir.

Après ce qui m'a paru une éternité, elle s'est affalée à côté de moi et a appelé le serveur.

– *Garsun ! Hou hou ! garsun, one memento, el pleaso*, si ça vous dérange pas. Je prendrai la même chose que boit la *sinorita* là-bas.

Le serveur l'a fixée comme si c'était un monstre à deux têtes.

– Un Dessous-chic ?

Elle a laissé éclater son rire hystérique.

– Pardon ? je suis heureuse en ménage.

Le garçon l'a regardée complètement dérouté.

– Je vous prie de m'excuser, madame ?

Je commençais à m'énerver grave. Je voulais me lever, mais impossible de bouger. J'étais à la masse.

– Alors un Dessous-chic et une bière.

Le garçon s'est sauvé, chassé par le caquetage de Tara. Je la contemplais avec son monstrueux bide blanc, son bikini à pois et cette casquette ridicule.

– Sans déconner, où t'as déniché ça ?

– Quoi ? La casquette ?.. À Bray... Pourquoi ?

J'avais même pas la force de répondre. La tête me tournait. Je me sentais au trente-sixième dessous.

– Oh, Seigneur ! (Elle m'a envoyé une bourrade dans le bras et j'ai failli tourner de l'œil.) Regarde, Johnser, regarde la meuf... (Elle montrait du doigt une fille aux seins énormes.) Elle risque pas de se noyer.

Enfin elle m'a accordé un regard.

– Sans déc, Johnser, la couleur que t'as ! Putain, on dirait un homard ! Quelle crème t'as utilisée ?

Avant que j'aie pu répondre, elle a vu le flacon.

– Oh ! Johnser ! espèce de naze, c'est ma Nivea. Je t'avais dit de prendre la crème solaire, ce truc t'a transformé en beignet.

J'ai eu besoin d'aide pour me lever du transat et monter à la chambre.

Le temps que j'y arrive, mon corps avait tellement enflé qu'elle a dû découper le short pour me l'enlever. Si j'en avais eu la force, je l'aurais étripée, tant elle se bidonnait.

Elle a appelé le docteur. Il m'a donné des cachets et une crème hydratante qui avait l'odeur et l'aspect d'un pot de yaourt.

Je caillais, mais je supportais même pas le contact du drap. Le fait que je sois alité risquait pas d'empêcher Tara de sortir.

– C'est pas moi qui ai voulu me rôtir au soleil, me lança-t-elle en prenant la porte.

Sa voix portait depuis la piscine, même si notre chambre était au deuxième étage.

– *Por favor, garsun...*

Attends, qui d'autre ça pouvait être ?

Le soir, je l'entendais suivre le couloir et taper aux portes en chantant : *Oh ! I'm goin to Barbados*. À pleins poumons.

Comme j'ai déjà dit, ces chansons me dessoudaient vraiment la cervelle. Nique Simply Tropical pour les avoir sorties ! Quel dommage que Captain-je-sais-plus-son-putain-de-nom ait pas crashé son coucou de Coconut Airways, ça nous aurait évité les chansons. D'ailleurs, on était aux Bermudes, pas à la Barbade.

Non que ç'aurait changé grand-chose pour Tara...

Elle entrait en trébuchant et s'écroulait dans le lit, sur moi. Et je braillais de douleur.

Il m'a fallu quinze jours avant de retrouver mon état normal et, même alors, je ne me suis aventuré qu'à l'ombre d'un parasol.

Elle était là, un Dessous-chic à la main, le bide à l'air et les seins nus. J'avais les boules.

– Tara ! Bordel, où tu te crois, là ?

D'un bond, elle s'est levée de son transat, les nichons ballottant dans tous les sens.

– Quoi ? Je prends un verre, tu vois pas ?

– Je te parle pas de ta saloperie de verre. J'en ai rien à cirer. Je te parle de... mais regarde-toi !

Elle a baissé les yeux.

– Quoi ? Les seins nus ? Ah, je vois ! C'est très bien pour les autres mais pas pour ta femme, c'est ça ? Va-t'en, espèce de foutu hypo... hypo... espèce de bâtard bicéphale !

– Il est pas question de tes nichons, espèce de nulle, t'es enceinte !

– Oh, ça alors ! Mais je le suis pas, si ? Mon Dieu ! quand c'est arrivé ?

Elle commençait vraiment à me vénérer. Mais c'était marre. Si elle-même se fichait de son allure, pourquoi m'en ferais-je ?

Aussi, ce soir-là, quand elle a dansé sur *Birdie Song*, l'air d'une dinde prête à pondre son œuf, je l'ai laissée à sa gym prénatale.

Plus tard dans la soirée, pendant que Tara piaillait *You're Having My Baby* de Charlie Rich, j'ai juste commandé un double whisky pour faire descendre le double whisky que j'avais déjà devant moi et, subitement, elle m'a plus tracassé.

En réalité, je devais le reconnaître, c'était une marrante.

Sa grossesse avancée changeait rien au fait que Tara était canon. Ça n'empêchait absolument pas les barmen de lui tournicoter autour. Parole, ils grimperaient même une jambe croûteuse !

Elle flirtait avec eux comme pas possible et, aux airs penauds que Carlos prenait quand je me tenais dans le coin, j'étais sûr qu'il y avait eu quelque chose entre eux pendant que j'avais été alité.

Tara a passé le dernier jour de notre lune de miel à promettre de rester en contact avec tous les pingouins de sa connaissance.

Tout le monde la kiffait, elle était le boute-en-train de la bande. Moi-même je l'aurais peut-être kiffée si j'avais pas été marié avec elle.

Je voyais bien qu'ils regrettaient tous de la voir partir.

Moi aussi je regrettais de partir.

Je l'ai encore plus regretté quand la Brosse a téléphoné. Quelqu'un avait chanté. Il savait pas qui. Il m'a averti que je serais arrêté dès ma descente d'avion et que je pouvais tomber cette fois. J'y croyais pas. Je pensais bien à ne pas rentrer mais merde ! il le fallait. Personne pourrait dire que Johnser Kiely avait fui devant quoi que ce soit.

27

Au début j'essayais de le nier en l'attribuant au trac du mariage. Après tout je n'avais pas envie d'épouser Jeffrey, mais ce n'était pas ça. J'avais des nausées le matin, tous les matins. J'avais d'étranges fringales. Je voulais de la glace avec mes céréales. J'ai compris, j'ai compris avant même de ne pas avoir mes règles. J'ai su, à la seconde même où Johnser avait joui en moi, que j'allais être enceinte. Je voulais l'être. J'avais fait un test de grossesse à la maison, mais je n'arrivais pas à comprendre le résultat, je te jure, je n'y arrivais pas. Après avoir pissé des heures dans une bouteille, je n'avais toujours pas la certitude absolue d'être enceinte. Finalement, je suis allée chez le médecin. Pas chez notre médecin de famille parce qu'il connaissait trop bien mes parents, mais chez un de Crumlin.

C'était une doctoresse très gentille. Tout de suite, elle m'a dit :

– Bon, Jackie, c'est positif.

J'ai fondu en larmes, elle m'a prise dans ses bras.

– Chut, chut ! Ce n'est pas dramatique. Ne vous inquiétez pas, tout se passera bien. Quand devez-vous vous marier ?

Je l'ai regardée fixement, puis, baissant les yeux, je me suis aperçue qu'elle me tenait la main gauche. J'ai tâché de sourire, en vain.

Si seulement elle savait, mais elle ne savait pas et je n'allais pas lui raconter.

Comment pourrais-je ? Comment pourrais-je confier à une étrangère que le bébé que je portais n'était pas de celui que j'allais épouser ? Qu'étais-je censée faire ? Je ne serais jamais capable d'élever un enfant toute seule. J'étais trop jeune, trop infantile. De toute façon Jeffrey voulait bien de moi et il m'avait sautée. Il n'avait pas utilisé de capote, ce gogol de Jeffrey si bien organisé. Eh bien, il n'avait pas été si organisé cette nuit-là ! Alors il n'avait qu'à prendre ses responsabilités. Il y avait une chance que ce soit le sien, d'abord.

Ce soir-là, quand il est passé me voir, je lui ai appris la nouvelle. Il était fou de joie.

– Tu le savais, hein ? Hein que tu le savais, c'est pour ça que tu as voulu te marier si vite...

Je lui ai dit de ne pas se monter la tête, mais il n'a pas eu l'air de me croire. Il était trop content de lui. N'étais-je pas une femme très intelligente d'avoir pensé à tout dans mon coin ?

Deux mois après, j'étais Mrs Adams. Ma grossesse se voyait à peine quand je suis allée à l'autel. En réalité je ne crois pas que quiconque se soit même douté que j'étais enceinte. J'avais fait jurer à Jeffrey de ne le dire à personne, je l'avais prévenu que si mes parents apprenaient la vérité il n'y aurait pas de mariage. Aussi, quand je lui ai enfin annoncé la nouvelle, maman a été ravie.

– Un bébé de lune de miel, exactement comme toi.

Ce fut une belle noce. La famille proche des deux côtés, un bon repas et un bon petit orchestre. Juste ce que je souhaitais. Nous n'avons pas fait l'amour cette nuit-là, j'en étais incapable. Malgré toute la vodka que j'avais ingurgitée, j'étais incapable de consommer le mariage.

Pour notre lune de miel, nous sommes allés à Galway. Attends, comprends-moi bien, c'est un endroit charmant et tout ce que tu veux, mais ce n'était pas tout à fait ce dont je rêvais, et je n'étais pas non plus avec celui dont je rêvais.

Jeffrey était comme un gosse qui a un nouveau jouet, il courait dans tous les sens, satisfait de lui. Il nous avait trouvé un joli petit appart et il économisait comme un bon garçon pour le dépôt de garantie d'un pavillon.

Peu à peu, je me résignais au fait que j'étais avec lui pour la vie, donc mieux valait y mettre du mien. Je commençais à répondre à ses attentions, je devenais un peu plus gentille. Je me faisais un devoir de rentrer la première à la maison, le soir, pour pouvoir préparer le dîner et ne pas l'obliger à toujours acheter des plats chez le traiteur. Pourtant c'était encore difficile ; chaque fois qu'il m'embrassait, j'avais le réflexe de reculer, mais je me retenais. J'étais comme quelqu'un qui lutte contre une manie, sauf que ma manie c'était Johnser.

J'ai décidé que j'allais faire le maximum pour que notre mariage marche.

Jeffrey a été adorable pendant ma grossesse. Il assistait à toutes les séances prénatales et m'aidait pour mes exercices respiratoires. En réalité, il m'aidait pour tout, il avait peur que j'en fasse trop. Il me poussait à quitter mon emploi chez Caffrey. Je n'étais pas vraiment chaude, mais je comprenais que c'était dans une bonne intention. J'ai donc remis ma démission. Il n'était pas question de prendre un congé maladie, comme faisaient des tas d'autres filles. Ah non ! Jeffrey ne le tolérerait pas. Je veux dire, ce serait escroquer l'État, et nous, les Adams, ce n'était pas notre style.

Aussi, confinée dans notre petit logement, m'ennuyais-je comme un rat mort. Je comptais les fleurs sur l'horrible papier peint, sûrement acheté en solde. Je tentais de créer un environnement douillet, mais c'était peine perdue. Je savais que nous finirions par déménager pour nous installer dans notre petit pavillon à nous. Peut-être ma réaction serait-elle alors différente. Le réservoir des W.-C. fuyait et la cuvette était toute tachée par les anciens occupants, qui ne s'étaient pas donné la peine de la nettoyer. J'avais beau y déverser des litres d'eau de Javel, les taches ne voulaient pas partir. Je détestais cet endroit.

Le papier peint de la chambre commençait à onduler,

à cause de toute l'humidité cachée dessous. La cuisinière donnait l'impression d'avoir passé vingt ans dans une friterie sans jamais avoir été récurée.

La goutte qui a fait déborder le vase, c'est le soir où j'ai vu un cafard. Cela suffisait, on partait, il n'y avait pas à tortiller.

Pauvre Jeffrey, il bossait comme un damné. Nuit et jour. Parfois, il ne rentrait à la maison qu'après dix heures. Mais il s'est quand même débrouillé pour être là le jour où mes contractions ont débuté, quand j'ai perdu les eaux, et je lui en ai été très reconnaissante. Il m'a conduite en voiture à l'hôpital et il a assisté à la naissance du petit Johnser.

En réalité, je n'ai pas appelé le bébé Johnser, je l'ai appelé Jonathan.

Mais pour moi, c'était Johnser. Johnser junior. Jeffrey n'avait jamais entendu parler du vrai Johnser, mes parents non plus. Alors ils étaient tous enchantés et trouvaient le nom joli.

J'adorais ce bébé, je l'adorais carrément. Je ne passais jamais assez de temps avec lui à mon goût et je ne supportais pas quand Jeffrey voulait le prendre dans ses bras.

« Ce n'est pas le tien, pensais-je. Alors dégage et laisse-nous tranquilles ! »

Mais j'étais réduite au silence. Après tout il était censé être le père, non ? Et puis il y avait mon propre père, maintenant grand-père, qui se promenait avec un sourire gogol sur la gueule et ce tee-shirt grotesque que Jeffrey lui avait offert, portant l'inscription : « Le Papy le plus fort du monde. »

Il fallait bien que je lui laisse tenir mon bébé. Et il y avait encore la mère de Jeffrey. Bien sûr, elle aussi le prenait dans ses bras. Ils lui chantaient tous des berceuses débiles. Je ne voulais pas qu'ils chantent pour mon bébé. Je voulais être la seule à le bercer. Je voulais l'habiller, je voulais le peigner, le baigner, le changer. Je voulais le garder pour moi toute seule. Je ne voulais le partager avec personne.

C'était bien le fils de Johnser. Je le voyais à ses yeux, à son nez, à ses oreilles, à ses cheveux. J'en étais sûre, même s'il était presque chauve, il aurait de beaux cheveux noirs ondulés. Mais surtout je le savais à sa manière de téter mes seins. C'était un petit glouton, comme son papa.

Je suis sortie de la maternité pour entrer dans une nouvelle maison. Un nouveau nid pour Jeffrey, Jackie et leur fils nouveau-né.

La chambre d'enfants avait été décorée en cachette de moi. C'était une grave surprise, j'avais la haine. Tous ces jaunes et ces verts me donnaient envie de gerber ! Ce n'était pas ce que je désirais, mais encore une fois cela semblait n'avoir aucune importance. C'était ce qu'ils désiraient, eux. Jeffrey, sa mère, ma mère. Tout le monde avait été consulté, tout le monde, c'est-à-dire sauf moi. Mon Dieu ! qu'est-ce qu'ils cherchaient ? À faire crever mon enfant de peur ? Tous ces machins qui pendaient du plafond et le papier peint décoré de ces grosses et hideuses têtes de clown. Attends, j'aurais une sacrée pétoche si je les voyais en me réveillant en pleine nuit. Mais j'ai fermé ma bouche. Je les laissais agir à leur guise.

Merde ! À quoi bon ? Je changerais tout dans deux mois.

Jeffrey invitait ses amis à venir nous voir, genre on était une paire de bibelots exposés dans une vitrine pour être admirés. Ils s'extasiaient sur Jonathan et, moi, je savais qu'il avait horreur de ce cirque, je le savais aux grimaces qu'il tirait. Il était comme son père, il détestait les gens qui se conduisaient en blaireaux. Je savais que s'il avait pu, il leur aurait dit à tous de dégager et de le laisser tranquille.

Quand j'étais seule avec mon bébé, que je lui donnais à téter, pendant que je jouais avec ses petits petons, je lui parlais de son père. Je passais des heures à tout lui raconter sur Johnser, sur les circonstances de notre rencontre, sur nos balades au bord du canal. Enfin ! je pouvais difficilement lui dire la vérité sur le canal. Mais je lui décrivais son papa, tous les trucs cool qu'on faisait ensemble, son habitude de chanter pour moi. Mon bébé et moi, on allait profiter de la vie.

Il deviendrait quelqu'un dont Johnser serait fier. Je me rappelle, une fois Johnser m'avait dit qu'il ne voulait pas que ses gosses soient comme lui. Il voulait qu'ils fassent des études.

– Attends, ne t'inquiète pas, Johnser. Ton fils fera des études.

28

Alors qu'on nous faisait franchir la sécurité à la six-quatre-deux, Tara était dans son élément.

– Jésus ! Johnser, si le panier à salade nous attendait pas dehors, on nous prendrait pour des stars...

Je l'ai contemplée. Comment pourrait-elle passer pour une vedette, ainsi fagotée ? Avec son bermuda et son ventre qui débordait de ce haut débile ?

« Mon mari est allé aux Bermudes. Tout ce qu'il m'a rapporté c'est cet horrible tee-shirt ! »

Elle trouvait ça désopilant, elle en avait acheté pour toute sa famille. Tous les soirs elle m'en sortait un nouveau et se gondolait, s'attendant à ce que je goleri aussi.

Inutile de lui dire qu'elle me l'avait déjà montré cinquante fois, vu qu'elle tentait de me prouver que ce n'était pas le même. Juste parce qu'il y avait écrit « Tatie », « Oncle » ou « Frangine » au lieu de « Mari », il lui semblait différent.

Elle en avait pris un pour moi, mais je lui ai dit qu'elle pouvait se brosser si elle se figurait que j'allais le porter.

On m'a emmené au commissariat de Pearse Street, où on m'a interrogé.

Ils ne m'ont même pas questionné sur les tableaux, ils se sont occupés direct de l'assassinat du vieux couple. Fidèle à mes habitudes, j'ai repéré une petite tache d'humidité sur le mur et je suis resté assis le regard fixe sans ouvrir la bouche. Tout ce qu'ils racontaient, je l'ignorais. Et alors, si un de ces baltringues pensait que j'étais de la caillera pour m'en prendre à des personnes âgées, qu'est-ce qu'il en savait ? Il était pas là, il savait macache. Espérait-il vraiment que j'allais craquer, chialer comme un veau et lui passer des aveux complets ? Simplement parce qu'il me prévenait que je serais à l'ombre pour longtemps ?

Ensuite, il y a eu le vieil inspecteur et son numéro paternaliste.

– Allons, Johnser, réfléchis. Tu crois que la Brosse s'inquiète pour toi ? Tu sais où il est en ce moment ? Il est chez lui en train de regarder la télévision, tandis que toi, Johnser, tu es chez nous en train de te faire inculper de meurtre. Allez, réfléchis, Johnser ! On sait tous que ce n'est pas toi. Donne-nous la Brosse et je verrai ce que je peux faire pour toi. Hein ?

Le nain ! Est-ce qu'il pensait vraiment que j'allais balancer la Brosse ? Il m'avait pas vu.

Moi, je le connaissais de Ballyer depuis des années, du temps où il était simple îlotier. Il était O.K. à l'époque. Il pouvait te flanquer une bonne baffe s'il te prenait à rôder au centre commercial. Mais c'était le seul langage qu'on comprenait alors. Je croyais qu'il avait pigé quel genre de mec j'étais. Et maintenant voilà qu'il essayait de me pousser à baver sur la Brosse ! Mais pour qui me prenait-il ?

Je voyais bien qu'ils s'énervaient de plus en plus. Je savais que les jeunes keufs rêvaient de m'exploser.

« Eh bien, allez-y ! pensais-je. Défoulez-vous sur moi si ça vous soulage. Mais vous me ferez pas changer d'avis et vous avez intérêt à soigner le boulot, parce que je me souviendrai de vos gueules à tous et, le jour où vous serez tout seuls et où vous vous y attendrez pas, je vous retrouverai et vous regretterez d'avoir un jour posé les yeux sur Johnser Kiely. »

Le vieux lieutenant est revenu à moi, le regard d'un gros vieux chien de berger, la voix douce et sincère.

– Johnser, est-ce que tu te rends compte que tu vas tomber pour ça ? Tu sais combien tu vas prendre pour meurtre ? Tu seras un vieil homme, Johnser. Et peu importe ce que la Brosse t'a promis, ça ne vaut pas le coup.

J'ai pas bronché. La Brosse aurait été fier de moi, fier de son fils adoptif.

Sans sourciller je l'ai écouté me lire mes chefs d'inculpation.

29

L'avocat a débarqué. J'en avais pas demandé, il a débarqué, c'est tout.

– Gerry Davis, s'est-il présenté.

Je le connaissais de nom. C'était l'avocat de la Brosse. J'ai souri en moi-même. « Merci, papa. »

Il s'est assis, le visage impassible derrière ses petites lunettes rondes, supersapé avec son costume tendance et sa serviette en cuir. Il ressemblait à un de ces plaideurs de télé, ceux qui avaient toujours l'air de perdre leur procès jusqu'à la dernière minute. Et puis, soudain, la femme fond en larmes et passe aux aveux, lui laissant quand même le temps d'emballer son assistante, le tout avant le générique de fin !

Il mettait tant de temps à entrer dans le vif du sujet que j'ai décidé de dire deux mots pour briser la glace.

– Alors vous êtes là pour me tirer d'affaire ?

Il a levé les yeux.

– Ce ne sera pas si facile, Mr Kiely.

Je le fixais avec le regard que je prenais quand je voulais intimider quelqu'un.

– Putain ! qu'est-ce vous entendez par « ce sera pas facile » ? J'ai pas prononcé le mot « facile ». Vous m'avez entendu dire « facile » ? J'ai dit que vous étiez là pour me tirer d'affaire, c'est tout. Merde ! c'est votre job, non ?

Il m'a dévisagé par-dessus ses lunettes. Je savais pas s'il était effrayé ou dégoûté. N'importe comment je m'en foutais, je haïssais les baveux. J'en avais rien à foutre qu'il soit de mon côté ou pas, ces bouffons de baveux étaient tous les mêmes.

Il rangeait les pages étalées devant lui dans sa serviette.

– Merde ! qu'est-ce vous foutez là ?

Il s'est penché plus près.

– Mr Kiely, vous permettez que je vous appelle Johnser ?

Il guettait un signe de remerciement. Il pouvait toujours attendre.

– Bon, écoutez, Johnser. On m'a demandé de vous représenter, mais, pour être tout à fait franc, je n'ai ni le temps ni la patience de supporter votre attitude. Je connais ceux de votre espèce, Johnser, et je sais ce que vous pensez de nous... les baveux... Alors pourquoi ne pas arrêter de gaspiller notre temps à tous les deux et ne pas vous laisser pourrir en cellule quelques années ?

Avant même que je me sois rendu compte qu'il avait fini de parler, il était à la porte.

– Je vais vous accorder quelques heures pour réfléchir, Johnser. Si vous changez d'avis et que vous vous décidiez à avoir la meilleure défense du pays, appelez la Brosse, il a mon numéro.

J'ai téléphoné à la Brosse. Furieux il était.

– Merde ! À quoi tu joues ?

– Il s'est foutu de ma gueule.

– Il s'est foutu de ta gueule ! As-tu une idée de la valeur du bonhomme ? As-tu une idée de ce qu'il me coûte, hein ? Parce que, permets-moi de te dire, Johnser, si tu préfères un avocat de l'aide juridictionnelle, tu peux en avoir un...

– C'est pas ça, je veux seulement sortir d'ici.

– Tu ne crois pas que je le sais ? Mais ce n'est pas si facile.

– Qu'est-ce tu veux dire ?

– Tu connais la musique, je ne vais pas entrer là-dedans au téléphone. Disons simplement qu'il y une certaine marchandise que je dois vendre et que, à cause de tout le tapage actuel, l'opération est un peu délicate. J'ai besoin de quelqu'un qui me permette de souffler, et je te demande d'être ce quelqu'un.

– Arrête tes conneries ! J'en ai rien à cirer de ta marchandise, je m'en tape que tu aies besoin de souffler, je m'en fous et m'en contrefous ! Tu piges, la Brosse ?

Je criais désormais, je voyais le condé au bout du couloir qui me zieutait. Je me suis détourné en tâchant de me calmer.

– Il est question de meurtre, la Brosse. Tu me connais, ça m'est égal de faire de la zonze, mais je tombe pas pour un meurtre que j'ai pas commis.

– Johnser, sois très prudent dans tes déclarations. Il y a pas mal de gens chanmés impliqués dans ce coup. Il ne s'agit pas seulement de moi. Si c'était le cas, ce serait différent, c'est moi qui serais allé au trou. D'ailleurs, ce n'est pas ma faute. Après tout, c'est toi-même qui as choisi les gars !

– Et alors ?

– Eh ben, mes gars à moi ne se balancent pas les uns les autres.

– Bordel ! Qui m'a trahi ?

– Ce n'est pas le moment.

– Qui donc ?

La ligne est devenue silencieuse.

Je perdais de nouveau les pédales.

– La Brosse, putain ! Qui m'a donné ?

– Stan le Man.

– Je vais buter ce bâtard.

– Ça ne nous avancera ni l'un ni l'autre, Johnser. Calme-toi et écoute-moi.

– Non. À toi de m'écouter, merde ! je me tape de savoir qui est dans le coup, je me tape de tes plans. Fais-moi sortir d'ici !

– Je t'entends, Johnser. Mais rappelle-toi qu'on

apprécie tous ce que tu fais. Maintenant, je te demande une chose, c'est de rester tranquille, de ne pas parler et, quand Davis repassera te voir, d'écouter ce qu'il a à dire. C'est le meilleur !

30

Davis devait être avec la Brosse quand j'avais appelé parce qu'il est revenu me voir en moins d'une heure.

– La Brosse vous tient en très haute estime, Johnser. Il ne veut que votre intérêt.

– Mon intérêt, c'est de sortir d'ici, mais personne a l'air de vouloir l'entendre.

– Nous vous entendons, je vous assure. Mais vous êtes ici sur de très graves chefs d'inculpation. Il ne sert à rien de vous abreuver de faux espoirs, cela va être un procès difficile à gagner.

– Épargnez-moi votre baratin. Dites ce que vous pensez, bordel ! que j'ai aucun espoir de sortir d'ici ! Malgré tous vos putains de beaux costards et vos lunettes débiles, vous savez rien de rien.

Il souriait.

– Johnser, je défends des gars comme toi depuis aussi longtemps que je me souviens. Je suis le meilleur et c'est parce que je suis le meilleur que je te conseille de la boucler et d'écouter ce que j'ai à te dire.

Je me suis rassis avec un soupir.

– Alors dites-moi la marche à suivre.

Il m'a zoomé droit dans les yeux, sans sourciller. Ça m'a botté, le fait qu'il ait pas peur de me dire ce que je savais ne pas être de bonnes nouvelles.

– Nous envisageons de plaider coupable d'homicide volontaire. Le ministère public a trop de preuves, il a son mouchard, il met la pression sur Blue.

– Blue leur dira d'aller se faire voir !

– Blue dira exactement ce que la Brosse veut qu'il dise.

J'étais pétrifié. Je comprenais où il voulait en venir. Il me menaçait de la manière la plus aimable qui soit. Les autres me tenaient par les couilles.

– Qu'est-ce ça vaut, l'homicide volontaire ? Combien de piges ?

– C'est impossible à dire.

Je l'ai mitraillé du regard.

– Dix au moins, mais avec bonne conduite vous pourriez être libéré dans sept ans.

– Moi, bonne conduite ?

Je rigolais.

– Allons, c'est vous qui me dites que vous voulez sortir. Si vous le voulez tant que ça, vous n'avez qu'à vous tenir à carreau. Entre-temps, la Brosse s'occupera de votre femme et de votre enfant. Ils ne manqueront de rien.

J'ai débranché, discuter ne servait à rien. J'étais tombé.

On a appelé les keufs et j'ai fait ma déposition, veillant à ce que le nom de la Brosse soit jamais cité. J'ai avoué avoir tué les vieilles personnes mais j'ai expliqué que c'était un accident. J'avais paniqué en les voyant débouler. Je leur ai affirmé que j'avais brûlé les tableaux.

Je sais pas combien de temps j'ai mis pour faire ma déposition, tout est devenu flou.

Davis intervenait seulement quand c'était nécessaire. Une fois que tout a été terminé, les schmits avaient l'air contents de ce que je leur avais raconté.

Davis m'a assuré que j'avais pris la bonne décision et que cela jouerait en ma faveur au procès.

J'étais pas convaincu.

31

Tara accoucha pendant que j'étais en détention préventive.

Dès que j'ai appris qu'elle était entrée en travail, j'ai voulu sortir pour être avec elle. Attends, j'étais pas devenu fleur bleue ou je-ne-sais-quoi, c'était pas ça. Je voulais juste assister à la naissance de mon fils.

Tara aussi avait dit qu'elle souhaitait ma présence. J'étais censé monter la garde au cas où on essaierait de lui ôter son maquillage. Elle répétait qu'elle voulait pas ressembler à une des vieillardes qu'elle avait vues sur les vidéos des séances prénatales.

Non. Tara, elle, voulait ressembler à une de ces actrices de *Dallas* qui venaient de subir seize heures de contractions sans avoir l'air scalpées ni tatouées de mascara.

Elle insistait toujours pour se coucher maquillée et puis crisait grave le lendemain matin quand la taie d'oreiller était couverte de décalcomanies.

– Putain ! mais ça n'arrive jamais à Linda Evans !

Il était inutile de tenter de lui objecter que Linda Evans n'avait pas réellement dormi dans le lit.

Elle m'a obligé à promettre de pas dégommer le médecin quand il taperait le bébé.

– Non, Johnser, il ne bat pas le bébé uniquement parce que c'est le tien, il doit tous les taper sur les fesses... pour être sûr qu'ils sont bien vivants.

Elle avait pas à s'inquiéter, vu qu'ils ont refusé de me laisser sortir pour la naissance.

Au ton de sa voix, je savais que le maton kiffait de me transmettre le refus.

– Bâtard !

Il a pas kiffé le nez cassé qui a résulté de mon coup de boule, je parie.

Moi-même j'ai passé cette nuit-là à l'hosto. « Une mauvaise chute », voilà ce qu'on a dit qui m'était arrivé. Merde alors ! Qu'ils aillent tous se faire mettre !

Personne allait m'empêcher de voir mon fils.

J'ai fini par apprendre la nouvelle. Une fille. Tara, cette grosse vache, pouvait même pas faire les choses bien. J'avais subi toutes ces galères pour rien. Ça m'a foutu les boules, j'ai mis ma cellule en miettes, j'ai eu droit à une autre « mauvaise chute », mais je m'en tapais.

Une fille, mais qu'est-ce que j'allais faire d'une fille ?

Comprenez-moi bien, les meufs sont O.K. J'ai aucun problème avec elles, parole ! Je les aime autant que le premier keum venu. Y a rien que j'aime plus que voir une fille équipée d'airbags et d'une jupe ras-duc marcher dans la rue.

Mais c'était là le problème !

Cette fille en minijupe avec les gros nibards et la figure plâtrée de maquillage, c'était forcément la fille de quelqu'un.

Ma propre fille !

Je supportais pas l'idée des Gremlins en train de mater ma fille, de l'inviter à sortir, de leurs langues enfoncées dans sa gorge, de leurs sales petites pattes sur ses nichons, sur son...

Je pouvais même pas prononcer le mot.

Seigneur, non ! À quoi pensait Tara, d'avoir une fille ? Il faudrait que je dessoude tous les salopards, de Ballyer à Tombouctou. Aller-retour.

Pire encore, ce serait peut-être une adolescente à ma sortie de zonzon. Il serait peut-être trop tard. Un bâtard risquait même de lui avoir pris son pucelage. Une bande du quartier pouvait déjà lui avoir crié :

– Bouge, espèce de vache !

Je les tuerai. Merde ! je les tuerai.

32

Toute la presse en parlait.

Je me rappelle l'avoir lu à ce moment-là, mais je n'y ai pas bien fait attention. Je savais que ç'avait été un vol important et trouvais terrible la façon dont ces deux malheureux avaient été assassinés. Avant d'avoir vu son nom dans le journal et lu qu'il était inculpé du « crime du siècle », je n'avais même pas suspecté une seconde qu'il y était mêlé. Les journalistes le qualifiaient de « grand criminel ». Ils devaient se tromper de nom, il ne pouvait pas s'agir de mon Johnser !

Ce n'est pas un saint, je sais, il vous dépouillerait jusque sur l'autel, mais il ne tuerait personne.

Il pouvait faire mal à quelqu'un, lui faire très mal, il pouvait même lui rompre quelques os, mais le tuer, ça non.

Je me suis mise à recueillir les coupures des divers journaux : le *Star*, le *Times*, l'*Independant*, tout ce qui me tombait sous la main. Je découpais tous les articles, je conservais le moindre petit mot imprimé à son sujet. Je n'arrivais toujours pas à le croire capable d'un truc pareil. Ce qui m'a encore plus estomaquée, c'est que, le premier jour du procès, il a plaidé coupable d'homicide volontaire.

Il fallait que j'aille le voir. Il fallait que j'aille au tribunal entendre par moi-même ce qu'il avait fait. L'entendre de mes propres oreilles avouer qu'il avait tué deux personnes. Deux vieilles personnes.

J'étais incapable même de m'imaginer Johnser en train de rudoyer quelqu'un d'âgé, il aimait les vieux. D'ailleurs je me souviens que pendant son époque de dur, à Ballyfermot, il aidait toujours les vieilles gens à traverser la rue. Elles avaient sans doute la trouille qu'il en profite pour les voler, mais il les aidait en fin de compte.

Johnser respectait les personnes âgées. Il adorait son grand-père, c'était le seul membre de sa famille dont il parlait affectueusement. Il était décédé depuis une éternité, mais il ne l'avait pas oublié. Il n'allait donc pas assassiner un vieux monsieur sans défense. Non, pas mon Johnser.

Je devais me faire une idée par moi-même.

C'était seulement la deuxième occasion où je voyais Johnser en costard, mais il n'avait pas aussi fière allure que la première fois. Ses cheveux étaient coupés trop court et cela lui donnait l'air pâle et émacié. On aurait dit qu'il n'avait pas dormi depuis plusieurs jours.

Le tribunal était bondé de journalistes qui griffonnaient les faits d'un air affairé. Les gens de la justice le traitaient comme un vulgaire criminel et j'avais la haine pour cela. Penchée en avant, je ne voulais pas manquer un seul mot, ni une seule des inspirations qu'il pouvait prendre. C'était débile, je sais, mais j'avais l'impression d'être capable de deviner s'il mentait ou non à sa manière de respirer quand il répondait. Johnser gardait la tête haute. En se levant, il a regardé d'un sale œil les policiers qui l'encadraient. J'ai vu à son regard qu'il mourait d'envie de leur cracher dessus et de leur dire d'aller se faire voir. Il paraissait étrangement détaché de tout.

J'ai passé la salle d'audience en revue, guettant une tête connue, une figure du passé, Fat Larry, Slash, Baldy, Tiny ou Froggy, mais aucun d'eux n'était là.

C'est alors que j'ai repéré Tara. Elle était toujours la même, grands yeux de Bambi et cheveux blonds bien que plus décolorés que dans mon souvenir. Les gens autour d'elle souriaient tandis qu'elle faisait sauter son bébé sur ses genoux. Sacrée Tara, il fallait toujours qu'elle soit le point de mire !

Johnser tombait peut-être pour la vie, et voilà qu'elle jouait à la mère de famille comblée en plein tribunal.

J'étais démangée par une soudaine envie de flanquer ce pauvre Johnser junior sur les genoux de ma voisine, de sauter les quatre rangs de sièges qui me séparaient de cette garce et d'exploser ce sac d'os à travers toute la salle.

Le spectacle aurait été grandiose, non ? Les feuilles de chou s'en seraient donné à cœur joie. J'imaginais déjà les gros titres : « La femme du tueur K-Otisée au tribunal. »

Dessous, une photo de Tara et moi en train de nous crêper le chignon.

Même alors Tara continuerait sans doute à en jeter plus que moi. J'arracherais la moitié de sa crinière et elle se débrouillerait encore pour avoir l'air ravissante. Inutile de dire que j'ai écarté cette ligne de conduite.

Je n'ai pu m'empêcher de sourire toute seule. Imagine la gueule de Jeffrey s'il assistait à la scène. Attends, deux skins qui marchaient dans la rue, c'était le début d'une émeute à ses yeux !

J'ai ébouriffé les cheveux de Jonathan et il a eu le même regard que son père. J'ai cru que mon cœur allait se briser.

Au fond du tribunal étaient assis un tas de types en costard m'as-tu-vu qui ne semblaient pas à leur place. Avec leurs nez cassés et leurs oreilles en chou-fleur, ils ne pouvaient être que des associés de Johnser. Des associés, mon cul ! C'étaient de vulgaires bandits, rien d'autre. Ça me tracassait qu'il soit acoquiné avec ces individus.

Ils avaient l'air mal à l'aise dans ce décor, comme des écoliers plantés au fond de l'église, mourant d'envie de sortir pour fumer une clope, mais qui n'osaient pas s'échapper de peur d'être vus du curé. Visiblement, c'était pour ces racailles que Johnser tombait.

J'avais envie de me lever pour crier :

– Johnser, ne fais pas ça, ne gâche pas ta vie pour ces gogols !

Un autre gros titre clignotait dans ma cervelle : « L'excopine pète les plombs au tribunal. »

Seigneur ! je serais probablement jetée en prison aussi. J'ai donc mis cette idée au rancart aussi sec.

Je suis restée assise pour écouter la lecture des chefs d'inculpation.

Vol de vingt-huit tableaux, vol de trois véhicules, mais le plus important, celui auquel je n'arrivais pas à croire, homicide volontaire de deux innocents. Deux retraités sans défense. Comment avait-il pu accomplir un tel geste ? je ne le connaissais peut-être pas vraiment. Et à la lumière des meurtres, qu'est-ce qu'on avait à foutre des tableaux ?

Attends, qui se souciait de savoir si la *Joconde* avait la place d'honneur dans une galerie d'art chicos ou sur le mur des chiottes d'un taudis de North King Street ?

Une fois les chefs d'inculpation lus, le juge s'est tourné vers Johnser et lui a demandé s'il plaidait coupable ou non coupable. Sans décrocher les dents, il a simplement regardé le juge comme il aurait regardé quiconque osait le défier devant la friterie de Ballyer voilà toutes ces années. J'ai cru un instant qu'il allait commettre une bêtise, style bondir sur l'estrade du juge et lui flanquer un coup de boule en pleine poire, ou peut-être lui taper le classique coup de genou dans les couilles. Ç'aurait été exactement comme à notre époque, quand on sortait ensemble et que j'avais entendu chanter la légende des exploits de Johnser.

Le juge a répété, plus fermement cette fois :

– Que plaidez-vous ?

« Oh, Seigneur ! pensai-je. Je vous en supplie, ne soyez pas relou avec lui. Ne le poussez pas à bout. »

Johnser a marmonné quelque chose, je n'ai pas bien saisi, mais ç'avait un rapport avec couilles, je crois. Une fois de plus, le juge lui a demandé ce qu'il plaidait. Son avocat est intervenu. Visiblement, il n'avait pas entendu ce que Johnser avait dit.

– Mon client plaide coupable, monsieur le juge.

Le juge l'a jaugé par-dessus la monture de ses lunettes.

– Votre client est capable de s'exprimer lui-même, j'en suis persuadé.

Il s'est tourné vers Johnser, comme au ralenti.

Johnser a redressé les épaules, inspiré à fond et dit :

– Coupable.

C'était fini en un rien de temps.

Il avait droit à douze ans, dont au moins dix fermes.

À son expression, j'ai compris qu'il ne s'y attendait pas.

Il a foudroyé son avocat du regard, mais celui-ci était trop occupé à ranger sa serviette pour le remarquer. Les costards m'as-tu-vu du dernier rang sont sortis en vitesse.

Johnser a parcouru la salle des yeux, cherchant visiblement Tara, mais il m'a repérée. Il m'a lancé le même regard que le jour où je m'étais pointée aux obsèques de sa mère.

Il avait l'air paumé. Il voulait que j'aille le voir, je le sentais, mais c'était impossible.

Je le regardais à mon tour désespérément, le suppliant des yeux de comprendre.

Il m'a souri de son air charmeur, puis a quitté la salle. Je savais qu'il comprenait.

33

Tara est venue me voir en zonzon. Elle arrêtait pas de me répéter que son père était fier de moi. Et pourquoi il le serait pas ? Fier que je sois le galérien, que je paie les pots cassés, que je sois pas une balance. J'avais l'impression d'entendre Blue lui-même. Je l'imaginais assis à la même place en train de me servir la même daube. Sur le fait que je verrais pas le temps passer, que je serais encore assez jeune pour repartir à zéro à la sortie. Qu'il veillerait sur Tara et la gosse à ma place.

« MES COUILLES ! »

Bien sûr qu'il veillerait sur Tara. Pourquoi le ferait-il pas ? Merde ! c'était sa fille.

Ils avaient pas écouté le juge ? Ils l'avaient pas entendu dire « dix ans » minimum ?

Quelque chose m'avait échappé ? Est-ce qu'il avait change d'avis après mon départ du tribunal ? Ce bâtard de Jeremy Beadle avait-il fait un saut pour les informer tous que c'était une machination ? Parce qu'il avait raison, c'était une machination, mais je semblais être le seul à pas trouver ça drôle.

J'écoutais le blabla de Tara et la regardais montrer ses jambes au maton, qui était censé avoir un œil sur moi, pas sur elle, merde ! J'ai compris séance tenante que tout le truc était une vaste rigolade. J'étais assis face à une meuf que je respectais même pas, que je kiffais encore moins. Une meuf avec qui je m'étais marié parce qu'elle était enceinte et ne devait pas être condamnée à élever un gosse toute seule. Résultat des courses, qu'est-ce qu'elle allait faire, sinon élever la petite toute seule ? Pourquoi je m'étais pris la tête ? Jésus ! si seulement j'avais su, si seulement j'avais pu lire dans l'avenir. J'aurais jamais épousé cette vache, je l'aurais jamais sautée en tout cas. Elle pouvait faire ce qu'elle voulait, j'en avais rien à cirer, ils pouvaient tous aller se faire voir.

Le temps passerait vite, c'est pas ce qu'ils avaient dit ? Qu'est-ce qu'ils en savaient, les nuls ? C'était pas eux qui se taperaient dix piges dans une cage de deux mètres quarante sur trois avec Victor et ses pieds qui puaient. Jésus ! il était pourave, il y pouvait rien mais c'était insupportable. Il a tout essayé, il a même laissé ses godasses en dehors de la cellule, mais un salopard les a chouravées.

Moi qui croyais que les loups se dévoraient pas entre eux !

Il mettait ses pieds à tremper des heures dans du Dettol, mais le seul résultat, c'est qu'il pelait. Dix minutes après, l'odeur était de retour, pire que jamais.

Le Professeur (il devait son surnom à ses petites lunettes à la John Lennon et au fait qu'on le voyait jamais sans un livre à la main) prétendait avoir lu que si on urinait sur ses pieds, cela solutionnait tout problème d'odeur. Alors, après avoir pissé dessus pendant quinze jours, tout ce que le pauvre Victor a gagné, c'est des verrues.

Un mois après, la cellule dégageait encore un relent de mémés pisseuses.

Les gens se gargarisent sur l'absence d'espace dans les zonzes. Merde ! c'est pas étonnant s'il y a pas de place, la taule est envahie par les bien-pensants. Partout où tu regardes, tu en vois. Et ils te posent tous les mêmes questions. Des questions sur ton milieu, ton enfance, tes parents.

Ils étaient obsédés par le sexe et cherchaient à savoir si on avait été violés, enfant. Comme si c'était le seul pousse-au-crime du monde...

Attends, si c'était le cas, toute ma famille avait dû se faire violer. En fait, y a même dû y avoir une crème qui a abusé de tous les mômes de notre rue.

Un jour, j'ai raconté à un de ces caves que je m'étais lancé dans le vol à cinq ans.

J'y croyais pas quand il m'a demandé :

– C'était quand votre père a commencé à abuser de vous ?

J'ai juste rigolé. Ils étaient à côté de la plaque.

Ils étaient sincèrement persuadés que leurs petits sermons nous feraient changer, qu'on volerait plus. Jusqu'où va la connerie...

Tirer était mon métier. C'était comme dire à un menuisier d'arrêter de travailler le bois. J'avais suivi mon apprentissage, j'avais passé des piges à me taper tous les coups foireux, ceux qui payaient pas. J'allais pas abandonner maintenant ! Pas pour les beaux yeux d'un bien-pensant prétentieux qui attrapait sans doute des boutons chaque fois qu'il repérait Ballyfermot sur une carte.

J'ai dit à Davis que je voulais voir la Brosse. Il m'a répondu que c'était pas une bonne idée. J'ai eu la rage. Je l'ai attrapé par les revers de son costard tendance, mon genou lui chatouillait les couilles avant que je puisse me retenir. Les tonmas sont intervenus, mais le temps qu'ils m'empoignent, j'ai prévenu Davis que je les donnerais tous s'il passait pas le message à la Brosse.

Deux jours plus tard, la Brosse a débarqué. Il est entré, chargé de cigarettes, et m'a pris dans ses bras.

– La Brosse, tire-moi de là.

– T'en fais pas, bonhomme, je veillerai sur toi... et ta famille. Je ne te laisserai pas tomber.

Il a reculé, m'a regardé droit dans les yeux et a ajouté sur sa lancée :

– Tout comme je suis sûr que tu ne me laisseras pas tomber.

On s'est assis et il m'a parlé à voix basse, se méfiant des oreilles indiscrètes.

– J'ai des gars ici qui s'occuperont de toi, tu seras peinard.

– La Brosse, t'écoutes pas. C'est Stan le Man qui devrait être ici, pas moi.

– T'inquiète pas pour lui, son cas sera réglé... le moment venu. On ne peut pas être sûr que Stan ou Blue la boucleront, d'où il fallait que ce soit toi. Tu sauras où aller quand tu sortiras.

Il a tendu la main pour me toucher le bras.

– Tu es comme un fils pour moi. Je ne te demande pas autre chose que ce que je ferais pour toi.

J'avais envie de hurler : « Je suis pas ton fils, bordel ! Arrête de me traiter en môme ! »

Mais à quoi servait de la jouer sentimentale ? Ils me tenaient par les couilles. J'étais aussi coupable que le péché capital. Je m'étais levé au procès pour le reconnaître, c'était imprimé dans tous les canards du pays, alors peu importait où était la vérité, c'était trop tard désormais. J'allais purger ma peine, que ça me plaise ou non.

34

Puisque je devais passer les dix prochaines piges en prison, je me suis juré de devenir le caïd. Personne baiserait la gueule de Johnser Kiely. Puisque je pouvais pas sortir, alors la zonzon serait mon royaume.

Tous les soirs, au moment de l'extinction des feux, je me repassais le film du procès dans la tête. Comment j'avais été si naïf ? Comment je les avais laissés me piéger à ce point ? je pouvais pas croire que Davis m'ait si mal défendu. Je m'imaginais qu'il serait comme Perry Mason[1], qu'à la onzième heure il produirait un petit bijou de témoignage et que le jugement serait cassé. Inutile de dire que les choses se sont pas passées ainsi. Il a commencé par parler de mon milieu défavorisé, de mon passé de petite délinquance, de l'importance du chômage à Ballyer. Il aurait pu aussi bien clamer : « Mon client est coupable et archicoupable. » Ç'aurait eu le même effet !

Je croyais pas à ma peine, aux dix ans incompressibles. Où étaient les sept qu'il m'avait promis ? Il les avait dans le cul, oui, comme toutes ses autres promesses. Tout ce qu'il savait me dire, c'était : « Ne vous inquiétez pas, Johnser, nous ferons appel. »

– Enfin si, je m'inquiète, je m'inquiète beaucoup. Vous vous rendez compte de l'âge que j'ai ?

– Vous serez encore un homme jeune quand vous sortirez. Vous aurez la vie devant vous.

– Ah bon ! laissez-moi vous dire une chose, monsieur jeune. J'ai peau de balle devant moi, oui ! Dix piges au trou, dix piges sans femme, dix piges à contempler les mêmes quatre murs. C'est ça que j'ai devant moi ?

Il a rassemblé ses papiers et les a jetés dans sa serviette.

1. Avocat héros d'une série policière télévisée. *(N.d.T.)*

– Il est inutile de discuter avec vous, a-t-il lâché en sortant de la salle.

Chaque soir je ressassais les mêmes trucs.

Au début, tous me rendaient visite. Tara, Blue, la Brosse, tout le monde. C'était cool de voir des gens de l'extérieur, je me sentais moins à l'étroit. Je sais pas pourquoi, le simple fait de causer avec eux me donnait l'impression qu'une partie de moi était toujours libre. Les entendre parler d'endroits qu'on fréquentait ensemble me faisait croire que j'étais toujours dehors. Je humais presque l'odeur de sueur de la salle de snooker de la Brosse.

Il me faisait l'éloge d'un ou deux nouveaux mômes. Des as, il les appelait. Des gavroches qui allaient connaître un succès foudroyant dans le monde du snooker, ou au moins rapporter des thunes à la Brosse grâce aux à-côtés des pans quand il les enverrait au trimard.

On restait assis là des heures à regarder jouer ces jeunes, on suivait les parties à travers le brouillard de fumée qui se mêlait aux relents de transpiration. Maintenant, en écoutant parler la Brosse, j'étais là-bas, je voyais son tout dernier champion rafler les ultimes shillings d'un pauvre gogol qui n'était pas aussi doué qu'il le croyait.

Ils m'apportaient toujours des tiges et du chocolat et, même si ces friandises valaient leur pesant de ro, je gardais les miennes pour moi, savourant le goût de liberté qu'elles amenaient avec elles.

Dans ma cage je les emportais, je mettais mes

écouteurs et, fermant les yeux, je clopais et je me gavais jusqu'à en être malade.

Les yeux fermés et ma zique me gueulant aux oreilles, j'étais plus au bloc, j'étais partout où je désirais être. Je pouvais écouter du Meat Loaf et brusquement je me revoyais au bord du Naller, Jackie était là, son slip entortillé autour de ses chevilles et sa main sur ma teub. J'ai souvent pensé à me masturber et à faire comme si. Mais avec les yeux fermés et les écouteurs sur la tête, j'aurais pas su si on entrait et, les yeux ouverts, je me retrouvais dans ma petite cage.

D'autres fois, je me passais mes cassettes des années soixante, grignotais mon chocolat et me rappelais le bon vieux temps où mon landau était garé devant la caisse de l'Elephant.

Je commençais à guetter mes visites. J'oubliais ma rancune envers Tara et attendais impatiemment de la voir avec sa jupe qui raccourcissait de jour en jour. Même Blue je l'attendais avec impatience, parce qu'il avait toujours une histoire à raconter sur un coup qui avait foiré et, comme pour la salle de snooker, je sentais l'ambiance, j'y étais.

Au bout de quelques mois les visites se sont raréfiées. Les excuses manquaient pas.

La petite était pas bien, un gros cobra se préparait, il y avait toujours un bizness à régler. La liste était infinie. Aussi ç'a na pas été une grosse surprise, le jour où Blue a déboulé l'air penaud.

La conversation débuta par les habituels prétextes comme quoi la Brosse et Tara avaient pas pu se déplacer. Puis il s'est lancé direct dans une histoire de commerçant qui avait refusé de payer l'argent de sa « protection ».

– T'aurais adoré, cette face de fesse n'était plus si courageux après notre départ !

Il se marrait. En temps normal, je me serais marré aussi, mais y avait quelque chose qui clochait.

– Où t'as dit qu'était Tara ?

Il a baissé les yeux, fixant la table.

– Avant que j'oublie, la Brosse t'envoie des clopes. Jésus ! il me tuerait si j'oubliais de te les donner.

Il en rajoutait, ça ne lui ressemblait pas.

– Tara ! Blue, où est-elle ?

Il a sorti ses cigarettes. Je savais qu'il échafaudait quelque chose, j'ai rien dit. J'ai accepté la clope qu'il m'offrait et l'ai laissé mijoter.

– Tu sais comment c'est, Johnser. Tara est une jeune femme. Ses yeux se sont raccrochés à la table. Elle a des... besoins.

Il a levé le nez comme si ça expliquait tout.

– Putain ! Où tu veux en venir ?

Il a blêmi.

– Elle est enceinte.

J'y croyais pas. Je sais pas pourquoi, je pensais qu'elle se ferait pas sauter. Sans déconner, c'était pas comme si j'avais été le premier. Et je lui avais pas demandé de rester fidèle pendant dix ans. Mais, bon Dieu !.. six mois seulement avaient passé.

J'ai rendu son zoom à Blue. Il se foutait carrément de moi ou de Tara. Tout ce qui l'intéressait, c'était de savoir si j'allais ou non tous les balancer. Fais-moi confiance ! Je me suis levé.

– Dis à Tara que je veux la voir.

Il me quittait pas des yeux.

– Johnser, tu vas pas... tu sais ?

Je me suis penché pour murmurer :

– C'est pas parce que ta vache de fille sait pas fermer ses jambes que moi je sais pas la boucler.

Il a eu l'air soulagé.

– Mais dis à cette petite lopsa qu'elle ferait mieux de venir me voir.

Et je me suis arraché.

– Johnser, n'oublie pas tes clopes.

La vie carcérale n'est pas une partie de plaisir, mais elle a ses bons côtés. Une fois que tu acceptes le fait que tu sors pas, que tu es coupable, elle devient un peu plus fastoche. Il y avait quelques têtes que je connaissais de Ballyer, du peuple qui se chargeait de faire savoir qu'on devait pas me provoquer. Et puis, malgré ce que raconte l'administration, on peut se procurer tout ce qu'on veut en prison.

Je connaissais des cocaïnomanes qui étaient plus foncedés en zonzon qu'ils l'avaient été sur le pavé. C'était de la rigolade, la came arrivait de partout. Elle entrait dans les couches des gosses, sous la langue des amants. Un lascar la réceptionnait dans des cartes. Les rembourrées. Elles étaient bourrées de cachets. Ce gars avait à lui tout seul plus d'anniversaires, de fêtes et d'occasions spéciales que tout Ballyer réuni.

Si on avait percé une autoroute de la coco à travers Dublin, y aurait pas eu autant de drogues pour y circuler.

On avait tous des visites des gosses, on prenait tous les petits dans nos bras pour tirer la came de leurs couches. Même si, comme moi, on y touchait pas, elle arrivait quand même.

En prison, il était important de faire savoir qu'il fallait pas te chercher.

La première fois que je suis descendu aux toilettes, j'ai été suivi par trois durs. Au moment où j'en sortais, un d'eux m'a bousculé. Je connaissais la chanson. Avant qu'il ait le temps de dire ouf, je l'avais cravaté et j'avais foncé en force dans le mur carrelé.

J'ai entendu craquer les os de son visage. Du sang a giclé partout. Les deux autres se contentaient de regarder, tétanisés.

Avant qu'ils puissent réagir, je les ai lattés tous les deux dans les couilles et je leur ai plongé la tête dans les W.-C.

J'ai regagné mon étage direct, je suis passé dans chaque cellule et j'ai dit à tous qui j'étais et que c'était moi qui commandais.

Y en a eu que deux pour choisir de m'ignorer. Mais deux zens cassés plus tard, il ont décidé de se mettre au pas.

J'étais de retour. C'était comme Ballyer. J'étais le caïd. Pendant les dix prochaines années, j'allais faire un enfer de la vie des matons... et de tous ceux qui se mettraient en travers de ma route.

35

J'ai cessé d'abreuver Jonathan d'histoires sur son père. J'avais l'impression que c'étaient des mensonges.

Le Johnser Kiely qui s'était levé au tribunal pour plaider coupable d'homicide volontaire sur la personne de deux innocents n'était que l'ombre lamentable de celui que j'aimais.

J'avais toujours vu Johnser comme un héros méconnu. Le type d'homme à inspirer des ballades aux autres. Une sorte de Jesse James ou de Robin des Bois. Ceux qui dépouillaient les riches pour donner aux pauvres.

Je croyais que Johnser ne volait que les gens qui avaient les moyens, les banques et les maisons bien protégées par leurs contrats d'assurances. Je n'ai jamais considéré que le braquage d'une banque était vraiment du vol, après tout elles avaient des milliers et des milliers de livres dans leurs coffres. Même après avoir été braquées, elles ouvraient quand même le lendemain avec d'autres milliers et milliers de livres.

Il ne volait jamais les habitants de Ballyer, il n'avait jamais été partisan de jouer un tour de cochon aux siens. Et maintenant voilà qu'il tabassait des vieilles personnes ! je n'arrivais pas à saisir, je ne pouvais tout simplement pas comprendre son geste.

J'ai cessé de parler de lui au bébé. Et je me suis mis à l'appeler Jonathan, même quand nous étions seuls.

Jeffrey devenait plus séduisant de jour en jour.

Jeffrey n'avait pas terrorisé des personnes âgées,

Jeffrey ne faisait de mal à personne, Jeffrey était gentil et prévenant, Jeffrey s'intéressait à autrui et, en fin de compte, c'était important.

Il y avait eu une époque où j'aurais ricané devant sa « gentillesse », mais plus maintenant. Désormais je le voyais tel qu'il était, comme un homme, un vrai.

Je n'oublierai jamais le soir où Johnser a été reconnu coupable. C'est le soir où j'ai conçu mon deuxième enfant. Encore un garçon. Je l'ai baptisé Edward, second prénom de son père. Je ne pouvais quand même pas l'appeler Jeffrey. Attends, de quoi ç'aurait eu l'air ?

Johnser, Johnser junior. Jeffrey, Jeffrey junior. Pas très imaginatif, non ?

Jeffrey était ravi, il préférait Edward à son premier prénom. C'est du moins ce qu'il m'a affirmé.

Seigneur ! Quand j'y pense, il n'y a eu que deux hommes dans ma vie et je leur ai donné un bébé à tous les deux. Le ciel soit loué qu'il n'y en ait pas eu dix !

Jeffrey travaillait de plus en plus tard pour joindre les deux bouts, mais il ne se plaignait jamais. Il parlait d'agrandir la maison ou peut-être d'en chercher une plus spacieuse. Il pensait toujours à moi, veillait à ce que je ne manque de rien. Je l'aimais pour ça.

Quand c'est arrivé, je commençais enfin à me guérir de Johnser et à apprendre à chérir Jeffrey.

Un matin, je suis descendue, les yeux creusés par le manque de sommeil. Edward perçait ses dents et ses pleurs m'avaient tenue debout toute la nuit. Ils dormaient alors tous les deux, Dieu merci ! je pourrais au moins prendre mon thé en paix et mettre de l'ordre dans la maison avant leur réveil. Jeffrey avait bien proposé de me relayer pendant la nuit, mais j'avais dit non. Après tout, il partait au bureau le lendemain matin et ça n'aurait pas été juste.

J'ai rempli l'évier pour faire la vaisselle de la veille et, mon thé à la main, j'ai regardé dehors par la fenêtre qui donnait derrière. Le chien d'à côté s'est mis à aboyer. Je savais ce que cela signifiait. Le facteur arrivait. Là-dessus, j'ai entendu le courrier tomber dans l'entrée. J'ai souri toute seule. Que ferais-je sans ce chien ? je suis donc sortie de la cuisine pour ramasser mon courrier. Des factures, encore des factures, toujours des factures. Je ne les ouvrais jamais, Jeffrey me l'avait défendu, il s'en occupait, je ne devais pas me tourmenter pour ce genre de choses.

Alors que je les feuilletais en diagonale, j'ai remarqué une lettre qui m'était adressée. Je n'ai pas reconnu l'écriture, on aurait cru celle d'un enfant. Je l'ai ouverte et j'ai commencé à lire :

Chère Jackie,

Comment va ? Je paris que je suis la dernière personne dont tu atendais des nouvelle. Je paris qu'on t'avais dit que je savais pas écrire. Je sais que tu me doit rien, mais je peus pas me sortir cette nuit de la tête. Je pense toujours à toi. Je pense à tout l'amour que j'ai pour toi. J'arrête pas de penser aux jours qu'on a passé ensemble. Je sais que tu es marié, moi aussi, mais ça marche pas. T'inquiéte pas, je te demande pas de te marier avec moi, je voudrai seulement que tu vienne me voir à Mountjoy. Le jour des visites est le mardi. J'espère que tu viendras parce que je voudrai te raconter ce qui s'est réellement passé.

C'était signé Johnser, point. Pas d'« affectueusement » ou de « bien à toi », juste Johnser.

J'ai dû m'asseoir et inspirer à fond. Je n'y croyais pas, Johnser m'avait écrit. Quel culot de penser que j'allais tout lâcher pour aller le voir ! Telle a été ma première pensée.

Pour qui me prenait-il ? Croyait-il sincèrement que j'allais remettre en question ce que j'avais construit avec Jeffrey rien que pour ses beaux yeux ?

J'aurais dû déchirer sa lettre et la jeter à la poubelle, j'imagine, mais je m'en suis bien gardée.

Toute la journée, j'ai été comme aimantée par elle. Je n'arrêtais pas de la prendre pour la relire à n'en plus finir.

Pendant les quelques jours qui ont suivi, j'ai été une rosse, Jeffrey était un incapable, je critiquais tout ce qu'il faisait, j'étais redevenue l'ancienne Jackie. Je ne lui permettais pas de me toucher. Je ne supportais plus son contact. J'ai prétendu que c'étaient mes règles, mais je ne pense pas qu'il m'ait crue. Pourtant, Jeffrey étant Jeffrey, il m'a laissée tranquille. Sa réaction m'a donné encore plus mauvaise conscience. C'était trop. J'allais déchirer la lettre et oublier Johnser définitivement. Je n'étais pas prête à mettre tout en question sur un coup de tête.

36

Le mardi matin, je savais que j'irais. Il le fallait. Il fallait que je l'entende me jurer qu'il n'avait pas assassiné ces gens. J'étais sûre qu'il me dirait la vérité, qu'à moi il ne mentirait pas.

Je me suis arrangée pour que ma mère garde les enfants. Ce n'était pas un problème, elle adorait les prendre à la maison. Elle se plaignait toujours de ne pas les voir assez souvent. Alors, après les avoir déposés, je suis allée chez le coiffeur. J'y étais obligée, c'était mon excuse pour laisser les gosses chez maman. À onze heures et demie, je me suis retrouvée en train de faire la queue en compagnie des autres visiteuses. Toutes semblaient se connaître. Je croyais n'avoir peur de personne, mais Seigneur Dieu ! j'ai eu peur de certaines de celles-là.

La bonne femme la plus grosse que j'aie jamais vue a surgi de nulle part. Elle portait un manteau de fourrure empestant la naphtaline et, aux oreilles, des anneaux larges comme des Hula Hoops. Elle m'a donné un coup de coude dans le bras. Un coup de coude ? Elle a failli m'expédier de l'autre côté de la rue, oui !

– Comment va, ma puce ? Ça doit être ta première visite, je t'ai jamais vue avant...

J'ai souri en inclinant la tête.

– Sois pas timide, ma puce. On est toutes dans la même galère. (Elle a passé la queue en revue.) C'est pas vrai, les filles ? On forme toutes une seule grande famille ici. Alors qu'est-ce qu'il a fait, ma puce ? Ton mec, qu'est-ce qu'il a fait ?

La honte ! Seigneur ! qu'est-ce que je fichais ici ? Pourquoi m'étais-je aventurée en cet endroit ?

– Ce n'est pas mon mec.

Elle a croisé les bras comme une surveillante générale de salle d'hôpital.

– Eh bien, ton frère alors.

Elle s'impatientait.

– Ce n'est pas mon frère, c'est un ami.

– Bon, ton putain d'ami alors. De combien il a écopé ?

Elles se marraient toutes. Merde ! je me sentais une vraie nulle d'être là. Si seulement la terre s'était ouverte pour m'engloutir ! Soudain l'ancienne Jackie s'est invitée sur le plateau.

– J'en sais rien. Merde ! je l'ai pas encore vu, si ?

– Ah bon ! excuse-moi si je respire. Je te posais juste la question... Nous, on appelle ça s'épauler. Mais maintenant tu peux aller te faire voir !

Là-dessus, elle a pivoté sur ses talons et s'est frayé un chemin jusqu'à un petit groupe blotti dans un coin. Sans doute pour causer de moi. Mais sur la tête de ma mère ! qui se souciait de l'opinion de gens comme elles ?

Finalement, on a ouvert les portes et on nous a laissées entrer. De chaque côté, il y avait des gardes chargés de la sécurité.

Cette vision m'a rappelé la fois à l'aéroport où nous étions allées en France en voyage scolaire.

Au moment où « Vison » passait devant le garde qui

avait l'air le plus jeune, elle a ouvert son manteau et demandé si ça le branchait, une fouille corporelle. Tout le monde a rigolé, même moi.

Je suis entrée à mon tour en présentant mon laissez-passer au garde assis au bureau.

– Allez attendre là-bas, m'ordonna-t-il.

Quelques instants après apparaissait Johnser.

Il semblait violemment ravi de me voir...

– Ça boume, Jackie ? je suis content que tu sois venue, j'étais sûr que tu me laisserais pas tomber.

Il allait m'embrasser, mais je me suis dérobée.

– Johnser, qu'est-ce qui se passe ?

– J'avais juste envie de te voir, Jackie. Où est le mal ?

On s'est assis. Il me regardait.

– T'as pas apporté des clopes par hasard, hein ?

J'ai respiré un bon coup, je savais que je perdais les pédales.

– Johnser, tu as déjà de la chance que je sois là, tu ne vas pas commencer avec tes cigarettes !

Il a souri nerveusement.

– Désolé, Jackie. Peut-être la prochaine fois ?

– Johnser, si tu ne m'expliques pas, il n'y aura pas de prochaine fois, d'accord ?

Il a gardé le silence un instant. Il s'attendait peut-être à une autre attitude de ma part, je n'en sais rien. Mais une chose était sûre : s'il espérait que je sois à ses pieds, il allait être déçu. J'avais une famille maintenant. Je n'allais pas l'oublier juste parce qu'il m'avait écrit une lettre minable.

– Alors tu t'es mariée ?

– Tu sais très bien que je suis mariée. Alors épargne-moi tes bouffonneries, Johnser. Pourquoi as-tu tué ces gens ?

Il s'est penché en avant.

– Jackie, Jackie, écoute-moi. J'ai tué personne.

– Ah bon ! Qu'est-ce que tu fous ici, si tu n'as rien fait de mal ? Alors, Johnser, réponds à ma question !

– J'ai pas eu le choix.

– Oh, je t'en plie ! je t'en prie, Johnser, je ne suis pas dupe. Tu ne moisis pas ici pour raisons de santé. Allez, accorde-moi ça, je ne suis pas une andouille.

Il écarquillait les yeux. On aurait dit qu'il avait envie de me frapper parce que j'avais le culot de le contester.

– Merde ! je t'ai dit que c'était pas moi.

– Et moi je t'ai dit que je ne te croyais pas !

Il s'est calé sur sa chaise en levant les bras au ciel.

– C'était peut-être une grosse erreur de te demander de venir ici.

Je me suis levée.

– Ouais, je crois que tu as raison, c'était peut-être une erreur. Toi et moi, on n'est plus ensemble, Johnser, c'est fini. J'ai deux enfants maintenant, je suis heureuse.

– Deux enfants ?

– Ouais, Johnser. C'est ce que j'ai dit, deux enfants.

– Qu'est-ce que c'est ?

– Des garçons.

– J'ai toujours voulu un garçon.

– Tu as tout ton temps, tu sortiras dans quelques années et Tara sera encore assez jeune pour avoir des bébés.

Il a levé les yeux au plafond.

– Ç'a été la plus grosse bourde de ma vie, j'aurais jamais dû te quitter.

Je l'ai dévisagé et j'ai vu qu'il était sincère. Mais je ne pouvais pas céder.

– C'est du passé aujourd'hui, Johnser. Et comme tout passé, il vaut mieux le laisser derrière soi.

Il paraissait stupéfait.

– J'ai été un con fini. Tu me pardonnes ?

Je le contemplais avec le sourire.

– Johnser, il n'y a rien à pardonner. J'avais envie de te revoir moi aussi.

– Jackie, je t'ai jamais menti, crois-moi. Je jure devant Dieu que je t'ai jamais menti. Je peux pas t'expliquer, pas ici, la raison pour laquelle j'ai été obligé d'endosser le crime, mais tu dois me croire quand je te dis que c'est pas moi qui ai fait le coup.

Je l'ai regardé, bien droit dans les yeux. Et j'ai su qu'il disait la vérité.

– Je te crois.

Il s'est levé.

– Écoute, Jackie. Il faut que j'y aille, merci d'être venue. Tu reviendras ?

– Johnser, je suis désolée, je ne peux pas. (Je l'ai embrassé.) Je ne reviendrai pas te voir.

– Je suis fixé maintenant. Excuse de t'avoir fait perdre ton temps, Jackie. Salut !

Il m'a tourné le dos et il est reparti vers la porte où le surveillant l'attendait pour le faire rentrer. Je le plaignais tellement, j'avais envie de crier :

– Johnser, ne t'en va pas, reviens.

Mais à quoi bon ? Il était sous les verrous et moi j'avais Jeffrey et les garçons à la maison. C'était comme ça. Ce n'était pas ce que j'avais prévu, ce n'était pas ce dont j'avais rêvé. Mais qu'y pouvais-je ? C'était la vie.

37

Je suis incapable de dire ce qui m'a poussé à écrire à Jackie, mais je l'ai fait.

Tara s'était amenée une seule fois depuis que j'avais appris qu'elle était enceinte, elle était énorme. Elle avait commencé à me servir toutes les conneries de service. Que j'étais absent depuis si longtemps... Qu'elle se sentait seule. Qu'elle était encore une jeune femme et avait besoin d'avoir quelqu'un dans sa vie. Que c'était horrible de passer tout son temps avec un bébé. Qu'elle avait besoin de la compagnie d'un adulte.

– La compagnie d'un adulte, mon cul ! Plutôt une compagnie masculine...

Je savais qu'en fin de compte c'était rien qu'une petite race de suceuse. Une suceuse qui m'avait pris pour un naze. Et regarde-moi aujourd'hui, je leur servais à tous de bouc émissaire.

– C'est qui le père ? demandai-je.

Elle a avoué.

– Stan.

Tu sais, je suppose que si j'y avais un peu réfléchi, j'aurais pas eu à le demander, j'aurais deviné.

– Ce nain de Stan le Man !

Stan le Man qui m'avait balancé. Stan le Man qui m'avait expédié en zonzon pendant que lui était dehors à tirer ma femme. Bon, voilà, on avait rompu, c'était fini. Je voulais plus rien avoir affaire avec eux, ils pouvaient tous aller où je pense !

Je m'étais concocté une réputation de dur, d'un mec à qui il fallait pas marcher sur les pieds. Même les soi-disant caïds de l'IRA commençaient à me respecter. Y avait pas de sectarisme à mon étage. Les seuls que j'acceptais pas, c'étaient les fiottes.

On les appelait comme ça. C'étaient ceux qui avaient violé des mômes, tabassé leurs femmes ou encore agressé des personnes âgées.

Je me rappelle, un détenu disait que j'étais un sale petit hypocrite. Après tout, j'étais pas béton pour avoir tué deux vioques ? Il l'a pas dit deux fois. J'ai fait savoir pourquoi j'étais tombé et qui je couvrais. Au final, ils m'ont cru.

Le bruit circulait que j'avais la haine des fiottes.

On reconnaissait toujours les fiottes, ils tentaient de cacher ce qu'ils avaient fait. Ils étaient jamais francs sur leurs égarements, ils expliquaient jamais pourquoi ils étaient au trou, ce qui les rendait plus faciles à pincer.

Quand ils étaient entre eux, ils se gênaient pas pour parler de leurs crimes, j'en suis sûr. Tous se montaient la tête avec leurs exploits.

Tous de la caillera. Sales deps. Ils voulaient être mis

en régime cellulaire, mais il y avait toujours un moment où ils devaient se montrer, et alors on les chopait. Tout ce qu'il fallait, c'est de la patience.

Moi, j'allais nulle part pendant les dix prochaines années, j'avais donc tout le temps du monde.

La nouvelle filtrait toujours quand il y en avait un qui sortait. C'étaient les matons qui la lançaient, je suppose. Eux aussi détestaient les fiottes.

Quand on voit la manière dont ces bâtards sont traités. Ils étaient ceux qui faisaient des études, avaient libre accès à la bibliothèque, suivaient des cours d'informatique. Et pourquoi ? Parce qu'ils avaient attenté à la pudeur de gosses et violé des femmes. Sans déconner ! Où est la justice, là ?

Merde, j'avais la haine !

Sammy Bennett a débarqué. Je connaissais Sammy de Ballyer, j'avais entendu les rumeurs qui circulaient sur son compte, comme quoi il entreprenait toujours les petits jeunes.

Il donnait un coup de main à l'église, se chargeait de la quête et des trucs de ce genre. Ensuite il tournait autour des enfants de chœur en mijotant un mauvais coup.

J'avais jamais eu de prises de tête avec lui, bien sûr, n'ayant pas eu le plaisir d'être enfant de chœur, mais je le connaissais. Je connaissais Sammy, Sammy la tapette.

Il avait l'habitude de filer cinquante pence à ses mignons s'ils lui faisaient des trucs, et on savait tous que c'était pas turlututu chapeau pointu.

J'ai feuilleté tous les vieux journaux qui étaient

conservés à la bibliothèque et trouve ce que je cherchais. Il y avait eu un citoyen de Ballyfermot qui était tombé pour pédophilie. De droit, il aurait dû se retrouver à Arbour Hill, mais on savait tous qu'Arbour Hill était plein à craquer d'homos, donc entre-temps on lui avait attribué une petite cage bien douillette à Mountjoy.

Il m'a remis à l'instant où il a posé les yeux sur moi. À la manière dont son visage a blêmi et à la façon dont il a lâché la tasse qu'il tenait, j'ai su qu'il savait qui j'étais.

Le bruit courait à l'étage que Sammy était au trou pour fraude fiscale, que Sammy était au bloc parce qu'il avait pas payé sa redevance de télévision. Il était en taule pour ci, pour ça...

Du bla-bla, du bla-bla tout ça.

C'était une salope de tapette et j'allais l'arranger une bonne fois pour toutes.

Sammy était un petit bâtard sournois, une tête de chou. Il allait jamais aux chiottes sans escorte, mangeait jamais avec le reste d'entre nous, touchait jamais à la viande. (Il savait pertinemment que les taulards des cuisines veillaient à l'épicer avec de la merde.) Il était impossible de le surprendre seul assez longtemps pour vraiment le cartonner.

Mais je pouvais attendre, j'étais pas pressé.

Je bossais à la blanchisserie et, dès que l'occasion s'est présentée, j'ai cousu des lames dans ses draps en espérant qu'elles lui cisailleraient le dos. Puis j'ai appris qu'il vérifiait toujours son lit le soir, il connaissait la chanson. Il savait ce qui attendait les gars de son espèce.

J'ai fini par avoir une ouverture. Il se relâchait.

Ce jour-là, je suis entré dans le réfectoire, et il était là, assis à une table. J'ai décidé d'aller lui causer. Je me suis attablé avec lui et on a entamé la conversation comme de vieux potes qui ne s'étaient pas vus depuis des années. Je lui ai parlé de mon daron, de mon oncle et qu'il devait les connaître, d'un tel et d'une telle et de ce qu'ils devenaient, de Ballyer à notre époque et combien tout avait changé. On a bien tchatché.

J'ai continué ce cirque environ une semaine et il s'est convaincu que j'ignorais tout de son passé. Il croyait qu'on était très amis.

Sammy tenait à ses cigarettes, il payait un max pour s'en procurer.

Je lui ai dit que je savais où il y avait un arrivage de cigarettes. Il n'avait qu'une chose à faire, descendre à la ferme (tu parles d'une ferme, plutôt un potager d'un mètre sur un mètre !) où elles seraient balancées par-dessus le mur. Je pouvais pas me pointer là-bas parce que j'avais été repéré.

Sammy a accepté. Sammy était heureux d'avoir un ami, surtout un ami comme moi. Quelqu'un dont il espérait la protection.

Je l'ai informé que tout le monde serait à un match de foot, à pourrait donc descendre ni vu ni connu. Je lui avais promis cinquante tiges pour sa pomme, il était enchanté.

Un match de foot avait lieu ce jour-là, je mentais pas. Je savais que Sammy n'était pas une trompette, qu'il vérifierait d'abord pour s'assurer que c'était pas un traquenard.

Donc, pendant le match, il s'est éclipsé, a récupéré ses cigarettes et rebroussait chemin à travers le potager, qui était entouré d'un mur percé d'une petite porte par où on pouvait entrer et sortir, quand il m'a aperçu. Immédiatement il a compris qu'il avait été piégé.

Je souriais.

Il a lâché les clopes et s'est mis à brailler. Des cris qui, un jour normal, auraient été entendus par la moitié des Dublinois. Mais pas ce jour-là, pas quand il y avait un match. Et le plus zarbi, c'est qu'à cet instant précis une baston a éclaté sur le terrain. À coup sûr, pour occuper les matons un moment.

Il a pris la fuite et échoué dans un coin où il s'est recroquevillé par terre. Il chialait, il chialait comme un petit bébé, mais je n'ai pas eu de pitié.

Je lui suis rentré dedans, je l'ai tatané comme un malade. J'entendais ses os craquer sous la violence de mon brodequin, je n'ai pas stoppé pour autant. Je lui ai froissé la gueule jusqu'à ce qu'il y ait du sang partout, il était en loques. Même sa propre mère l'aurait pas reconnu...

Il a arrêté de chialer, il était inconscient. Je me suis évaporé. Je l'ai abandonné à la mort.

Je travaillais à la blanchisserie ce jour-là, je n'ai donc eu aucun problème pour nettoyer mes habits.

Sammy est mort pour de bon. Mais personne y pouvait rien. On a soupçonné que j'étais dans le coup, j'en suis sûr, mais y avait pas de preuve, j'étais intouchable.

Le jour où Frankie Fitz, le grand caïd, m'a appelé, j'ai su que j'étais monté en première division. Pas d'erreur.

38

Ça m'a pris du temps, mais j'ai retrouvé le rythme de ma vie. De ma vie avec Jeffrey et les enfants. J'étais sûre de pouvoir assurer. Johnser ne m'avait pas contactée depuis le jour où j'étais allée le voir, j'étais trop contente. Il représentait encore beaucoup pour moi, mais c'était aussi le cas de cette existence que j'avais reconstruite, de ce petit nid que j'avais bâti pour ma famille et moi.

Ce n'était nullement parfait, il y avait encore certains trucs à revoir. Par exemple, les idées de Jeffrey sur les femmes.

Jeffrey croyait que la place d'une femme était à la maison, il n'était pas d'accord pour que les mères de famille travaillent. Il n'était donc pas d'accord pour que je gagne mon argent, il se figurait que je n'en avais pas besoin.

Il acquittait toutes les factures, il m'accompagnait au supermarché le vendredi soir et payait pour les courses. C'était lui qui réglait l'addition si on sortait dîner, c'était lui qui offrait les consommations si on allait au pub. Alors pourquoi aurais-je eu besoin d'argent ? Il n'avait pas l'air de comprendre que toute femme aime avoir ses propres shillings dans son sac à main. Attends, pourquoi devrais-je lui mendier de l'argent pour aller chez le coiffeur ? Ou, encore pire, pour lui acheter un cadeau d'anniversaire ? C'était grotesque.

Il avait des théories du genre : « Tu n'as pas besoin d'aller chez le coiffeur, ma chérie, je te trouve très jolie comme tu es. » Ou encore : « Il est inutile de dépenser de l'argent en cadeaux pour moi. Je t'ai, toi et les enfants, vous êtes mes seuls vrais cadeaux. »

Ça m'énervait vraiment, ça me gonflait littéralement.

Mais aucun de nous n'est parfait, j'imagine, moi moins que les autres.

D'ailleurs, les bons côtés de Jeffrey l'emportaient sur les mauvais ; j'apprenais donc à vivre avec ses petits défauts.

Jeffrey était très instruit, il suivait toujours un stage ou un autre, il était expert en ordinateurs, bureautique et machins de ce genre. Il avait plus de connaissances qu'il n'en utiliserait jamais chez Cadbury's. Alors quand on lui a proposé un licenciement économique, il a sauté sur l'occasion.

Il allait monter sa propre entreprise, ce qui avait toujours été son rêve. Il a obtenu un joli petit pactole mais, pour être franche, à ce jour je n'en connais toujours pas le montant. Je crois que c'était plus de trente mille livres, mais combien exactement, je n'en sais rien.

Il a donc démarré sa propre affaire. Il avait des journées encore plus chargées qu'avant. Il rentrait à la maison tout excité et me parlait des nouvelles relations qu'il se faisait, des contrats qu'il décrochait, des nouveaux systèmes qu'il installait. Mais c'est sûr que je n'y comprenais rien.

Je savais où il allait, ce qu'il faisait, les noms de certaines personnes avec qui il était en affaires, mais c'était tout. Je ne connaissais rien aux ordinateurs, mais je feignais de m'y intéresser.

Quel que soit le nombre d'heures qu'il passait au bureau, c'était toujours le même vieux Jeffrey, il était génial avec les enfants, il était génial avec moi, c'était un garçon bien. Je n'avais donc aucune raison de suspecter que quelque chose ne tournait pas rond.

Les derniers temps, j'ai bien remarqué qu'on recevait beaucoup de courrier de la banque, mais je n'y ai attaché aucune importance. Cela avait manifestement un rapport avec la nouvelle entreprise.

Jusqu'au jour où on a frappé à la porte.

J'ai ouvert. Un mec que je n'avais jamais vu était planté sur le seuil.

– Oui ? fis-je, me demandant qui c'était.

– Vous êtes bien Mrs Jeffrey Adams ? s'enquit-il courtoisement.

– Oui, c'est moi. Pourquoi ?

– Pourriez-vous me dire à quelle heure rentre votre mari, Mrs Adams ?

– Non, j'ignore l'heure exacte, mais il va sans doute me téléphoner dans un petit moment. Puis-je lui transmettre un message ?

Brusquement, sans aucune raison, j'ai senti un tiraillement d'angoisse.

– Vous pourriez lui remettre ceci ? Lui demander de me rappeler ? dit-il, me tendant une carte de visite.

J'ai examiné la carte en refermant la porte derrière lui. Toute blanche, pas de nom, juste un numéro qui ne m'évoquait rien.

Six semaines plus tard, j'ouvrais au même individu.

Cette fois-ci, il m'a tendu une enveloppe. Je l'ai décachetée. Je ne croyais pas ce que je lisais.

C'était une mise en demeure de la banque, m'informant que nous avions quatorze jours pour vider les lieux désignés ci-après... patati et patata.

J'ai regardé fixement le type planté en face de moi.

– Non, excusez-moi, ce doit être une erreur. Apparemment vous vous êtes trompé de Mrs Adams.

Je commençais à me sentir mal.

– Non, madame, je crains que ce ne soit pas une erreur.

– Moi je crains que si. Mon mari gère sa propre affaire, il a reçu une grosse somme d'argent à titre d'indemnités de licenciement. Comment ne pourrait-il pas payer l'emprunt de la maison ?

Je sentais bien que ma voix était hystérique mais qui aurait gardé son calme ?

– Je suis désolé, Mrs Adams, vous devriez peut-être parler avec votre mari. Je ne fais que mon travail.

Il me regardait et je lisais de la pitié dans ses yeux.

– Au revoir, Mrs Adams.

Je croyais que la journée ne finirait jamais.

Attendre le retour de Jeffrey, c'était comme un gosse qui attendait Noël. Ça m'a semblé durer une éternité.

Enfin j'ai entendu le bruit de sa clé dans la serrure. J'ai couru dans l'entrée.

– Jeffrey, merde ! Qu'est-ce que c'est que ça ?

Je ne lui avais même pas dit bonjour.

Il m'a pris l'enveloppe des mains.

– Eh bien, je ne sais pas, mon amour. Je ne l'ai pas encore lu, non ?

Il a eu un rire nerveux.

Je l'ai regardé ouvrir l'enveloppe. À son expression, j'ai compris que ce n'était pas une erreur. J'étais clouée sur place, incapable de parler. J'ai fini par retrouver ma voix.

– Jeffrey, que se passe-t-il ? Qu'est-ce que c'est ?

Planté là, il m'a dévisagée fixement. Puis il a fondu en larmes.

– Jeffrey, Jeffrey, s'il te plaît, ne fais pas ça, parle-moi, s'il te plaît. Pourquoi l'emprunt n'a-t-il pas été remboursé ? Où est passé tout l'argent ? Jeffrey, je t'en prie, dis-moi ce qui ne va pas !

Subitement, il m'a balancé un coup de poing, me prenant totalement par surprise. Il m'a touchée à la tempe et envoyée voltiger à la renverse dans le salon.

Les enfants se sont mis à pleurer, ils ne comprenaient pas ce qui arrivait. Moi non plus, d'ailleurs. Avant que je puisse reprendre mes esprits, il était à côté de moi. Au lieu d'essayer de m'aider à me relever, comme je croyais qu'il le ferait, il m'a bourrée de coups de pied, des coups de pied dans le ventre, en hurlant : « Chienne, sale chienne, tout est de ta faute, oui, de ta faute ! »

C'était comme un cauchemar, sauf que j'étais

éveillée et que je sentais la douleur. La terrible, terrible douleur.

Apparemment, je suis tombée dans les pommes car, quand j'ai ouvert les yeux, il était parti. Tant bien que mal je me suis arrachée du sol et précipitée vers les enfants. Ils étaient dans un coin, blottis dans les bras l'un de l'autre pour se réconforter. Ils ne faisaient aucun bruit, ils étaient choqués à mon avis.

– Allons, allons, mes anges, murmurai-je en les serrant contre moi. Tout va bien, maman est là. Ça va, ça va...

Ils s'agrippaient à moi, toujours sans émettre un son. J'ai cru que mon cœur allait se briser pour eux. J'essayais de ne pas pleurer, j'ai vraiment essayé, mais je n'ai pu retenir mes larmes. Dès qu'ils m'ont vue pleurer, eux aussi ont recommencé.

Dieu merci ! pensai-je. Dieu merci, au moins c'était normal de pleurer.

Je les ai emmenés à la cuisine en m'efforçant d'agir normalement. Je leur ai dit qu'on allait prendre un thé royal, avec des biscuits, du cake, de la limonade, tout ce qui les tentait. Je désirais à tout prix leur rendre le bonheur.

Et ç'a eu l'air de marcher. Peu de temps après, ils riaient et accumulaient les cochonneries. Edward faisait son numéro, soufflant des bulles dans sa limonade. Il savait que ce haut fait faisait toujours hurler de rire son petit frère.

Je ne sais pas quelle heure il était quand Jeffrey est rentré à la maison.

J'étais étendue sur le lit dans le noir lorsque je l'ai entendu pénétrer dans la chambre.

J'ignorais combien de temps j'étais restée là, à me repasser toute la scène dans ma tête. Pourquoi ? Comment ? Où ?

C'était la question qui me sidérait le plus. Où était passé tout l'argent ? Comment pouvait-on engloutir autant d'argent en huit mois ? je n'en savais rien, je n'en savais absolument rien. Et puis il y avait la violence. D'où lui était-elle venue ? Apparemment, je ne connaissais pas Jeffrey aussi bien que je le croyais. Attends, qui l'aurait soupçonné de battre sa femme ? Sûrement pas moi.

Je ne pouvais même pas donner un début de sens à ce qui s'était passé.

Et puis, ce n'était pas la première fois de la soirée, j'aurais voulu que tout ne soit qu'un mauvais rêve.

Il s'est assis au pied du lit, désormais calme.

– Qu'est-ce qui ne va pas ? Qu'est-ce qui ne va pas, Jeffrey ?

Il restait simplement assis là. Il avait l'air encore fâché. Mais enfin je l'étais aussi, alors il avait intérêt à répondre.

– Je n'ai plus rien, dit-il. J'ai tout perdu, jusqu'au dernier penny que nous avions. J'ai des dettes, nous sommes criblés de dettes.

– Qu'est-ce que tu veux dire ? Je ne comprends pas.

– Je sais que tu ne comprends pas. Merde ! Voilà le problème, tu ne comprends jamais rien. C'est toujours la même chose avec toi, tu ne t'intéresses qu'à ta petite personne. J'ai dû porter ce fardeau sur mes épaules pendant des mois. Oui, des mois, parce que je ne pouvais pas faire de la peine à la petite Jackie. Allons, comment aurais-je pu ? Quand la société battait de l'aile, à qui devais-je parler ? Pas à toi. Quand il fallait prendre des risques, où étais-tu ? À la maison en train de geindre, parce que tu n'avais pas d'argent pour aller chez le coiffeur. C'est bien là où tu étais, c'est bien ce que tu faisais pendant que je me cassais les couilles pour tenter de gagner de quoi vivre, non ? Alors ne me dis pas que tu ne comprends pas. Tu ne comprends pas parce que tu ne veux pas comprendre, je le sais !

Il a dû croire que j'étais tombée dans le coma ou un truc de ce genre. Je le regardais fixement, c'est tout. Mais je dois dire, je n'avais aucune idée de quoi il parlait. Absolument aucune idée.

Il pouvait penser ce qu'il voulait, ses paroles ne voulaient rien dire. Je me suis redressée sur le lit.

– Jeffrey, il y a quelque chose qui m'échappe, là ? Parce que si c'est le cas, j'aimerais que tu m'expliques exactement de quoi il s'agit. La dernière fois que j'ai entendu parler de notre situation financière, tu avais reçu un paquet de fric de Cadbury's et tu montais ta petite entreprise. J'ignore ce qui s'est passé ensuite. Pour la simple raison que tu ne m'as rien dit. Bon, tu peux me prendre pour une magicienne ou je ne sais quoi, mais la triste réalité c'est que je ne le suis pas. Alors ne t'imagine pas que tu peux tranquillement me maltraiter parce que je n'ai pas compris ce qui se passait. De mon point de vue, tu es le seul à le savoir et tu ne me sembles pas prêt à éclairer ma lanterne.

– Sans déconner, Jackie. À quoi ça sert de tenter de t'expliquer ? Tu n'écoutes pas, bordel ! Il n'y a plus rien, plus rien, plus rien, absolument plus rien. Je l'ai dépensé, oui, dépensé, mais tu sais ce que c'est que dépenser, Jackie. Dieu sait que tu ne t'en es pas privée...

Je n'arrivais pas à y croire. Je n'arrivais pas à croire qu'il essayait de comparer l'argent que je dépensais en vêtements pour les enfants et en frais d'entretien pour la maison avec les plus de trente mille, peut-être même les plus de quarante mille livres qu'il avait dilapidées. Merde ! il était cinglé.

– En quoi l'as-tu dépensé ?

– Tu n'as pas besoin de savoir.

– Je n'ai pas besoin de savoir ! Mais qu'est-ce que tu racontes ? je n'ai pas besoin de savoir... J'ai une lettre ici qui m'annonce que notre maison va être saisie parce que l'emprunt n'est plus payé depuis des mois, et toi tu es là à me dire que je n'ai pas besoin de savoir où l'argent est passé. Pour qui tu me prends ? Pour une débile ?

Il s'est remis à pleurer. Mais j'étais avertie, son petit numéro de lamentations ne marcherait pas cette fois-ci. Je l'ai giflé, je l'ai giflé de toutes mes forces.

– Dis-moi, espèce de bâtard, dis-moi ce que tu as fait de tout l'argent !

Il pleurait à chaudes larmes maintenant, il sanglotait, mais ça m'était bien égal. Il a marmonné quelques mots.

– Quoi ? Qu'est-ce que tu dis ? Sans déconner, arrête de pleurnicher et réponds-moi !

– J'ai joué.
– Quoi ?
– J'ai joué.
– Quel genre de jeu ?
– C'est important ?
– Et comment c'est important !
– Aux machines à sous.
– Aux machines à sous ?

J'étais stupéfaite. Comment pouvait-on perdre tant d'argent sur une machine à sous ? je croyais qu'elles ne prenaient que dix pence à la fois, pas des centaines de livres.

Au cours des jours suivants, il m'a tout raconté.

Il avait toujours eu un faible pour les machines à sous. Qui l'aurait cru ? Ce bon vieux Jeffrey si sérieux était un joueur.

Vraiment, ça ne le faisait pas.

Il m'a avoué que ç'avait commencé par quelques livres par-ci par-là, pas grand-chose. Puis, après avoir touché ses indemnités de licenciement, il avait dépensé de plus en plus. Parfois vingt, trente et même quarante livres d'un coup. Il en a vite perdu des centaines, et il lui a fallu tenter de les récupérer. Inutile de le dire, ce n'avait pas été le cas. Aussi maintenant, huit mois après, avait-il tout perdu.

Il n'y avait pas d'entreprise, il n'y en avait jamais eu. Il avait passé toutes ses journées à jouer aux machines à sous. Quand il n'était plus rien resté, il était allé à la banque demander un découvert. Un découvert de trois mille cinq cents livres. Et où était passé l'argent ? Dans une horreur de machine à sous.

J'ai pleuré toutes les larmes de mon corps le jour où nous avons dû quitter la maison. Je n'arrivais pas à croire que nous retournions vivre dans un petit appartement sordide. Attends, nous voilà, cinq ans et deux enfants après, en train de reculer au lieu d'avancer. Comment tout cela allait-il donc finir ?

Jeffrey a commencé à suivre les réunions des Joueurs Anonymes, il prétendait y puiser beaucoup de secours.

Il a trouvé un emploi dans un commerce, ce n'était pas fameux, rien de comparable avec ce qu'il faisait avant, mais ça rapportait quand même le salaire de la semaine.

C'était de l'argent régulier. Il payait le loyer, l'électricité et de quoi manger. En fin de compte, c'est tout ce qui comptait.

On n'avait pas grand-chose, mais, au moins, ce qu'on avait était à nous. Il n'y avait personne pour taper à la porte et nous réclamer de l'argent, et j'en remerciais Dieu.

Jeffrey s'est mis à boire. Grave surprise pour moi, car il n'avait jamais beaucoup aimé l'alcool. Une autre facette de sa personnalité ! Il s'est mis à boire parce qu'il avait perdu ses illusions, je crois.

Mais avec l'alcool sont venues de nouvelles violences.

Il m'en voulait.

Il me reprochait, à moi et aux enfants, de le retenir. Il me reprochait de ne pas apporter ma contribution pour les factures.

– Jeffrey, lui disais-je, tâchant de le raisonner. Jeffrey, c'est toi qui ne veux pas que je travaille.

Et puis il me frappait.

Il le regrettait toujours après, mais cela n'enlevait lien à son geste.

– Jackie, Jackie, excuse-moi. Je t'en prie, crois-moi, ce n'est pas toi. Tu sais bien que je t'aime, c'est la frustration de devoir travailler toute la journée dans ce magasin, c'est ça qui me rend méchant. Tu sais que je vaux mieux que ça, hein ? Tu sais que je suis futé ? Jackie, s'il te plaît, ne me quitte pas, tu es tout ce que j'ai. Toi et les enfants, vous êtes tout ce que je possède au monde.

J'étais de tout cœur avec lui. Parce que, tout au fond de moi, je savais que c'était un bon garçon. Et puis je l'aimais. Je détestais le voir souffrir ainsi, mais qu'y pouvais-je ? Il ne voulait toujours pas entendre parler d'un emploi pour moi, alors comment étais-je censée l'aider ?

J'étais consciente qu'il travaillait comme un forçat. Lorsqu'il rentrait à la maison le soir, c'était l'heure d'aller se coucher, puis il se relevait quelques heures plus tard et retrouvait le boulot qui lui faisait horreur. Une continuité sans fin.

Un jour, en arrivant à la maison, je l'ai croisé dans l'escalier, le magnétoscope sous le bras.

– Où vas-tu avec ça ?

– Je vais le faire réparer.

– Pourquoi ? Qu'est-ce qu'il a ?

– Il est en panne, je ne te l'avais pas dit ? J'ai remarqué l'autre jour qu'il était bloqué sur « Enregistrement ».

– Non, tu ne m'as rien dit.

– Ah ! j'ai dû oublier...

Je n'avais pas remarqué qu'il était en panne. En réalité, j'étais sûre qu'il ne l'était pas, j'avais mis une vidéo pour les enfants le matin même. Mais je l'ai laissé partir, il était heureux, il était gai. Ce soir-là, il est rentré tard. Il m'a apporté des fleurs, tout semblait aller bien.

Avant que le magnétoscope ne revienne, la télévision est tombée en panne à son tour. Et Jeffrey l'emporta pour la donner à réparer. Je commençai à remarquer que d'autres petits objets manquaient.

Une lampe qu'on nous avait offerte en cadeau de mariage, le grille-pain dont on ne se servait jamais et qui ne pouvait donc absolument pas être cassé, la tondeuse à gazon. Bien qu'on n'ait plus de jardin, nous avions encore notre vieille tondeuse. Toutes sortes de petits bibelots, aucun de grande valeur. N'empêche qu'ils n'étaient plus là.

Le jour où le vélo de Jonathan a disparu, j'ai compris que Jeffrey ne travaillait plus. Il avait recommencé à jouer. Il n'avait pas suffi d'une fois pour tout perdre ? Pourquoi maintenant ? Nous retombions sur nos pattes. Je ne le reconnaissais plus.

J'ai décidé sur-le-champ que je ne marchais plus. Je n'en pouvais plus. Les coups, l'alcool et maintenant ça ! Ce qu'il m'infligeait était une chose, mais qu'il se mette à prendre les jouets des enfants, je ne le tolérais pas.

J'ai rassemblé quelques affaires et je suis partie.

Je suis retournée chez mes parents et leur ai raconté tout ce qui s'était passé. Je comprenais, à leur attitude, qu'ils préféraient ne pas savoir. Ils idolâtraient Jeffrey. De leur point de vue, c'était le plus grand cadeau du ciel depuis l'invention du fil à couper le beurre. Et ils étaient prêts à voir en lui toutes les perfections. Il y avait aussi la honte d'un ménage brisé. Comment étaient-ils censés y survivre ? C'était le genre de chose qui arrivait aux autres, pas à eux.

Je me demandais à quel siècle ils vivaient. Quoi qu'il en soit, ils nous ont permis de rester, c'était l'essentiel.

Plus tard dans la soirée, Jeffrey est passé.

Il s'est installé et comporté comme si rien ne clochait. Il bavardait et riait comme au temps où nous sortions ensemble.

Je n'en revenais pas.

Il leur a affirmé que la situation n'était pas aussi mauvaise que je le prétendais. Que j'étais trop émotive, que je m'ennuyais à la maison, que je l'enviais du fait qu'il voyait des gens à l'extérieur toute la journée alors que j'avais la seule compagnie des enfants. Mais qu'y pouvait-il ? Il devait gagner sa vie, il fallait bien faire bouillir la marmite.

Et ils le croyaient. Ils comprenaient. Qui, mieux qu'eux, savait quelle jeune femme égoïste et exigeante j'étais capable d'être ? Ils connaissaient mon caractère raisonneur.

Ils parlaient de moi comme si je n'étais pas là. J'avais envie de les étriper.

Je me suis levée et je suis montée voir les enfants. Je ne pouvais plus les supporter.

Maman m'a suivie à l'étage.

– À quoi joues-tu ? Zut ! pourquoi es-tu si égoïste ? Pourquoi, une fois dans ta vie, ne fais-tu pas passer les autres avant toi ?

Pourquoi traitais-je si mal Jeffrey ? Comment pouvais-je faire tourner ainsi en bourrique un être qui était si gentil pour moi ? Et les enfants ? Avais-je pensé à eux dans tout ça ? Les enfants avaient besoin d'un bon père, et je ne pouvais pas lui reprocher de ne pas l'être. Elle a continué dans ce registre jusqu'au moment où j'ai éclaté :

– Écoute-moi, maman, écoute-moi ! ai-je crié, luttant contre l'envie de l'étrangler.

Une nouvelle fois, je lui ai raconté ce qui s'était passé. Sa passion du jeu, les violences, l'alcool, la saisie de notre pavillon, tout. Je lui ai expliqué la raison pour laquelle je ne venais pas les voir très souvent ; c'était à cause des yeux au beurre noir et des marques de coups que je tâchais toujours de cacher. Elle est restée assise à me regarder. J'étais sûre de perdre mon temps.

Je sentais qu'elle me croyait, mais cela ne signifiait pas qu'elle souhaitait s'impliquer. Elle ne s'impliquait jamais dans quoi que ce soit de désagréable.

Maman s'est levée de mon lit et est redescendue. Elle n'avait pas prononcé une parole. J'étais à mi-hauteur de l'escalier quand sa voix m'est parvenue. Elle m'a clouée sur place.

– Toi, hors de ma maison ! Tout de suite !

Je ne l'avais jamais entendue crier si fort.

– Oui, toi, ouste ! Tout de suite ! Et si tu oses te remontrer ici, je ne suis pas responsable de ce qui arrivera. Tu m'as bien comprise ? Si tu poses encore les yeux sur ma fille, à plus forte raison la main, je te massacre. JE TE MASSACRE ! Oui, tu m'as bien entendue. À présent, sors de ma maison tant que tu en as encore la possibilité.

Je n'en croyais pas mes oreilles, j'en étais baba. Qui l'aurait pensé ? Maman, entre tous. J'ai dévalé l'escalier.

– Maman ?

– Ah ! Jackie, Jackie ! Pourquoi ne m'as-tu rien dit avant ?

Elle m'a serrée si fort contre elle que j'ai cru qu'elle allait me casser les côtes.

– Je pensais que ça s'arrêterait. Je pensais que je saurais me débrouiller toute seule.

J'ai éclaté en sanglots. Moi, la plus grande chialeuse que le monde eût jamais connue, je n'avais pas pleuré depuis le premier soir où il m'avait battue. Là je me rattrapais, c'est clair.

J'ai sangloté et sangloté dans le gilet de ma mère comme si j'étais redevenue une petite fille. À la fin, je n'avais plus de larmes.

Nous nous sommes assises dans la cuisine pour boire un thé.

– Jackie, pourquoi ne m'as-tu pas informée de la saisie du pavillon ? Moi qui croyais que l'appartement était provisoire pendant que vous attendiez que la nouvelle maison soit terminée. On aurait peut-être pu t'aider...

– Oh maman ! Comment pouvais-je ? Vous étiez si fiers de moi. Votre fille en train de faire bâtir, je n'ai pas pu. C'était plus facile de continuer à mentir.

– Eh bien, fini les mensonges ! Dorénavant, toi et moi nous allons être sincères l'une avec l'autre. Je sais bien que nous n'avons jamais été très proches, mais il n'est pas trop tard pour commencer. Maintenant va te coucher et dors bien. Il faut que je parle à ton père.

Je l'ai prise dans mes bras.

– Merci, maman. Je ne sais pas ce que j'aurais fait sans toi.

Et je parlais sérieusement.

Pour la première fois de ma vie, j'avais eu une véritable discussion avec ma mère. Malgré le sujet, ça m'avait fait vraiment plaisir.

39

Certains des taulards étaient vraiment graves.

Y en avait d'autres qu'on connaissait que de nom mais qu'on respectait quand même. Y avait aussi ceux qu'on respectait pas, ceux qui vivaient de la réputation d'autrui.

Frankie avait la réputation d'un tueur de l'IRA, même si, autant que je sache, c'était plutôt un Gremlin de meute avec des relations. Mais, qu'importe mon avis, en zonzon il était considéré comme un joueur de D 1. Il tenait à sa légende d'IRA. Il pavoisait sa cage de drapeaux tricolores, portait un béret et tchatchait toujours un jargon militaire.

D'autres pensionnaires voulaient toujours savoir où

on se situait à propos de l'Irlande du Nord, mais j'avais pas vraiment d'opinion sur la question.

À Ballyer, j'avais été comme n'importe quel autre jeune ayant une bombe de peinture entre les mains. Quand j'en avais marre d'écrire « Johnser Kiely en force », je taguais « Vive l'IRA » ou « Cité IRA », jusqu'au moment où ce cirque me gonflait et où je vidais toute la bombe contre un mur. Je ne sais pas d'où ces artistes de graffitis américains tiraient leur patience. Ils barbouillaient des immeubles entiers, des villes entières, ils étaient capables de représenter l'histoire complète de la guerre de Sécession ou de la révolution mexicaine, des trucs qui prenaient des années à peindre.

Pas moi, j'en étais incapable. Au bout de dix minutes ça me chauffait.

En tout cas, les murs de Ballyer suintaient de toute la deumère balancée par les usines et les poids lourds qui gerbaient d'énormes nuages de fumée par leurs tuyaux d'échappement déglingués. Alors quand tu appliquais ton pinceau sur le mur, tu te retrouvais avec plus de saleté que de peinture. Je me demandais comment les Cainris géraient ce problème. Les gangs s'amenaient avec des seaux d'eau pour les laver d'abord ? je m'imaginais mal la même chose à Ballyer, qu'on envoie Froggy chercher un seau d'eau chez une de nos vieilles et qu'elle lui demande pour quoi faire.

– Il faut qu'on nettoie le mur parce que Johnser veut taguer « Vive l'IRA » !

Tout ce que j'ai à dire, c'est que les mères latino-américaines doivent être très indulgentes.

Un autre truc à propos de l'Amérique. Tous les gangs avaient des noms. Je me rappelle avoir vu *Les Seigneurs*[1]. C'était mortel !

Des centaines de gangs drapés dans leurs couleurs et portant des blousons marqués à leur nom. Après le film, je voulais qu'on fasse pareil. Qu'on ait un blouson de cuir ou de jean avec une tête de mort dans le dos.

On kiffait tous sur l'idée, tous sauf Fat Larry. Il nous rabâchait que sa mère le tuerait s'il abîmait son beau zonblou. Son beau zonblou, mon cul ! Il avait déjà été porté par au moins trois autres membres de sa famille avant que Fat Larry en hérite.

Slash voulait qu'on se rase le crâne et qu'on s'appelle les Ballyer Skinz. Froggy, lui, voulait qu'on soit les Cool AI-Cools. Quand Fat Larry a proposé les Ballyfermot Mo'Vez, j'ai compris qu'il était temps de mettre tout ce délire au rancart.

Toutes ces années après, je suis content aujourd'hui qu'on ait pas baptisé notre bande. C'était puéril. Les meufs, elles, je me rappelle, s'appelaient les Pink Ladies, d'après les filles du film *Grease*.

Les nazes ! Olivia Newton John elles étaient pas.

À l'époque, c'était à la mode d'être branché IRA. Bobby Sands était mort de sa grève de la faim, il était mort pour la cause.

Je revois mon reupe dire que tout ce qui valait la peine de mourir était juste, et maman était d'accord.

1. En anglais, *The Wanderers*, film de Ph. Kaufman (1979). *(N.d.T.)*

Ça lui ressemblait pas, parce que maman plaignait toujours les mères de ceux qui mouraient. Toutes les bombes et les fusillades l'énervaient. Mais elle mettait Bobby Sands sur le même pied que Jésus.

– Le Christ est mort sur la Croix pour sauver l'humanité et Bobby Sands est mort pour l'Irlande. C'est un martyr.

Deux jours après l'IRA frappait encore, elle leur donnait des noms d'oiseaux. Elle se signait en disant : « Que Dieu vienne en aide aux mères de ces pauvres soldats ! »

Pourtant, elle n'acceptait pas qu'on parle mal de Bobby.

J'ai toujours acheté *An Phoblacht*[1] (même si je ne le lisais pas) et je n'ai jamais refusé une quête. N'empêche que j'étais pas d'accord avec leur attitude envers le trimard.

Si on bossait dans une grosse banque, ils exigeaient toujours un pourcentage au nom de « la Cause ». Tu parles ! je me suis souvent demandé si le fric arrivait jamais à « la Cause ». Après tout, je connaissais les trois quarts des membres de l'IRA de Ballyer et je me méfiais d'eux comme de la peste. De mon point de vue, si je montais un coup, c'était moi qui prenais tous les risques, c'était moi qui trouvais tous les plans et c'était moi qui irais en taule si tout foirait. Alors j'ai jamais été partisan de leur filer une part de mes pépettes durement gagnées.

La Brosse leur reversait du fric, juste pour avoir la

1. *La République* journal de l'IRA. *(N.d.T.)*

paix. Il disait souvent que c'était une chose d'avoir affaire à la police, mais que c'était une autre paire de manches d'avoir affaire à l'IRA

Les gens rêvaient toujours de la fin des troubles et, moi, je m'interrogeais souvent sur ce qui se passerait quand le jour viendrait, s'il venait.

Dans quoi se reconvertiraient Frankie Fitz et ses semblables ? Pour l'instant, il jouissait d'un certain crédit. C'était pas un vulgaire criminel, il volait au nom de « la Cause ». Il bastonnait pas les gens, il lançait des expéditions punitives. Mais supprime la bannière de l'IRA, qu'est-ce qui reste ? Quelles références il avait ? À mes yeux, Frankie Fitz et ses clones étaient seulement des cailleras et des reurtis, ils n'étaient pas différents de moi, de Stan ou de la Brosse.

De mon point de vue, il pouvait aller se faire mettre.

Je suis donc allé le voir. J'ai été escorté à l'étage jusqu'à une cellule du bout.

La porte de la cellule s'est ouverte. Là, en face de moi, trois hommes étaient assis à une table. La cellule avait beau être dans la pénombre, j'ai senti qu'on était plus de quatre là-dedans. On m'a ordonné de m'asseoir. J'ai retourné ma chaise, je l'ai enfourchée et j'ai croisé les bras sur le dossier. C'était pas confortable, mais je l'avais vu faire au cinéma et j'avais trouvé ça cool.

Ça faisait dur à cuire, ça voulait dire : « Essaie pas de me niquer ! » Ça dépeignait son rebelle, ça clamait le défi en toutes lettres, du moins je l'espérais. Après tout, James Dean, Steve McQueen et Paul Newman s'asseyaient toujours à l'envers. Y avait intérêt à ce que ça dise quelque chose, parce que mon jean était si serré que je craignais que mes couilles me remontent dans le ventre.

Le nain assis entre les deux poids lourds a commencé à lire le bloc-notes posé devant lui. Il a pas levé le nez une seule fois. Entre-temps, Pinky et Perky me quittaient pas des yeux.

– On t'a invité ici aujourd'hui dans l'espoir que tu pourras nous filer un coup de main dans notre combat pour « la Cause ». On te demande de nous aider à éliminer un membre de cette communauté qui s'est livré continuellement à des activités contraires au règlement de notre organisation...

– Qu'est-ce c'est ce baratin ? ai-je hurlé, en me levant.

Pinky et Perky se sont levés aussi, mais le nain a poursuivi :

– On te fournira tout le soutien nécessaire pour mener à bien la mission qui t'a été assignée.

– Qu'est-ce tu dis là ? Vous voulez que je bute pour vous ? Pas question. Je suis ici pour voir Frankie Fitz, pas pour adhérer à votre satanée troupe de boy-scouts. Alors, où se cache Fitz ?

La porte s'est refermée derrière moi. J'ai fait volte-face en prenant garde de ne pas tourner le dos aux deux bouffons.

Je l'avais jamais vu, mais j'ai su instantanément que le mec qui sortait de l'ombre ne pouvait être que Frankie.

Rencontrer des légendes est toujours décevant. Frankie ressemblait à n'importe quel vioque visible dans ton quartier. Il avait les cheveux gris, le front un brin déplumé et la panse du buveur de bière. Si Hollywood s'emparait de l'histoire de sa vie, ils prendraient Daniel Day Lewis ou Liam Neeson pour jouer son rôle. Mais le keum debout devant moi était plus proche de Tom, de *The Riordans*[1].

– Bonjour, Johnser, c'est sympa de te connaître enfin, m'a-t-il dit en ouvrant un paquet de cigarettes pour m'en offrir une.

J'ai accepté, après tout une tige est une tige. Je gardais à l'œil les deux fonbous.

C'était un vieux truc d'offrir une clope à quelqu'un. Au moment où tu l'allumais, un autre te mettait un pain dans la gueule.

– Qu'est-ce c'est toutes ces conneries de comité ?

Il s'est marré.

– Tu n'as vraiment aucun respect, Johnser, hein ?

J'ai répondu sans retirer ma cigarette.

– Au cul le respect ! Pourquoi tes gorilles peuvent pas faire le coup eux-mêmes ?

– J'ai mes raisons.

– Eh ben, à moins que tu m'expliques, tu peux aller voir ailleurs !

Fitz a écrasé sa cigarette.

– Peter Brady est des nôtres, c'est impossible qu'on nous voie tuer un républicain.

– Alors pourquoi tu veux le buter ?

– C'est un dealer. Tu sais que c'est contraire à notre règlement.

1. Série télévisée irlandaise consacrée au monde rural. *(N.d.T.)*

C'était à mon tour de me gondoler.

– Qu'est-ce tu racontes ? je te crois ! Tu veux pas le buter parce que c'est un leurdi, t'es en pétard parce qu'il essaie de mettre la main sur ton territoire.

– Si tu veux. Mais faut qu'il sorte du circuit.

– Frankie, t'es tout seul, j'ai pas de problèmes avec Brady. Alors si tu veux le buter, tu le butes toi-même.

– Tu sais que tu enfreins un ordre formel, Johnser ? Les conséquences peuvent être tragiques pour toi.

Je me suis avancé vers lui, je l'ai pris au collet.

– C'est une menace, Frankie ? J'ai horreur des menaces.

Pinky approchait, j'ai fait pivoter Fitz et je le lui ai balancé dans les bras.

– Salut, Frankie.

Il n'a pas répondu.

J'ai retraversé tout l'étage, m'attendant à des représailles.

Il n'y a pas eu de représailles.

40

Je n'avais pas si bien dormi depuis des mois.

Quand maman m'a réveillée avec une tasse de thé, je ne savais plus où j'étais.

– Bonjour, ma chérie. As-tu bien dormi ?

– Comme une souche. Quelle heure est-il ?

– À peine huit heures et demie.

– Huit heures et demie ! Comment se fait-il que je n'aie pas entendu les enfants ?

– Ton père les a emmenés au jardin pour jouer au foot.

– Oh, super !

Il allait falloir que je m'habitue. On commençait à ressembler un peu aux Walton[1]. Mamie concoctait des scones à la cuisine pendant que Papie jouait dehors avec les gosses. Je ne veux pas avoir l'air ingrate, mais je n'étais pas encore fin prête pour tout ce cinéma de grands-parents gâteaux.

Papa et maman étaient adorables, mais j'avais vraiment besoin de trouver un logement à moi.

J'étais habituée à bricoler à la maison et, comme maman ne voulait pas que je l'aide, je trouvais les journées interminables. Je n'avais pas l'habitude de rester tout le temps assise à me tourner les pouces. Il fallait absolument que je retrouve une forme de routine, et les enfants aussi. J'ai décidé de passer à la Sécu pour voir ce qu'ils avaient à me proposer. Après tout, je devais bien avoir droit à quelque chose, je payais mes impôts et mes cotisations sociales depuis suffisamment de temps. D'ailleurs, que cela me plaise ou non, j'étais désormais une mère isolée, alors ça devait compter pour quelque chose.

Au moment où j'ai pénétré dans les bureaux, je me rappelle m'être dit : « Mon Dieu, comme j'aimerais que la vieille, Vison, celle que j'ai connue à Mountjoy, soit avec moi en ce moment ! Elle doit tout savoir sur

1. Famille d'une série télévisée américaine. *(N.d.T.)*

les allocations des mères isolées et les autres trucs auxquels je peux avoir droit... »

Je n'oublierai jamais ce matin-là. J'avais l'impression d'être une mendiante qui demande la pièce à un coin de rue.

Une petite morveuse embusquée derrière son bureau m'a posé toutes sortes de questions personnelles. Elle m'interrogeait comme si j'étais une délinquante. Et pourquoi, je vous le demande ? Pour qu'elle puisse me proposer vingt misérables livres par semaine ? Merde alors ! je n'allais pas supporter son baratin.

– Maintenant, écoutez-moi, là ! Mon mari m'a quittée, je vis chez mes parents dans un pavillon trois pièces. J'ai deux enfants et aucunes ressources. Bon, qu'est-ce que vous allez faire pour nous ?

– Eh bien, Mrs... heu... Adams, cela ne dépend pas de moi. Tout ce que je peux faire, c'est traiter votre demande d'allocation. Ensuite, ce n'est plus de mon ressort.

– Et c'est du ressort de qui, alors ?

– Eh bien, je pense que vous pourriez voir Mr Johnson, c'est lui le responsable.

– Bon, va pour Mr Johnson.

– Un instant, s'il vous plaît.

Elle s'est levée de son bureau et a couru à la porte, à l'autre bout de la pièce. Là où Mr Johnson était entouré de sa cour.

Enfin elle est revenue.

– Mr Johnson va vous recevoir tout de suite, a-t-elle annoncé en ouvrant le guichet comme si elle était saint Pierre me donnant les clés du paradis.

– Alors, que puis-je pour vous ?

Existait-il pour de vrai ? Attends, espérait-il vraiment que je croie que la morveuse ne l'avait pas mis au parfum ?

– Bon, écoutez-moi, Mr Johnson. Vous avez peut-être du temps à perdre, moi non. Vous devez savoir pourquoi je suis là. Il me faut un logement et j'ai aussi besoin d'argent pour pouvoir continuer à élever mes enfants. Alors n'essayez pas de me faire croire que l'autre chochotte ne vous a pas mis au courant, parce que je suis sûre qu'elle l'a fait.

– Eh bien, Mrs Adams, les choses ne sont pas aussi simples, a-t-il répondu, ignorant mon explosion.

– Et qu'est-ce qui peut les simplifier ?

Je commençais vraiment à m'échauffer.

– Si vous voulez bien me répéter ce que vous avez dit à Mrs Kelly, je pourrai peut-être vous aider.

Pour la seconde fois de la matinée, j'ai donc narré l'histoire de ma triste vie.

Il m'a assuré qu'il ferait son possible pour trouver une solution. Il allait m'inscrire sur la liste prioritaire pour une demande de logement.

J'ai quitté son bureau épuisée.

J'avais l'impression d'avoir combattu trois rounds contre Mohammed Ali.

Même si, à la réflexion, ç'aurait peut-être été plus facile.

Une semaine après, j'ai reçu un courrier de Mr Johnson, me disant qu'il était désolé de ne pas avoir de logements disponibles pour le moment. Toutefois, si par hasard je pouvais en trouver un dans le secteur privé, j'aurais droit à une allocation-logement. Tout ce que j'avais à faire, c'était de me procurer une attestation et un carnet de quittances de loyer auprès de mon bailleur, de les apporter à ses bureaux et il se chargeait du reste. Je suis restée assise à contempler la lettre quelques instants, puis j'ai songé : « Bon, j'imagine que c'est mieux que rien. » Attends, ce n'était pas sa faute si la mairie n'avait pas de logements !

Je n'étais pas joyeuse le jour où j'ai emménagé dans mon appartement.

Je n'arrivais pas à croire que je repassais par là. L'appart en soi n'était pas mal, rien à quoi un bon ménage ne puisse remédier. C'était déprimant, mais c'était mieux que d'habiter chez mes parents jusqu'à la fin de mes jours.

Maman avait été top, vraiment. J'avais du mal à croire que c'était la même personne que je connaissais depuis si longtemps. Elle semblait avoir vingt ans de moins, c'était comme une amie, on abordait ensemble tous les sujets. On restait des heures à tchatcher à la cuisine.

Je me rappelle toujours un jour où nous étions en train de discuter et où, de but en blanc, elle a lancé

– Jackie, surtout ne le reprends pas.

L'espace d'un instant, je n'ai pas compris de qui elle parlait. Puis ça a fait tilt.

– Je t'en prie, chérie, crois-en mon expérience. Les secondes chances n'existent pas. Une fois qu'il t'a battue, il recommencera. Ensuite, c'est au tour des gosses. Il te bat devant eux, il les bat devant toi et, sans que tu t'en rendes compte, ça devient une habitude. Tu commences à trouver ça normal, tu te mets à penser que tout le monde est pareil, jusqu'au moment où, soudain, c'est trop tard. Tu as perdu ta jeunesse, et tout ce qui te reste de ton séjour sur cette terre, c'est un corps meurtri et mutilé.

Je l'ai regardée, épatée de sa perspicacité. Attends, comment connaissait-elle quelque chose aux femmes battues, ayant passé tant d'années aux côtés de papa ? Mon bon vieux papa si facile à vivre. Puis une pensée m'a taraudée. Sûrement pas, pas papa.... On aurait dit qu'elle lisait dans mon cœur.

– Non, Jackie, tu n'y penses pas ! Ton père est un brave homme, il l'a toujours été. C'était ton grand-père. Grand-père Cranny, c'était lui le méchant.

Je n'en croyais pas mes oreilles. Je n'imaginais pas le charmant petit homme qui venait nous rendre visite le dimanche capable de faire du mal à une mouche. Il ne battait quand même pas grand-mère, elle était trop gentille ! Elle était si menue et si fluette. Comment aurait-il pu se montrer cruel avec elle ?

J'étais abasourdie.

– Alors te voilà au courant, Jackie. Je sais de quoi je parle.

Cette histoire a fortifié ma détermination. C'était comme si j'avais suivi un stage de motivation. J'ai pris de l'assurance, j'étais certaine que j'allais m'en sortir.

J'avais deux enfants, j'étais une mère isolée. Et alors ? Comme des centaines d'autres. Des milliers aujourd'hui, à notre époque. Il y avait des femmes qui marchaient dans la rue avec cinq ou six gosses, tous de pères différents. J'allais être aussi forte qu'elles.

J'allais me bouger le cul et trouver du travail, n'importe quoi du moment que ça me rapporte de l'argent à la fin de la semaine.

Maman garderait les enfants, elle me l'avait proposé. De toute façon, tous les deux allaient à l'école maintenant, donc le problème de garde était moins crucial.

J'ai trouvé un job de femme de service. Je n'étais pas enthousiaste, mais c'était mieux que rien.

Les matins étaient un cauchemar.

Je me levais à six heures et demie, préparais les enfants et les déposais chez ma mère, qui les amenait à l'école. J'avais à peine le temps de les embrasser avant de prendre mes jambes à mon cou pour repartir de chez elle, redescendre la rue, passer le coin et remonter jusqu'au rond-point. Si je ne sprintais pas comme une championne olympique, je manquais mon bus.

Je me rappelle, un matin j'ai cassé le talon d'une de mes chaussures, mais il fallait que je continue à courir. J'ai pris ma chaussure à la main et j'ai couru pieds nus jusqu'à l'arrêt d'autobus. Ensuite, j'ai eu des ampoules pendant une semaine. Mais cela n'avait aucune importance pourvu que j'attrape mon bus et arrive à l'heure à mon travail.

Mon travail ! Elle est bonne, celle-là. Femme de service dans une tour de bureaux.

Circuler toute la journée, à nettoyer la merde des gens éduqués.

C'est mortel, non ?

C'était la race de baltringues la plus sale et la plus ignorante que j'aie jamais rencontrée.

Toutes les femmes de service commençaient à la même heure, nous avions toutes notre étage. On devait avoir fini à midi et une autre équipe de techniciennes prenait ensuite la relève. C'est vous dire comme ils étaient sales. Même les enfants n'avaient pas besoin qu'on fasse le ménage vingt-quatre heures sur vingt-quatre !

La tâche que je détestais le plus, c'était de nettoyer les toilettes des messieurs. Si tu avais vu comme il fallait que je récure leurs urinoirs, que je les astique comme si c'était le service de porcelaine de famille ! Et même si je laissais un seau devant la porte pour prévenir que j'étais à l'intérieur, il y avait toujours un petit bâtard pour n'en tenir aucun compte.

Il entrait, supersapé dans son costard, la zigounette à l'air. Et il s'assurait toujours que je l'avais bien vue pendant qu'il tâtonnait. Il ne s'excusait jamais, n'y songeait même pas.

Après tout je n'étais qu'une vulgaire femme de service.

Un jour, un mec est entré et m'a ordonné de ne pas faire attention à lui. Continuez votre travail, qu'il disait. Il me prenait pour une dingue ? Je devais continuer à nettoyer pendant qu'il pissait dans l'urinoir d'à côté.

Je suis sortie en pestant tout bas sur les maniaques.

Même si je détestais ce boulot, je ne pouvais pas le quitter.

Je le détestais surtout quand la responsable passait. Elle signalait tous les endroits qu'on avait oubliés. « Tu dors aujourd'hui ? lançait-elle. Ou tu penses que cet appui de fenêtre n'a pas besoin d'être nettoyé ? »

C'était une rosse. Qui tapait l'épate devant tous ces morveux. Essayait de prouver qu'elle valait mieux que nous, comme si elle appartenait à leur clan.

Je ne dis pas que je suis une bombe, mais je n'étais pas mal. Et je pense qu'ils se fichaient de ma gueule. Ils croyaient que toutes les femmes de ménage sont des femmes mûres chargées de toute une marmaille, j'imagine. Alors si tu étais jeune, ils supposaient sur-le-champ que tu étais une pute ou une mère célibataire.

Je voyais souvent les filles se moquer de moi quand la responsable s'énervait.

Je voyais les petites secrétaires, des nullités prétentieuses, rigoler. Ces laiderons aux dents en avant, avec leurs queues de cheval rachitiques, merde ! je les détestais.

Mais je détestais aussi ne pas avoir de fric à la fin de la semaine, ne pas pouvoir rapporter un petit cadeau à Jonathan ou à Edward. Alors je me résignais et bossais jusqu'à midi tous les jours.

Puis je rentrais à la maison et tentais de rattraper mon retard en lessive, repassage et toute autre corvée domestique. Je m'efforçais toujours de passer un moment avec les enfants parce que, même si j'avais besoin d'argent, je me sentais quand même coupable de les laisser. Le temps qu'ils soient couchés, j'étais cassée et j'avais encore une soirée studieuse devant moi.

Je ne me posais pas pour regarder la télé, je n'étais toujours pas une fan de *Coronation Street*. Je sortais mes manuels.

J'avais décidé de passer mon brevet, d'étudier toute

seule à la maison. Livres et cassettes, voilà mes maîtres.

Je savais que ce ne serait pas facile, mais j'allais toujours essayer. Et j'y ai vite pris goût, c'est vrai.

Le seul problème, c'était la fatigue. J'étais déchirée. Les trois quarts du temps, je m'endormais sur la banquette et, à mon réveil, je devais tout ranger avant d'aller enfin me coucher.

Parfois, quand je n'en pouvais plus, j'appelais à l'aide ma petite copine.

Je ne l'appelais plus très souvent, seulement par moments. J'avais décroché de la vodka, il y avait longtemps. Mais de temps à autre, quand j'avais besoin de me détendre, elle était là.

Surtout les week-ends. C'était le summum. Les enfants étaient au lit à huit heures et la soirée s'étirait devant moi tel un tunnel obscur.

Il y avait les soirs où je pensais à Jeffrey, les soirs où je me disais qu'il n'avait peut-être pas été si négatif.

Les soirs où j'avais si désespérément besoin de compagnie que j'aurais tenté presque n'importe quoi pour combler ma solitude, mais je restais calme. À la place, je me rabattais sur ma chère vodka.

Je m'installais, un verre à la main, et je méditais sur ma vie, ce qui me ramenait toujours à Johnser. Cette pensée me redonnait espoir. Je me demandais ce qu'aurait été l'existence si les choses avaient tourné différemment.

41

J'affrontais mon premier entretien avec la commission de remise de peine et j'avais été prévenu que j'avais aucune chance. J'étais au trou depuis quatre ans ; il était impossible qu'un détenu purgeant une peine de dix piges pour homicide volontaire soit pris en considération. Semblant ils faisaient.

Cependant, une fois assis là, je pouvais pas m'empêcher de garder un peu d'espoir. Pendant que je répondais à toutes les questions dont ils me bombardaient, je me souviens avoir pensé : « Un d'entre eux aura peut-être pitié de mézigue et décidera que je mérite une seconde chance. »

Mais, inutile de dire, c'est pas arrivé.

Ce qui me chagrinait, c'est que les autres, la commission de remise de peine, n'avaient même pas le cran de me le dire en face. Commission de remise de peine, c'était un nom nullissime. Il sonnait pas bien. Quel genre de blaze c'était ? C'était pas le genre de blaze que je donnerais à des mecs qui tenaient ma liberté entre leurs mains. Je préférais l'appellation américaine, le *parole board*, le comité de libération sur parole. Elle avait une certaine intensité, une classe certaine.

J'avais appris la nouvelle par le téléphone arabe longtemps avant d'avoir reçu la lettre officielle et, même si je savais au fond de moi que je serais pas libéré, leur décision m'a quand même donné la jeura.

Ce soir-là, quand j'ai réintégré ma chambre je disais

toujours ma chambre parce que cellule voulait dire zonzon), j'ai pété les plombs. J'ai ratatiné la cage. J'ai fracassé le lit, je l'ai démonté et balancé à travers mon vital espace. Et le lavabo riquiqui qui trônait dans le coin, j'ai eu qu'à shooter une fois et ses éclats ont volé partout. J'ai arraché le robinet du mur et l'eau a giclé. On aurait dit un geyser jaillissant dans les airs.

Les matons ont débarqué, ils étaient vénères. C'était en pleine nuit, ils rêvaient de se la péter pépère et voilà que je créais une générale panique. Un d'eux m'a mis une claque dans la gueule, mais j'ai pas fait gaffe.

Je l'ai attrapé et poussé contre le mur, en lui flanquant un féroce coup de genou dans le ventre. Je l'ai pris par l'oreille et j'ai mordu, mordu de toutes mes forces, jusqu'à ce que je savoure enfin le goût de son sang. Je l'ai recraché à travers la pièce sur les deux autres qui tentaient de colmater l'eau.

J'oublierai jamais la branlée que j'ai reçue ce soir-là. Ils m'ont explosé, mais ça m'était égal, tout m'était égal.

Une fois l'eau coupée, ils sont partis.

Ils m'ont laissé étendu sur le matelas trempé. Je suis resté sur place toute la nuit, je pouvais pas bouger. Je savais que j'avais le bras cassé, je l'avais entendu craquer, et mon visage me semblait surdimensionné après tous les coups que j'avais encaissés. J'étais en loques.

Pendant les quinze jours suivants, chaque fois qu'ils me voyaient, ils me mettaient une branlée. Je pouvais pas vraiment leur en vouloir. Attends, en fin de compte, c'était pas leur faute si j'avais pas eu ma liberté conditionnelle.

Mais n'empêche qu'ils auraient pas dû me chercher. Personne cherche Johnser Kiely sans le trouver.

Chaque fois qu'un maton me frappait, je menaçais sa famille.

– Attends un peu que je sois sorti ! je t'aurai, toi et tous les membres de ta millefa maudite. Attends un peu, connard.

Au final, ils ont arrêté de me frapper et j'ai arrêté de les menacer.

J'avais été mis au mitard pendant qu'on restaurait mon palace. Mais j'étais de retour désormais et tout était redevenu plus ou moins normal.

J'ai pas mieux réussi mon deuxième passage devant la commission de remise de peine.

Y avait à peine dix-huit mois que j'avais vandalisé la baraque. Alors, cette fois encore, avant même d'entrer dans le bureau, je savais que j'avais aucun espoir de sortir.

Mais, même dans ce cas, tu devais assister aux séances et expliquer pourquoi tu pensais devoir être libéré sur parole. Qu'est-ce t'étais censé broder ?

« Bon, madame, c'est que j'ai pas baisé en cinq ans et demi et j'ai légèrement le gourdin. Alors si vous voulez signer le bout de papier devant moi, je m'éclipserai. »

Sans déc, à quoi ça ressemblait ? Attends, vraiment, qu'est-ce qu'ils espéraient qu'on dise ? La manière dont je vois les choses, peu importait ce que tu racontais, tu ne sortais pas tant qu'ils étaient pas prêts à te relâcher.

L'absence de baise était un des aspects les plus rudes de la vie de taulard.

Être habitué à réussir ton trou régulièrement et puis n'avoir plus rien du tout, y avait de quoi te rendre ouf. En fait, je crois que ce régime en a vraiment dessoudé certains.

Y avait pas mal de sexe en zonzon, pas mal de fiottes. Des lascars qui passaient la moitié de leur vie à tringler des meufs à l'extérieur se tournaient désormais vers d'autres mecs pour avoir de la compagnie.

J'ai jamais fait partie du club. Ce serait jamais mon truc, quelle que soit mon envie de sexe.

Je me rappelle, un mec a essayé de me faire passer à la casserole dans la salle de douche et je l'ai éclaté. J'étais sûr d'avoir foiré le dernier espoir que je pouvais avoir d'une remise de peine, mais comment étais-je censé réagir ? De toute façon, je m'étais résigné au fait que je sortirais même pas une minute avant d'avoir achevé mes douze piges.

Passage commission remise de peine numéro quatre.

J'avais purgé huit piges de ma peine de douze quand ils ont enfin décidé que j'étais réinséré. J'y croyais pas. J'étais libre.

Huit longues et dures années s'étaient écoulées, j'étais redevenu un homme libre.

Johnser Kiely était libre. Johnser Kiely était de retour.

42

Planté devant les portes de la prison, j'ai inspiré à fond. Puis, me calant mon petit paquetage sous le bras, j'ai descendu la route. Je me suis pas retourné une fois.

Y avait une file de taxis qui attendaient dehors, mais j'en voulais pas, j'avais envie de marcher, envie de savourer la moindre seconde de ma liberté fraîchement retrouvée.

En entrant en ville, je me suis arrêté pour tout regarder autour de moi façon touriste américain. J'ai continué à prendre de longues et profondes inspirations, comme pour tenter d'éviter une hyperventilation. C'était mortel, de ma vie j'avais jamais autant kiffé le grand air.

Les quais avaient changé. Aujourd'hui la circulation était plus qu'à une voie. En me dirigeant vers un arrêt de bus, je zieutais toutes les caisses garées le long du chemin en me disant : « Et si j'en tirais une ? Pourquoi pas faire mon come-back à Ballyer en BMW ? »

Mais j'ai changé d'idée.

J'ai sauté dans un bus et repris le chemin de la maison.

Même les bus étaient différents. Tous avaient un seul technicien à bord.

Je suis descendu à Ballyer et je suis entré dans un pub.

Je me suis assis à une table avec ma pinte pour tenter d'apprivoiser ma nouvelle liberté. C'était un sentiment agréable et j'allais profiter du moindre instant.

J'étais revenu. J'attendrais quinze jours pour laisser la nouvelle se répandre, donner à tous le temps de s'habituer à cette idée.

Johnser Kiely était de retour aux affaires.

Dès que j'ai eu fini ma pinte, j'ai levé le camp.

Certaines choses changeaient jamais. La clé se trouvait toujours dans la serrure de la porte d'entrée, exactement comme elle l'était quand on habitait encore tous à la maison. Donc je suis entré. Le vieux était assis à la cuisine avec Face-de-radasse. Il en croyait pas ses yeux.

– Johnser ! qu'il a fait, bondissant de sa chaise.

Il avait l'air transformé, il était rasé de près. Et à jeun. J'en croyais pas mes yeux !

Je m'étais trompé sur son compte, j'avais cru que c'était juste une phase, mais c'était pas le cas, il avait changé.

J'ai compris alors que si mon vieux pouvait changer, tout le monde le pouvait.

Même moi.

Je me suis assis et Face-de-radasse m'a préparé à dîner, c'était pas mauvais, je devais reconnaître qu'elle était gentille. Elle m'a causé et je lui ai répondu malgré moi.

Puis le vieux m'a demandé :

– Comment va Tara ? Comment vont Tara et la petitoune ?

La petitoune. Il se rappelait même pas son nom.

– J'en sais rien, papa. Je suis pas encore allé là-haut.

– Quoi ? Elle est pas venue t'attendre ?

– C'est une longue histoire, papa. C'est possible que je reste ici quelques jours ?

Avant qu'il ait eu le temps de répondre, Face-deradasse a mis son grain de sel.

– Bien sûr que tu peux, Johnser. Après tout, tu es chez toi ici.

Sa réaction m'a plu. Le fait qu'elle m'ait pas tenu rigueur de la manière dont je la traitais avant m'a plu. Elle avait l'air de comprendre que c'était pas vraiment après elle que j'en avais. C'était seulement que je voulais pas qu'elle essaie de prendre la place de maman.

– Merci, Mary, j'ai dit.

Elle m'a souri.

Je suis resté quelque temps chez papa et Mary. À la fin, il était temps de bouger. Il était temps de se remettre au taf.

Mon premier job, je l'ai réalisé en solo. Une petite papeterie-tabac, rien de sensationnel.

J'ai acheté un couteau, vingt livres il m'a coûté. Un petit eustache pointu qui trancherait la gorge de quiconque m'approcherait.

Comme j'ai dit, ce n'était qu'un petit commerce dans le nord dublinois, y avait donc très peu de chances que je sois reconnu. Mais j'ai quand même mis une cagoule, tu savais jamais où les caméras vidéo étaient planquées de nos jours. Je prenais pas de risques, je n'avais pas l'intention de me retrouver au trou.

Alors je me rue à l'intérieur et plaque ma lame sur la gorge du bonhomme.

– Donne-moi les thunes.

Il chiait dans son froc dans sa hâte d'ouvrir la caisse. Je me suis sauvé après m'être emparé du fric.

Cent vingt-huit livres. Cent vingt-huit misérables livres.

Impossible. Je devais me lancer dans de plus gros coups.

Je m'étais acquis quelques bonnes relations en prison. J'ai décidé que c'était le moment de les tester. J'ai contacté certaines d'entre elles et nous avons convenu de nous voir.

On est vite devenus des copains de pochtron et on se voyait régulièrement. Y avait très peu de choses au feu qui nous revenaient pas aux oreilles. Les autres patrons de pub nous tenaient informés. Les chauffeurs de poids lourds et les magasiniers étaient une mine de renseignements.

Nous nous sommes lancés dans les gros coups.

On en parlait au journal télévisé. Comment le chauffeur d'un poids lourd, un douze mètres, avait été dérouté sur la route de Naas. Comment le pauvre trou de bite avait été ficelé comme un poulet et niqué à l'arrière, tout le matériel hi-fi dérobé, sans que lui sache ce qui s'était passé ni qui avait fait le coup.

Une fois que t'étais au parfum et que t'étais pas gourmand, t'avais aucun blème à écouler la marchandise. Y avait toujours plein d'acheteurs au comptant pour des produits audio bon marché.

La Brosse était toujours à la tête de la plus grosse organisation dublinoise. Je m'étais laissé dire que la nouvelle de mon retour l'avait pas trop impressionné.

Je me suis juré que j'allais vraiment lui en faire baver. Je m'attaquerais aux gros braquages de banque. À ses gros braquages de banque.

Je le piégerais.

La Brosse avait sa méthode à lui, un style reconnaissable entre tous. Même les keufs percutaient quand c'était lui qui montait un coup. Malheureusement pour eux, ils pouvaient jamais le prouver. Enfin, jusqu'à maintenant.

J'allais m'en inspirer.

Comme j'ai dit, la Brosse s'intéressait toujours aux plus gros coups. Alors quand j'ai entendu parler du fourgon blindé qui devait transporter une importante somme d'argent, j'étais sûr qu'il tirerait des plans.

Je savais que son plan consisterait à attaquer le fourgon dès qu'il serait arrivé à destination.

Mais ce que lui savait pas, c'est que le fourgon arriverait jamais.

Cette fois, je serais très bien organisé.

J'avais quatre lascars sur qui j'étais sûr de pouvoir compter. Quatre des numéros les plus féroces du coin, mais ils étaient équilibrés. Pas de tarés cette fois.

Ils savaient se servir d'un pétard, ils savaient aussi en tenir un sans laisser partir un coup accidentellement.

Je savais à quelle heure le fourgon devait quitter le dépôt et je guetterais sur place.

Il est arrivé pile poil à l'heure et s'est garé à environ trois mètres du rideau de fer. Visiblement, ses occupants se sentaient très en sécurité dans leur cadre de travail, car ils étaient pas trop prudents. Ils chargeaient tranquillement le véhicule quand on est passés à l'action.

L'éclairage de sécurité s'est allumé, mais il était trop tard.

On était sur eux.

– Descendez ! Putain, descendez !

J'ai enfoncé le canon de mon flingue dans le bide d'un des gars et il a plongé à terre. Se couvrant la tête avec les bras, il voulait pas me voir. Il savait que sinon ses chances de rester en vie seraient très minces.

– Je regarde pas, je regarde pas. Tire pas, j'ai rien vu...

J'ai braqué mon arme sur le crâne d'un autre gars.

– Continue à charger, merde !

J'ai lorgné par-dessus son épaule et aperçu un tas de caisses dans un coin.

– Qu'est-ce c'est que ça ? Qu'est-ce qu'y a dans ces caisses ?

Pas de réponse.

J'ai ôté le cran de sécurité de mon flingue, j'avais aucune intention de shooter qui que ce soit, mais ils pouvaient pas le savoir.

– Tu veux crever, espèce de bâtard ? Dis-moi ce qu'y a dans les caisses !

Le gars couché à terre a vociféré

– De l'or, y a de l'or dedans.

J'y croyais pas. Du ro. Jésus ! ça dépassait tout ce que j'avais pu imaginer.

– Mousy, viens ici, surveille-le.

J'ai éventré une des caisses avec la crosse de mon fusil. Un petit paquet est tombé par terre, pas plus gros qu'un paquet de dix cigarettes. Je l'ai ramassé ; effectivement, c'était de l'or.

Un chariot élévateur traînait dans un coin, j'ai sauté

dessus. J'ai transporté les caisses et les ai chargées à l'arrière du camion.

On a levé le camp.

On devait emmener le camion à cause de l'or. Mais on avait une planque toute prête à une dizaine de kilomètres de là.

La planque était la propriété d'un des lascars et il m'avait juré que personne était au courant.

– Bon Dieu, Johnser ! Tu le crois, ça ? La prime, trois caisses de ro en plus de toutes les pépettes !

– Écoutez, les gars. Je sais que vous allez pas aimer ça, mais le problème, c'est qu'on garde pas l'or.

– Comment ça ?

Le concert était assourdissant. Le camion s'est arrêté dans un crissement de pneus.

– Merde ! qu'est-ce tu veux dire par « on garde pas l'or ? ».

– Attendez, on se calme. Écoutez, écoutez-moi, sans déc.

Je me doutais que ce serait difficile, mais fallait bien que je leur dise.

– Voilà comment ça se passe ! je suis sûr que la Brosse devait attendre que le camion se pointe à la banque. Alors, qu'est-ce vous croyez qu'il va faire en le voyant pas arriver ? Rentrer à la maison et s'installer peinard devant la télé ? je crois pas. Ça nous laisse donc deux options. La première, on lui refile l'or, on garde le fric et on se sépare comme prévu. Ou la deuxième, on lui donne rien, il nous traque et ramasse tout. À vous de choisir.

Le silence est tombé. Il m'a paru durer des heures.

Au final, Mousy a pris la parole.

– D'accord, O.K. Mais il a rien d'autre. On garde toute la thune et on l'entrepose dans ma planque.

– Sans déconner, pour quoi me prenez-vous ? Vous croyez pas que je lui ferai aussi cadeau du pognon ? Si, vous le croyez ?

– On veut être sûr, c'est tout.

– Eh ben, qu'est-ce que vous en dites ?

– Comment on va remettre le ro à la Brosse ?

– Je m'en occupe.

– Pas question, dis-nous comment tu vas t'y prendre sinon l'or va nulle part.

– O.K., O.K. Sans déc, vous êtes comme saint Thomas. On va à la planque, on décharge le fric, on laisse le métal à bord, on nettoie le camion et puis je l'amène à une des planques de la Brosse. Fastoche.

– Comment on saura que tu vas pas te tirer avec l'or ?

– Ah, Seigneur ! Pour qui vous me prenez ? Pourquoi je voudrais une cargaison de lingots d'or que j'ai aucun espoir d'écouler alors que j'ai une tonne d'espèces qui m'attendent ici ?

– Ouais, bon, O.K. alors. On est d'accord.

Tout se passait selon mon plan.

J'étais content que la planque de la Brosse soit qu'à quelques kilomètres de distance. Attends, c'était pas comme si je rêvais de faire la moitié du tour du monde en fourgon blindé ! J'ai trouvé la planque assez facilement. J'ai ouvert (incroyables les possibilités d'une pince à cheveux !), j'ai garé le camion, refermé et vaqué à mon petit bizness.

J'avais pas été tout à fait franc avec mes gars, je sais, mais merde ! quelle importance ? C'est pas comme si je les avais doublés, je m'en serais bien gardé, j'avais juste forcé un peu la vérité. J'avais voulu piéger la Brosse, eux voulaient le fric, donc maintenant tout le monde était content. Ils avaient eu leur flic et moi j'avais eu la Brosse.

La presse du lendemain parlait que du braquage.

La presse du soir parlait que de l'arrestation de la Brosse.

Qui a dit que la vengeance n'est pas douce à tous les cœurs offensés ?

43

Il ne se passait pas grand-chose dans ma vie.

Et pourtant la journée ne me semblait jamais compter assez d'heures pour venir à bout de tout ce que j'avais à faire. Je n'avais plus le temps d'être déprimée. D'ailleurs, cela ne servait à rien.

Parfois, j'avais l'impression que mon existence n'était qu'une perte de temps, qu'elle n'allait nulle part.

Ma journée s'écoulait entre... les gosses, le boulot, les gosses, le dodo.

Comprends-moi bien, j'aimais mes enfants à en mourir et je rêvais de passer tout mon temps avec eux, mais cela ne voulait pas dire qu'ils ne me tapaient pas sur les nerfs par moments.

Prends Jonathan, par exemple. Peu importe que je le lève à cinq heures du matin, il refusait de faire sa grosse commission avant qu'on ait franchi la porte.

C'était pareil tous les matins. Au moment où je lui mettais son manteau, il commençait son cirque :

– Maman, maman, vite. J'ai envie de faire caca.

– Ah ! Jonathan, pas maintenant ! Tu ne peux pas attendre d'être arrivé chez mamie ?

Mais non, Pas Jonathan. Jonathan ne voulait pas déposer sa crotte ailleurs que chez lui.

– Eh bien, dépêche-toi alors !

Il courait aux W.-C., le pantalon sur les chevilles, en tenant serrées ses deux fesses, comme si son derrière allait s'ouvrir d'un instant à l'autre. Il laissait toujours la porte ouverte pour que tout le monde profite de l'infection.

Seigneur ! il était pire qu'une boule puante. Sur sa tête, cet enfant avait quelque chose de pourri dans le ventre.

Quant aux effets sonores !

– Ouououou ! Ha ! eeeeh ! Ouououou !

On aurait dit qu'il allait chier un ballon de foot. Je te promets, il le faisait exprès.

Je restais plantée à regarder le temps passer, en m'énervant de plus en plus à chaque minute.

– Jonathan, pour l'amour du Ciel ! Dépêche-toi !

– J'arrive, maman. Je dois juste m'essuyer.

L'essuyage en question durait aussi longtemps que le caca lui-même. Il arrachait des feuilles et des feuilles du rouleau de papier, les pliait soigneusement en petits carrés, quatre au moins, puis commençait l'opération.

Combien de papier faut-il pour essuyer un postérieur de cette taille ? méditais-je. Sûrement pas tous les rouleaux qu'il utilise !

– Jonathan, si tu ne te dépêches pas, je vais entrer et tu auras les fesses rouges pour quelque chose.

Je ne voulais pas avoir l'air avare, mais le papier hygiénique de qualité était un des rares luxes qui me restaient. J'avais même réduit mes cigarettes pour pouvoir me l'offrir et voilà que Jonathan le gaspillait.

J'avais envie de hurler.

J'essayais bien de cacher les bons rouleaux, mais ça ne marchait pas non plus. Le problème, c'est que j'oubliais toujours d'emporter le bon papier avec moi quand je devais aller au petit coin. Et à mi-chemin du travail, quand je m'en apercevais, j'étais face à un dilemme.

Est-ce que je cours à ma chambre, la culotte et le collant en bas des chevilles, pour aller chercher la cellulose douceur ? Ou est-ce que je me sers du papier de verre pendu à côté de moi ?

Même si je pensais à l'emporter avec moi, j'oubliais de le ranger. Résultat, Jonathan utilisait tout un rouleau.

J'ai fini par cesser de le cacher, c'était inutile.

Enfin il était prêt et il fallait que je coure jusque chez maman. Les enfants lambinaient toujours et, quel que soit le nombre de fois où je vérifiais leurs lacets avant de quitter l'appart, je devais systématiquement m'arrêter pour en renouer un. Ils le faisaient exprès, je te jure.

Quand je montais enfin dans le bus qui me

conduisait au travail, j'étais cassée, déchirée et essoufflée. J'étais enrouée à force d'avoir crié sur Jonathan et, bien sûr, bourrelée de remords. On passait si peu de temps ensemble que je détestais me bagarrer avec eux. Mais comment faire ? Si je ne criais pas le matin, on ne partait jamais à l'heure.

Je me sentais très culpabilisée par rapport aux enfants et à la vie que je leur imposais. Le minuscule logement où il leur fallait vivre, l'absence de jolis meubles, la pénurie de beaux jouets, tout. J'avais des remords de les emmener tous les jours chez maman, des remords de réveiller Edward pour le ramener à la maison, des remords parce que tout ce que j'avais les moyens de leur payer c'était un sac de bonbons à dix pence et que je savais que ce n'était pas bon pour leurs dents.

Des remords, encore et toujours des REMORDS.

Ça me rendait dingue.

Le mari de mon amie Ann estimait que j'étais privée de compagnie adulte.

– Ne sois pas idiot, Tommy. En tout cas, elle nous a, nous et sa famille. Ne sommes-nous pas tous des adultes ?

– Je ne parle pas de nous, je parle du radada.

Le *sexe*. C'était la réponse à tout de Tommy. À ses yeux, la baise était le remède à tous les problèmes du monde.

Qu'on lui demande ce qu'il pensait de Maggie Thatcher et il te répondait : « Oh ! ce qui lui manque, c'est un bon coup de bite ! »

Selon Tommy, il n'y aurait pas d'apartheid en Afrique du Sud si ces chiennes frigides de Blanches s'envoyaient un peu de « boudin noir ».

Il était toujours si cru. Tommy n'avait aucune retenue, il ne mâchait pas ses mots.

Un coup de bite, baise, boudin noir. Il disait toujours exactement ce qu'il pensait.

– Ce qui te manque, c'est un bon zizi-panpan, ça te ferait le plus grand bien. Pourquoi tu ne passes pas me voir quand Ann est au loto ?

– T'as dit un bon zizi-panpan, Tommy. Donc ça t'exclut, répliquait Ann, sans lever les yeux de son repassage.

– Oh, très marrant, Ann, vraiment très marrant !

Il était dépité, mais ne rendait quand même pas les armes.

– Ouais, Jackie ! Ça ne me déplairait pas de te culbuter. Je parie que tu portes ce slip riquiqui, le transparent, hein ?

– Lâche-moi, espèce de sale petit obsédé !

Ann affirmait que ce n'était que du vent, mais je n'en suis pas si sûre. Moi je dirais qu'il était prêt à tout, si l'ombre d'une chance s'offrait à lui.

Il me pelotait sans arrêt. Si je me préparais une tasse de thé, il se glissait derrière moi et se plaquait contre mon cul.

Il rigolait toujours, prétendait que c'était une blague, mais je savais que ce n'était pas vrai.

Au bout du compte, il avait quand même peut-être raison. Il me manquait un homme, un partenaire, quelqu'un avec qui partager les hauts et les bas de l'existence. Eh oui, Tommy, de temps en temps, je n'aurais pas dit non à un bon coup de bite...

44

La Brosse tomba. De vingt piges, il écopa.

C'était un homme brisé, il savait que c'était fini pour lui désormais.

Un jour, Blue s'est pointé à ma porte, Tara et la petitoune à la remorque.

– Tu nous as jamais dit que tu sortais.

– Vous êtes jamais passés me poser la question.

– T'as appris la nouvelle pour la Brosse, j'imagine ?

– Ouais, j'ai appris. Qu'est-ce tu veux que j'y fasse ? Que je pleure ?

– La Brosse était un brave type, il t'a bien traité.

– La Brosse était une face de fesse. Il s'est foutu de ma gueule et tu le sais. Même elle le sait, merde ! Alors dégagez d'ici, j'ai rien à voir avec ça.

– Écoute, Johnser. Je suis au courant pour le coup et je veux ma part.

J'ai rigolé, je lui ai rigolé direct au nez. Croyait-il sincèrement que je lui donnerais quelque chose ?

– Tu vas me foutre le camp ?

– T'as une dette envers moi.

– Je te dois que dalle. Maintenant tire-toi d'ici avant que je te brise les jambes.

– La Brosse n'est pas content.

– Je m'en tape que la Brosse soit content ou pas. Je m'en foutrais pas mal s'il pleurait tous les jours de sa vie de merde. Alors, comme je t'ai déjà dit, tire-toi d'ici et emmène ta vache avec toi !

– Ah, Seigneur ! Johnser, ne sois pas comme ça, implora-t-elle en se rapprochant.

Son culot me renversait. Elle a poussé la petite vers moi.

– Dis bonjour à ton papa, Tina. Oh ! Elle est un peu timide, lança-t-elle, se tournant vers moi. Comme sa maman. Ha ha ha !

Je l'ai regardée, elle était folle. Folle à lier.

Seigneur ! ce rire, non, c'était pas un rire, on aurait dit des gloussements, ça me rappelait des souvenirs.

Des souvenirs de l'inoubliable expérience de notre lune de miel.

Comme le jour où je suis allé acheter mon journal. Y avait qu'un marchand de journaux qui vendait la presse anglaise et il se trouvait dans l'hôtel, un peu plus haut. Ces putains de canards avaient toujours un jour de retard, mais je pouvais pas me passer de mes pages de turf et des résultats de foot. Même si la page trois perdait un peu de son charme aux Bermudes ! Alors voilà que je revenais sans me presser par la plage, en pataugeant dans l'océan, quand je l'ai aperçue. Elle gambadait comme un cabri en courant après un ballon de volley. Je me suis arrêté net...

– Tara !

Elle a regardé autour d'elle...

– Oh ! excuse, Johnser, il te faudra attendre la

prochaine partie. Tu vois bien que les deux camps sont à égalité !

Comme elle se retournait pour jouer, je l'ai attrapée par le bras et entraînée vers les transats.

– Oh, Johnser ! c'était à moi de servir. Oh ! s'il te plaît, juste encore une balle...

– Mon Dieu, Johnser ! ça va ? T'as une drôle de couleur.

Le son de sa voix m'a ramené au présent.

– Qu'est-ce tu veux exactement, Tara ?

– Eh ben, Johnser, tout compte fait, on est encore une famille.

– Et alors ?

– J'ai droit à une certaine aide.

– Tara, mais tu vas piger ? On a jamais été une famille. Alors, qu'est-ce tu cherches vraiment ?

– Mon Dieu, Johnser, je t'aurais jamais cru si bouché. Je cherche une aide financière.

– Je vais te la donner ton aide financière si tu dégages pas d'ici, toi et ton sale vieux !

Et j'ai claqué la porte.

– J'ai droit à une pension alimentaire, a-t-elle crié par la boîte aux lettres. Je suis une femme abandonnée.

– Dégage, Tara, ai-je rugi en réponse à la boîte aux lettres.

– Rendez-vous au tribunal, Johnser Kiely. Espèce de petit salaud !

Il s'est écoulé un silence. J'ai compris qu'elle était partie. Je me suis adossé au mur pour rigoler.

« T'auras de la chance », j'ai pensé.

– Une pension alimentaire, ouais, d'accord, Tara, j'ai dit à haute voix en grimpant à l'étage pour aller aux W.-C.

Elle a dû croire que j'étais bourré. Si seulement elle savait...

45

Arrivé à la planque, j'ai tout de suite compris que ça tournait pas rond. Un gros nuage de poussière orange flottait dans l'air. J'ai carburé le pas. Comme j'atteignais la porte, celle-ci s'est ouverte à toute volée. Mousy et les autres se sont écroulés dehors. Ils étaient couverts de colorant orange de la tête aux pieds.

– N'entre pas, les sacs sont piégés.

– Je vois ça, espèce de faux jeton !

– Quoi ?

– Je croyais qu'on était d'accord pour attendre ?

Mousy se tortillait nerveusement.

– On voulait juste jeter un coup d'œil au fric.

– Mon cul ! Vous vouliez me doubler.

J'allais le prendre au collet, mais je me suis rappelé juste à temps que j'étais le seul à ne pas avoir de poussière sur moi. Ils pouvaient tous aller se faire mettre. Je tirerais pas un penny de ce coup, mais au moins j'étais blanc !

J'ai tourné le dos pour repartir.

– Johnser ! Qu'est-ce qu'on va faire ?

J'ai même pas daigné m'arrêter.

– Vous, je sais pas, mais moi je vais boire une pression.

Jusqu'à quel point un homme peut manquer de pot ? Les journaux parlaient de millions et moi j'étais sans un penny. J'aurais dû être le mec le plus riche de Dublin, faire bombance. Au final, je vivais à Ballyer, d'aumônes de mon vieux et de sa poule.

N'empêche que j'avais au moins ma liberté, ce qui est plus que ce qu'avait la Brosse.

La nouvelle du braquage s'était propagée comme une traînée de poudre dans le maquis. Et toutes les cailleras que j'avais connues n'ont pas mis longtemps à taper à ma porte, tous en quête de quelques shillings.

Tous étaient au courant du braquage, mais aucun semblait connaître l'ampleur de la plantade. Un soir où j'étais au pub, un parfait inconnu s'est avancé vers moi et m'a calé ce qui ressemblait à un flingue dans les côtes.

– Frankie Fitz veut te voir.

J'ai terminé ma pression, j'allais pas sauter au plafond à cause du premier trou de bite venu. Qu'il porte un flingue ou pas. Nous sommes sortis. De l'autre côté de la rue, Frankie était assis dans une voiture.

L'inconnu m'a poussé vers eux, sa saloperie d'arme toujours braquée sur moi.

– Si t'enlèves pas ton gun de mes côtes, je vais t'exploser.

Je suis monté dans l'auto et Frankie en est venu droit au fait. L'IRA voulait sa part. Étant leur associé, lui était là pour encaisser. J'ai tenté de lui expliquer, en vain, que le coup avait foiré. À la fin, je me suis lâché :

– Écoute, Frankie. Combien de fois y faut que je te le dise ? J'ai pas de thune. Mais si tu veux pas me croire sur parole, demande à tous ceux qui étaient sur le taf.

– Je me fous de ce que tu racontes, Johnser. Tu m'as baisé la gueule en taule, et t'auras pas l'occase de recommencer. Je te donne vingt et un jours... ça fait trois semaines...

– Merci, je sais compter.

– Dans trois semaines, je reviendrai toucher notre part. Ne me déçois pas.

J'ai pas daigné répondre, ça servait à rien. Il y aurait bien d'autres jours, des jours où j'aurais pas un flingue planté dans les côtes. C'est à ce moment-là que je leur réglerais leur compte à tous.

46

J'ai pris conscience que je passais à côté de la vie. Ann et Tommy avaient raison. J'avais besoin d'exister en dehors des enfants.

M'instruire à la maison était bien joli, mais, en fin de compte, j'étais obligée de reconnaître que je ne rajeunissais pas. Il fallait que je commence à m'imposer un peu plus.

Bien sûr, je n'allais pas entrer toute seule dans un

pub et, même si j'appréciais la compagnie d'Ann et de Tommy (enfin, celle d'Ann en tout cas), j'étais intimement persuadée que trois est un mauvais chiffre.

Nous les filles, les agents d'entretien, on était toutes de grandes déconneuses. C'était comme un grand club de femmes abandonnées, et même celles qui avaient un mari adoptaient notre devise : « Tous les hommes sont des bâtards. » Le seul avantage qu'ils avaient sur un vibromasseur, c'est qu'ils pouvaient offrir une tournée.

Les soirées entre copines étaient du délire. Après avoir surmonté la mauvaise conscience de laisser les enfants (ce n'était que quelques heures une fois par semaine !), j'ai commencé à vraiment m'éclater. Ça m'a rendu mon assurance, un sentiment que je n'avais plus éprouvé depuis l'époque où je fréquentais Johnster.

On sortait sur notre trente et un et on envahissait le pub.

On prenait notre revanche sur la population masculine, sur tous les lauss qui nous regardaient de haut quand on portait nos blouses bleues, qui nous traitaient comme les dernières des dernières, qui nous fermaient la porte au nez alors qu'on tentait de passer avec nos seaux et nos balais à franges. Dès lors qu'on était sapées, c'était une autre histoire.

Je ne dis pas que les top models avaient débarqué en ville, mais on se débrouillait. Le seul truc qui nous mettait toutes d'accord, c'est que, n'importe comment, on ne dirait jamais qu'on était femmes de ménage. Tu pouvais être tout ce que tu voulais, mais pas ça.

Tu pouvais être la première hôtesse de l'air de cent kilos, la première Irlandaise à bosser pour la NASA, une James Bond girl. Et les nuls croyaient à nos bobards tout comme on croyait aux leurs. Voilà donc l'hôtesse de l'air de cent kilos d'Oliver Bond qui discutait avec le neurochirurgien de Stonybatter. La commanditaire du Body Shop bavardait, elle, avec le mouton noir de la famille la plus riche d'Irlande.

C'était stupéfiant que toutes ces soi-disant célébrités soient réunies dans ce rade. Mais peu importait, peu importait qu'on soit fortes en gueule, ça occupait la soirée. C'était un amusement inoffensif. Ce n'était pas comme si une de nous allait s'effondrer et que le neurochirurgien soit appelé pour faire son boulot. C'était le carnaval, c'était pour rire. Et le lendemain, en se repassant le cinéma de la veille, on oubliait l'ennui de notre travail.

On pleurait littéralement au petit matin. Les larmes ruisselaient sur nos visages. Tu aurais juré qu'on pelait des oignons.

– Jackie, qu'est-ce que ton cavalier t'a dit qu'il faisait dans la vie ?

– Il m'a dit qu'il était le dresseur des éléphants du zoo.

Elles se marraient toutes.

– C'est vrai, et tu lui as demandé s'il lui était possible de te donner un seau de merde pour les rosiers de ta mère !

On se pissait presque dessus de rire.

– ... Et écoutez, taisez-vous une minute, écoutez. Il

m'a répondu qu'il n'y aurait pas de problème, il l'apporterait ce soir si je promettais de le revoir.

– Jésus ! vous imaginez l'odeur dans le bus ?

Qu'est-ce qu'on rigolait !

Même cette morveuse de responsable qui passait pour nous ordonner de nous remettre au travail ne nous harcelait pas autant que d'habitude.

De temps en temps, quand nos hormones nous travaillaient vraiment, on se lançait dans une véritable chasse à l'homme. On a dû ficher la frousse à pas mal de mecs ces soirs-là. Nous étions pareilles à une meute de louves en rut et notre langage était abominable.

– Jésus ! mate le cul de ton mec.

– Qu'est-ce que je ferais pas si je lui mettais la main...

– C'est pas mes mains que je pense lui mettre !

– Espèce de sale garce, Cathy Simpson !

– La ferme, Ger Byrne ! Quand tu as été canonisée ?

Je suis sûre que ceux qui nous écoutaient pensaient qu'on se crêpait le chignon grave. Mais on n'était pas aussi bêtes, ce n'étaient que des vannes inoffensives.

– Hé toi ! t'aimerais que je t'évite une visite à la banque du sperme ?

– Ça te plairait de dépenser cinquante pence en préservatif avec moi ?

Et le festival durait toute la nuit. Comment on s'en tirait après certains trucs qu'on disait à ces mecs ? je me poserai toujours la question.

Aucune de nous n'ignorait les périls des aventures amoureuses, mais quand l'alcool coulait dans tes veines et que tes hormones chauffaient ta petite culotte, pressées de jaillir pour ravager le mec le plus proche, c'était dur de penser à la sécurité. On prenait toutes la pilule, si bien qu'aucune de nous ne craignait de tomber enceinte, mais on s'était juré qu'afin de nous protéger contre la maladie, on ne ferait jamais l'amour sans protection. Inutile de le dire, il y a eu de nombreuses nuits où on ne s'est pas gênées.

Robert était trognon. Un beau brun, grand, le style mannequin. Ne me demande pas de quelle marque étaient ses vêtements, il y avait des années que je n'avais pas lu une revue de mode et je ne voyais pas la différence entre Armani et Arnott's. Mais je savais ce qui me plaisait et ce qui me plaisait se tenait à vingt mètres de moi, à l'autre bout du bar.

On était toutes d'accord, il était craquant.

– Je le laisse manger des frites dans mon slip n'importe quand, nous informa Cathy avec concupiscence.

– Ouais, et me dessaler le nombril avec, ajouta Ann.

– Tiens, toi aussi ? lançai-je. Tu es censée être heureuse en ménage.

– Je le suis, mais je ne laisserais pas passer l'occasion pour mon mari !

On ne pouvait pas détacher nos yeux de lui. Nous l'avons déshabillé en cinq minutes et, chaque fois qu'une de nous parlait, sa zigounette gagnait deux ou trois centimètres de plus. À la fin, elle aurait dû avoir la longueur de sa jambe.

Après nous être fait finalement jeter du pub, nous avons mis le cap sur une discothèque. C'était le premier mardi du mois, on avait touché les allocations familiales et on avait décidé de s'accorder une nuit de fête. C'était la soirée libre des dames et tout le monde savait que là où allaient les dames, les messieurs suivaient.

Ils avaient l'air de croire que soirée libre égale baise libre si on était assez allumées, ils avaient raison, sinon ils pouvaient aller se faire mettre. Les videurs nous connaissaient bien.

– Ça va, les filles ? Vous revoilà ?

– Eh ouais, répondait Cathy. On revient dépenser les pépettes de la zézette.

Ça faisait toujours rire les autres. Mais c'est comme ça qu'on disait, les pépettes de la zézette. Les pépettes pour avoir eu des bébés.

Une fois qu'on s'était occupées des boissons et qu'on avait trouvé des places assises, on se faufilait sur la piste de danse. On dansait autour de nos sacs à main jusqu'au moment où un mec venait inviter l'une de nous.

J'ai toujours trouvé la question débile. Attends, tu étais plantée là, au milieu de la piste de danse, et lui venait te demander :

– Vous dansez ?

Pas possible ? Sur le toit, l'estrade ? Il voyait bien que tu étais déjà debout, que tu tenais sur tes deux pieds. C'était nul et archinul !

En plus, c'était comme le jeu des dix bouteilles vertes. Chaque fois que tu te retournais, il y en avait une de moins et tu priais pour ne pas être la dernière bouteille verte posée sur le mur.

Neuf fois sur dix, Cathy était la première à

succomber. C'était toujours difficile de savoir qui avait fait le premier pas. La chanson n'était même pas terminée que tu les voyais dans un coin en train de se bécoter et tu savais qu'ils prendraient très vite le che min du parking pour accomplir en privé ce qu'ils pouvaient difficilement faire en public.

Il a surgi de nulle part. J'ai levé les yeux et il était là, devant moi, buvant à grands traits le demi qu'il avait à la main. Seigneur, il était trognon ! même sa manière de tenir son demi était délicieuse. Qu'est-ce qui m'arrivait ? C'était le genre de truc que les gosses disaient d'un gâteau à la crème. Mais il était délicieux, en fait on aurait dit un gros gâteau, avec des tas de crème et de cerises en rab... Jésus, Jackie ! ressaisis-toi... sans déc, ce n'est qu'un mec !

– Vous voulez boire quelque chose

– Ouais, une vodka-orange, ai-je croassé.

Alors Dieu existe après tout, ai-je pensé pendant qu'il allait chercher mon verre.

Il est revenu et s'est assis.

– Comment vous appelez-vous ? m'a-t-il demandé.

Ensuite le temps a paru filer à toute allure. Nous avons parlé de tout (en tout cas moi j'ai parlé), mais cela n'avait pas l'air de l'ennuyer. Je lui ai confié que j'étais femme de ménage et pour la première fois je n'avais pas honte de ce que je faisais pour gagner ma vie. De temps en temps, je disais :

– Excusez-moi, je dois vous embêter.

Mais il se contentait de sourire et de me baiser la main en répondant :

– Mais non, pas du tout, Jackie, vous êtes l'être le plus intéressant que j'aie jamais rencontré.

Jésus ! j'avais l'impression d'être morte et montée au ciel. C'est sûr, il savait mettre une fille en confiance, il disait tout ce qu'il fallait au moment où il fallait. C'était mortel, il était mortel.

Ger est venue nous voir accompagnée de sa toute dernière conquête, un type qui semblait assez vieux pour être son grand-père.

– Jackie, ça ne te dérange pas, hein, si je me fais déposer par mon nouvel ami ?

Elle l'a regardé, dans l'espoir qu'il se présente, mais il ne se souvenait plus de son nom.

– Pas du tout, vas-y.

Elle a étudié Robert de la tête aux pieds, pour être sûre qu'il savait exactement ce qu'elle pensait.

– Je veux tous les détails juteux demain matin, d'accord ?

Et elle est partie.

Nous l'avons regardée traverser la salle d'un pas titubant et gagner la sortie.

– Fais gaffe où tu mets les pieds, Ger. Attention à pas avoir une augmentation de tes pépettes zézette !

Le videur se marrait en lui ouvrant la porte.

Robert m'a jeté un regard interrogateur.

– Pépettes zézette ?

– C'est le surnom des allocations familiales.

Tout à coup, les lumières se sont rallumées et les videurs nous ont crié de sortir. Je n'avais pas vu le temps passer. Pourquoi les soirées où on restait toute seule à la maison ou les heures qu'on consacrait au travail semblaient-elles s'éterniser ? Au contraire, dès qu'on rencontrait quelqu'un de sympa et qu'on voulait faire durer le plaisir, le temps s'enfuyait.

– Viens, Jackie. T'as pas de voiture où aller ?

Je rigolais, mais Robert était sérieux.

Son bras autour de ma taille, nous nous sommes dirigés vers sa caisse.

À peine étions-nous montés, il m'embrassait et ses mains se ruaient sur les boutons de mon chemisier. Je me suis dérobée.

– Si tu me parlais de toi. J'étais tellement occupée à jacasser toute la soirée que tu ne m'as rien dit.

Il s'est rapproché, ses mains téléguidées vers mes seins.

« Jésus ! Robert, ralentis, pensai-je. On n'attend que toi, mais ne brusque pas les choses. »

Une nouvelle fois, je me suis dérobée.

– Alors comment se fait-il que tu sois pas marié ?

Il m'envahissait façon urticaire géante.

« S'il te plaît, ne gâche pas tout, ralentis », hurlait ma cervelle.

Il a marmonné quelques mots dans mon cou, se battant toujours avec mes boutons.

– Comment ? Qu'est-ce que t'as dit ?

J'avais l'impression de lutter avec un poulpe.

– Je suis marié.

Je l'ai repoussé.

– Tu quoi... ?

– Arrête ton char. Tu devais bien savoir que j'étais marié. De toute façon, où est la différence ?

Mais je ne le savais pas. Ça a l'air débile, je sais, et

je suis sûre que tous les gens de la discothèque savaient qu'il était marié, mais, sur la tête de ma mère, moi je ne le savais pas. Évidemment qu'il était marié. Croyais-je sincèrement qu'un célibataire aussi séduisant que lui s'intéresserait à moi ? Bien sûr que non, comment avais-pu être naze à ce point ?

J'étais pétrifiée, et pendant que je restais pétrifiée, il tripotait toujours mon chemisier. Il n'arrivait pas à défaire les boutons, alors il l'a déchiré. J'ai paniqué.

– Lâche-moi !

Ses mains ont tiré sur mon soutif et mes seins ont jailli. Il les a empoignés en me faisant mal.

J'ai tenté de me dégager, mais il était trop fort pour moi. Je me suis mise à crier.

– La ferme, salope ! a-t-il sifflé.

Il s'attaquait maintenant à ma jupe, il déchirait ma belle jupe qui m'avait coûté dix livres en solde. Jésus ! Est-ce que je pétais les plombs ? J'étais à deux doigts de me faire violer et la seule chose qui m'obsédait, c'était ma jupe. Même si c'était ma préférée, elle ne méritait quand même pas que j'y pense en cet instant.

Il parlait comme un fusil-mitrailleur, je ne captais que des bribes de ce qu'il racontait.

– Espèce de salope, tu te crois si maligne alors que t'es qu'une merde. T'es rien, tu m'entends ? Rien. T'es qu'une pute, tu nettoies la pisse des autres pour vivre, c'est tout ce dont t'es capable, t'es une nullité...

Il m'a giflée.

– Tu m'écoutes ? Mais regarde-toi. De quoi t'as l'air ? Je te fais une faveur de sortir avec toi. Tu comprends ça ?

J'aurais voulu tenter un truc, dire un truc, crier, n'importe quoi, mais rien ne venait. Il avait complètement rabattu mon siège et il m'écrasait en tâtonnant avec sa braguette.

– Non, je t'en prie, non...

Mais il n'écoutait pas, on aurait dit un animal enragé. Je me rappelle avoir pensé : « Et voilà, Jackie. Tu vas recevoir un coup de bite, que ça te plaise ou non. »

47

Après le cessez-le-feu en Irlande du Nord, la plupart des divisions de l'IRA avaient été dispersées. Frankie pouvait raconter ce qu'il voulait, moi je savais qu'il faisait cavalier seul désormais.

L'IRA s'intéressait plus aux lascars de mon espèce. La débandade de son armée apportait aux rues de Dublin un élément criminel entièrement nouveau. Tout un ramassis de durs à cuire, de guerriers de l'ombre habitués à terroriser la population, qui allaient pas s'arrêter là à cause d'un cessez-le-feu. Au fond d'eux-mêmes, ils kiffaient sur la violence, c'est probablement ce qui expliquait qu'ils avaient d'abord rallié l'IRA.

La drogue avait envahi la ville. C'était pas comme ça à mon époque. O.K. d'accord O.K., nous on avait la ganja et puis y avait ici et là un cocoman, mais rien de tel. Le moindre coin de rue, la moindre route, le moindre mètre carré de terrain vague avait son dealer. On les repérait à un kilomètre de distance, ils étaient tous sapés pareil, tous portaient les mêmes survêts avec des casquettes de base-ball. Ils ressemblaient aux gangs des vidéos rap qui passaient à la télé, se saluaient poing contre poing et avaient la bouche pleine de *yo !* et de *man*. Ils étaient toujours prêts pour le bizness.

Ils me gonflaient tous, mais c'est là qu'était la thune. Si tu dealais pas, t'étais rien. La came régentait tout et t'avais intérêt à connaître tous ses noms d'argot.

Des gens que j'avais toujours crus sains d'esprit étaient incapables de sortir du lit sans leur fix du matin.

J'ai compris que si je voulais me maintenir au sommet, je n'avais pas d'autre solution que de m'inscrire au club.

Je n'avais aucune intention de goûter à la came, mais j'avais la ferme intention de la fournir.

J'avais besoin du nerf de la guerre, j'avais besoin d'une activité susceptible de m'assurer un rapide chiffre d'affaires. Le vol valait plus la chandelle, la moindre petite boutique de ce pays était équipée d'une vidéo de surveillance.

Les camés sont une espèce à part, une bande de fonbous, tous sans exception. Mais y avait plein de pépettes à gagner. Achète pour dix mille livres d'héroïne de Hollande et, le temps de la revendre, t'es un petit millionnaire.

Fallait que je me trouve un stage intensif sur le jargon des camés. J'ai oublié des mots comme ganja pour les remplacer par d'autres comme beubeu, cameshit, teuch ou chichon. On ne disait plus L.S.D., c'était acide, cachets, Eugène ou Lucy. L'ecstasy était appelée E, Adam, Denis la Menace ou MIDMA. Pour la cocaïne, on parlait de crack, de givre, de neige ou de keuco. L'héroïne se déclinait en héro, schnouf, dragon, drepou ou smack.

Il fallait même connaître les noms des amphétamines : amphés, speed, ice et poppers.

Il existait cent manières différentes de se camer. Le cannabis pouvait être fumé ou mâché. Le L.S.D. s'avalait, comme l'ecstasy. La cocaïne se sniffait ou s'injectait, ou alors, comme le crack, on la fumait. L'héro aussi pouvait se fumer, se sniffer, s'injecter ou s'inhaler. Quant aux amphés, on les avalait ou on se les injectait.

Personnellement, j'avais rien à cirer de leur mode de consommation. Les montées et les descentes me laissaient froid.

Tout ce qui m'intéressait, c'est que les amateurs devaient s'adresser à moi. Je me rappelle, je me disais : « Mais comment ils peuvent s'infliger ce traitement à eux-mêmes ? Comment on peut se mettre dans un tel état ? Devoir dépenser deux cents livres par jour juste pour se sentir normal ? »

Heureusement pour moi, j'avais pas à dealer en personne très souvent. D'autres faisaient le sale boulot à ma place. Je payais les videurs des boîtes pour s'en charger. Ils étaient parfaits, tout le monde devait passer par eux pour entrer. Rien qu'en te regardant, ils savaient si tu étais accro ou pas, et si oui, à quoi.

Je tenais la moitié des boîtes des quartiers sensibles, les rentables. Je ramassais plein de thunes, mais j'étais gourmand, j'en voulais toujours plus.

J'avais mon appart personnel. J'avais payé cash, pas de ces galères d'emprunt pour moi.

Je savais que les voisins tordaient le nez à ma vue, mais ça ne m'empêchait pas de dormir. Je leur parlais pas, eux non plus me parlaient pas, tout le monde était content.

La seule chose qui me manquait, c'était une partie de rigolade. J'avais trouvé la poule aux œufs d'or, mais je m'amusais pas. On aurait dit que j'avais perdu mon sens de l'humour, j'arrivais pas à me rappeler la dernière fois où j'avais eu un peu de fun. Partout où j'allais, j'étais connu comme le loup blanc, les autres savaient qu'il fallait pas me chercher noise. Résultat, ils se tenaient toujours à carreau. Juste parce que j'avais la réputation d'un dur, ils semblaient croire qu'il était défendu de rigoler en ma compagnie. Peut-être qu'ils avaient raison, peut-être que c'était ma faute.

J'avais confiance en personne, cette attitude devait les rendre nerveux, je suppose.

Et puis soyons honnête. Qui va se risquer à échanger des vannes avec toi s'il te croit prêt à le froisser ? Les gens pensaient que je manquais de rien et dans une certaine mesure ils voyaient juste. J'avais toutes les pépettes qu'il me fallait, mais j'avais pas d'amis. Or les amis étaient ce qui me manquait le plus.

Je pouvais pas aller en boîte, j'étais sûr que si les keufs l'apprenaient, il y aurait une descente, et s'ils trouvaient de la came sur place, fichu je serais.

Même le pub me tentait plus. Je savais qu'à l'instant où j'y mettrais les pieds, l'atmosphère changerait. Les lascars arrêteraient de palabrer et m'offriraient des pressions. Je n'avais pas la tête assez enflée pour croire à leur amour pour moi. Je savais bien que c'était parce qu'ils avaient peur de moi et souhaitaient rester dans mes petits papiers.

Y a eu des moments où j'ai eu vraiment envie de tout laisser béton, mais je pouvais pas. Attends, qu'est-ce que j'aurais fait d'autre ? Comment je gagnerais ma vie ? Comme j'ai déjà dit, quel être sensé allait me proposer un job ? En fin de compte, j'avais pas d'autre option que de continuer.

Frankie Fitz a remontré son vilain zen et commencé à me menacer. Il savait fort bien ce que le fric était devenu, c'était la blague du siècle dans le milieu, mais ça semblait pas compter pour ce bâtard. Je l'avais prévenu de disparaître de ma vue, d'éviter de croiser ma route et de miner mon existence, mais je m'en débarrasserais pas aussi facilement, j'en étais conscient. Il s'est mis à délirer sur mon trafic magique et sur son projet de prélever sa part sur mes gains, si j'avais pas tiré un fifrelin du braquage. J'avais aucune intention de partager quoi que ce soit avec lui, je lui devais rien du tout et je le lui ai signifié. Un sourire il m'a décoché.

Son regard a zigzagué entre les deux zigues qu'il avait amenés avec lui. Apparemment, ils étaient là pour m'intimider.

– Je suis censé trembler devant toi et tes brigands ? Va pas t'imaginer un seul instant que vous allez m'arnaquer, toi et tes deux clowns. Si je décide d'avoir un sosse, alors j'engagerai un sosse, mais ce sera sûrement pas toi. Alors prends-toi par la main avec tes deux gorilles et dégage du quartier, O.K. ?

– Non, Johnser, y a pas d'O.K. qui tienne. Tu as deux solutions, soit tu joues le jeu, soit tu t'exposes aux conséquences.

Je l'ai collé au mur.

– Tu peux te les mettre où je pense, tes conséquences ! Tu peux toujours essayer, mais je t'avertis. Si tu me traques, t'as intérêt à pas rater ton coup, parce que si je survis, c'est moi qui te traquerai. Et je te mettrai un missile dans la tête, je te le garantis...

Il rigolait en prenant la porte.

C'est pas une mauvaise idée, un missile. Bonne chance, Johnser.

Les schmits relâchaient jamais la pression. Matin, midi et soir, ils étaient là. Toujours en train de surveiller, de fouiner. Ils débarquaient en pleine nuit avec un mandat de perquisition et j'y pouvais rien. S'ils me voyaient dans la rue, ils m'appréhendaient pour une « petite causette », comme ils disaient.

Mais je me contentais de fixer un point du mur comme la Brosse me l'avait enseigné. Je lui en saurais toujours gré.

Ils trouvaient jamais rien. Je gardais rien à l'appart et je trimbalais rien sur moi. J'avais une planque où je réalisais tous mes échanges.

Je manquais pas non plus de meufs. C'était la cerise qui venait avec le territoire. Pardon, c'étaient des aventures d'un soir, mais la situation me bottait, c'est tout ce que je voulais.

J'ai jamais été assez taroupette pour croire que

c'était mon savoir-faire entre les toiles qui les captivait, c'était le nom de Johnser Kiely qui les affolait. Plus jeune, ce type de réaction m'aurait mis aux anges, mais plus maintenant. Maintenant je voyais clair dans les ténèbres de l'ego.

J'éprouvais rien pour ces vaches. Je les galochais et je les ramenais à la maison, point. Voilà comment j'étais, je tirais mon coup, c'est tout. Rien de plus rien de moins.

Je songeais souvent à Jackie, je me demandais comment elle allait.

Une fois ou deux, j'ai même pensé à la contacter, j'aurais eu aucun problème à trouver son adresse, mais je me disais alors : « Non, laisse-la tranquille, tu as déjà fait assez de mal à cette fille. » Elle était la seule meuf que j'aie jamais respectée, la seule personne de ma connaissance qui avait réussi dans la vie, j'allais pas lui casser la baraque !

Pour être honnête, c'est le seul truc pour lequel j'étais vraiment doué. Casser la baraque des autres. Qu'est-ce que j'avais ? Pourquoi il fallait que tous ceux qui me fréquentaient semblent condamnés à une vie de galérien ?

Attends, regarde Tara. C'était pas la personne la plus fiable de la planète Terre, je sais, mais elle méritait quand même mieux que ce que je lui avais apporté. Et puis il y avait Fat Larry. Je l'avais revu dernièrement et il était trois fois plus gros que dans mon souvenir. Jésus ! c'était à en pleurer ! Je dis pas que j'étais responsable de son look, je l'étais pas, mais lui aussi avait fait partie un moment de mon existence. Aucun des lascars avec qui j'avais traîné plus jeune n'avait bien tourné.

On finissait tous par avoir des tracas avec la loi.

Prends la Brosse. Il avait été le boss pendant des années à Dublin, les keufs pouvaient rien contre lui. Arrive Johnser et vlan ! il était embastillé pour vingt piges.

Aux dernières nouvelles, Jackie s'était mariée avec un petit bourge et ils se débrouillaient très bien.

Même si je crevais d'envie de la voir, je savais qu'il le fallait pas. J'avais pas l'intention de briser sa vie une seconde fois. D'ailleurs, j'avais quoi à lui offrir ? Qu'est-ce que j'étais censé dire ?

« Écoute, Jackie, regarde-moi, je suis pas top ? Tu as devant toi le plus gros baron de la drogue sur la place de Dublin. Viens vivre la grande vie avec moi grâce aux thunes que j'engrange sur le dos de la misère des autres... »

J'étais pas d'accord. Mieux valait la laisser en paix.

Je regrettais souvent de plus être au bon vieux temps. À l'époque, j'étais qu'un petit dur désargenté, je sais. Un gars qui en voulait, comme on disait. J'avais toujours été respecté, mais, chose plus importante, j'aimais le fun. Même si la situation était pas terrible, on se marrait sans arrêt, on rigolait pour un rien en ce temps-là. Mais plus maintenant, l'existence était beaucoup plus grave de nos jours.

Attends, comment tu pouvais espérer exercer ton autorité si on te voyait glousser comme un écolier à la moindre blague salace que tu captais ?

Et pourtant mes gloussements d'écolier me

manquaient. C'était comme si on avait sorti une grande affiche disant : « Interdit de rire, tu es dans la cour des grands maintenant. »

Tout devenait trop pesant pour moi et, je le dis sincèrement, s'il y avait eu une porte de sortie, je l'aurais prise, mais y en avait pas. Et je le savais.

Je serais jamais beauf à la chaîne ni homme à tout faire sur un chantier. Vous m'y voyez ? Vous me voyez en train de couler une montagne de béton pour un maçon qui en plus me gueulerait dessus parce que j'allais pas assez vite ? je finirais par l'étrangler et ce serait la fin de ma carrière dans le bâtiment.

Y avait pas de voie de sortie. Enfin, aucune voie que j'étais prêt à suivre. Pouvais-je sincèrement laisser l'appartement, la voiture, le pognon, ma position ? Est-ce que j'étais réellement préparé à vivre en dessous du seuil de pauvreté comme tant de millefas de ma connaissance ? D'ailleurs, quelle est la femme qui voudrait de moi ? Tout ce que j'avais à lui offrir, c'est une existence de galère permanente puisque je serais au chômedu. Pas à cause du manque de travail, mais parce que j'étais incapable de travailler. Alors dis-moi : quelle souris sensée allait sauter de joie devant une telle perspective ? Pas beaucoup. De toute façon, comme je t'ai déjà dit, j'étais trop gourmand.

Le marché de la came était florissant. Je me faisais des testicules en or et, au fond de moi je le savais, j'avais pas assez de volonté pour tout envoyer paître.

Malgré ce que certains ont pu te raconter, c'était pas seulement les déshérités qui prenaient des drogues. La raison qui pousse les gens à se droguer a très peu de rapport avec leur quartier d'origine ou leur train de vie. Des gens de toutes les conditions sociales touchent au poison.

Le seul truc qui divise les classes, c'est qu'un indigène de Ballyer doit taxer pour financer sa manie. Les mickeys y sont pas obligés, parce que papa paiera la note, mais pour moi, c'était du pareil au même. Ils étaient tous des cailleras. Merde ! Où est la différence entre truquer les notes de frais de ta société et braquer une caisse de supermarché ? Y en a pas, tout est du vol. En fait, truquer tes notes de frais est pire. À mes yeux, le Gremlin qui a braqué une caisse avait pas le choix. Il avait pas de taf, pas de thunes. Le fumier qui arnaquait sa société avait sans doute un bon job, une voiture de fonction, et vivait dans un beau pavillon de merde. Et pourtant il était pas content. Il en redemandait grave, l'insatiable petit nain.

De mon point de vue, peu importait donc leur origine, ils étaient tous des racailles. Parce que, tôt ou tard, le blé viendrait à manquer et les innocents en pâtiraient comme toujours.

Je me racontais pas d'histoires. J'étais aussi mauvais, sinon pire, que les toxicos. J'étais leur fournisseur. Par des moyens détournés, j'étais donc la cause des arnaques au kilométrage, j'étais la cause des agressions, j'étais la cause du vol des vidéos. J'étais la cause de pas mal de trucs. Mais, tout comme les toxicos, j'y pouvais rien. Je ne pouvais pas laisser tomber.

C'était la carrière que je m'étais choisie. C'était ma vie.

48

C'était un mardi soir parmi tant d'autres et le téléphone n'avait pas arrêté de sonner. Je venais de recevoir un appel d'un des videurs m'informant qu'un nouveau leurdi tentait de s'installer dans une de mes boîtes, mais il l'avait chassé. Je lui ai promis de le voir plus tard et j'ai raccroché. Je me suis dit qu'il serait peut-être de bonne politique de lui glisser quelques shillings, ça payait toujours de montrer que tu appréciais la loyauté.

Donc, comme je dis, c'était un mardi soir parmi tant d'autres.

J'étais vénère et je zappais entre les chaînes sur ma télévision parabolique. J'ai déniché un vieux film d'Hitchcock et suis vite tombé dedans. J'adorais les films d'Hitchcock, tout en eux était classique, surtout la manière dont lui-même se mettait en scène. J'adorais guetter les brèves apparitions de ce cher Alfred.

Enfant, je m'en souviens, j'avais une peur mortelle en regardant ses films. Je me rappelle celui sur les oiseaux. Putain de bordel de merde ! après, j'ai été terrifié par les pigeons pendant des mois.

Je les avais tous déjà visionnés au moins dix fois, mais je les trouvais toujours aussi top.

Il était deux heures et demie du mat, j'avais pas vu le temps passer, il fallait que je spcede si je voulais alpaguer les videurs avant qu'ils rentrent chez eux. J'étais plus d'humeur à sortir, mais j'avais intérêt à me forcer, ce serait pas bien de leur laisser croire que j'avais pas de reconnaissance.

J'ai donc attrapé mon blouson et pris la voiture.

Le parking était désert à l'exception de deux ou trois couche-tard. Ce truc m'a toujours sidéré. Après tout, on était mardi et les trois quarts des gens travaillaient le lendemain. Comment ils réussissaient à s'extraire de leur lit à sept ou huit plombes du matin ? C'était un mystère pour moi.

Alors que je me dirigeais vers la porte de service de la discothèque, une lumière a attiré mon attention dans un coin du parking, j'ai distingué la silhouette de ce qui ressemblait à un mâle et il avait l'air de cogner sur quelque chose. J'ai ralenti le pas. « C'est sans doute un serveur, ai-je pensé, je vais pas m'embrouiller avec lui. » J'allais tourner le dos quand un cri a résonné à mes oreilles. J'ai couru vers l'auto.

Robert, le charmant Robert, le délicieux Robert n'acceptait pas qu'on lui dise non. Il commençait à péter les plombs. Sa voix était dure et effrayante, pleine de haine, la voix de quelqu'un qui ne se contrôle plus. Les gifles se succédaient, il me rudoyait, ses mains brutalisaient mon corps. Je pleurais, j'étais furieuse, dégoûtée, terrifiée, tout ça à la fois. J'ai pensé à mes enfants et j'ai paniqué.

Ce bâtard était capable de me tuer. Que deviendraient mes enfants alors ?

« Ne te défends pas, calme-toi et arrête de tenter de résister, je me répétais. Pense aux enfants. Donne-lui ce qu'il veut et il partira. Allez, Jackie, reste calme. »

J'étais donc étendue là et je pensais à mes fils. Ça m'était égal qu'il me jette hors de l'auto à moitié nue et me laisse les cuisses dégoulinantes de foutre, je voulais seulement que ça s'arrête, je voulais qu'il cesse de me frapper.

Comment expliquer les bleus à maman ? Seigneur ! les choses auxquelles on pense quand on crise...

Ses doigts m'ont ouverte de force et il a plaqué son truc contre moi, essayant de me pénétrer, mais dans sa hâte il a manqué l'entrée. Il s'énervait carrément, il a levé la main et j'ai fermé les yeux dans l'attente du coup. Qui n'est pas venu.

J'ai entendu un léger bruit et rouvert les yeux. Son bras était resté en suspens, retenu par la main d'un autre type.

Oh, doux Jésus ! pas un viol collectif...

J'ai dû avoir une syncope de quelques secondes parce que le souvenir que j'ai ensuite, c'est Robert en train de se faire sortir de la voiture par un mec.

Soudain je l'ai reconnu.

Ce n'était pas n'importe quel mec, c'était Johnser.

Pendant que je m'approchais de la voiture, ma seule idée était d'empêcher ce gars de tabasser la fille à l'intérieur.

Ses raisons m'intéressaient pas, mais j'allais pas rester à me tourner les pouces pendant qu'il foutait une branlée à une meuf. J'avais rien contre ce gars. Je pouvais même compatir à son sort. Je savais à quel point c'était difficile de se maîtriser, les femmes savaient vraiment te chauffer et, neuf fois sur dix, parole, elles le font exprès. Elles poussaient le bouchon pour voir jusqu'où elles pouvaient aller avant que tu réagisses.

Ces considérations voulaient pas dire que je fermais les yeux sur la violence contre les femmes.

Même l'homme le plus léger était physiquement plus fort que les trois quarts des meufs, la lutte était donc inégale.

J'avais pas particulièrement envie de m'immiscer dans les disputes d'autrui, mais en même temps il me semblait avoir déjà tout dit. J'allais lui conseiller fortement de laisser tomber et de lui ficher la paix.

J'ai tenté la portière, elle s'est ouverte. Instinctivement, j'ai intercepté son bras.

– Allez, mon pote, on se calme, rien de perso...

Puis elle a crié mon nom.

Ça changeait tout, désormais c'était perso.

Je l'ai tiré hors de l'auto, il m'a gueulé dessus :

– Dégage, t'occupe !

Je l'ai projeté sur le capot.

– Viens, voyons comment tu te défends contre quelqu'un qui a du répondant...

Il a essayé de se dégager, mais je lui ai décoché un coup de boule et son zen a explosé. Là-dessus, je me suis lâché. Chaque fois que je le revoyais frapper Jackie, je devenais ouf.

Il a tenté de se cacher sous la voiture, mais je l'en ai sorti et lui ai flanqué une branlée. Si les videurs nous avaient pas séparés, parole, je l'aurais dessoudé.

Je me suis redressée sur mon siège et j'ai regardé Johnser dérouiller Robert. C'était comme quand on regarde un film, on voit tout ce qui se passe mais on n'a aucun contrôle sur les événements.

Je frissonnais, ce qui m'a fait prendre soudain conscience de ma quasi-nudité. Tant que Robert était dans l'auto et me torturait, mon absence de vêtements avait été le cadet de mes soucis, mais désormais cela semblait la seule chose qui comptait.

J'ai remonté mon slip déchiré et disposé les vestiges de ma jupe sur mes jambes. Les boutons de mon chemisier avaient été arrachés, aussi pouvais-je seulement recouvrir mes seins tant bien que mal.

Je ne pouvais plus m'arrêter de frissonner. Je caillais. J'ai repéré un pull sur la banquette arrière et je l'ai enfilé. Aucun effet, rien ne pouvait me réchauffer.

Robert se tortillait par terre comme le serpent qu'il était.

Johnser le shootait et chaque coup de pied envoyait Robert dans une nouvelle direction. Toujours est-il qu'il ne tentait pas de se relever.

Mon esprit m'a ramenée à des années en arrière, à la première fois où j'avais vu Johnser.

C'était un vendredi soir, devant le Sergeant Pepper's. Quelqu'un avait crié : « Ça frite ! » Et soudain le voilà, Johnser Kiely. Celui que je devais idolâtrer pendant des années, l'homme qui allait me briser le cœur en me rejetant.

La vie a une curieuse manière d'aplanir les choses.

À présent c'était au tour d'un autre de souffrir. D'accord, une forme différente de souffrance, mais il souffrait parce que je le rejetais.

C'était donc reparti. Johnser mettait une branlée à quelqu'un et moi je retombais amoureuse.

Quand les videurs ont écarté Johnser, Robert ne bougeait plus, il gisait par terre, point. Johnser donnait des coups de pied et vociférait pour leur raconter les méfaits de Robert, essayant pendant ce temps de se libérer.

Les autres faisaient de leur mieux pour le retenir, tout en tentant de lui expliquer que s'il tuait ce chelou, il se retrouverait seulement au trou.

– Sans déconner, Johnser, laisse béton, on va s'occuper de lui. Toi, reste hors jeu.

– D'accord, O.K., d'accord, mais enlevez vos mains.

Je ne saurai jamais d'où elle sortait, mais alors qu'il revenait vers l'auto, il s'est soudain mis à frapper avec une chaîne. Je n'ai entendu qu'un bruit de verre brisé.

– Bon Dieu, Johnser ! Donne-moi ça.

Le videur lui a ressauté dessus.

– Tu te rends pas service en traînant par ici. Donne-moi cette putain de chaîne et disparais !

Johnser m'a doucement tirée hors du véhicule.

– Viens, Jackie, on rentre à la maison.

Il a passé son bras autour de mes épaules et, lentement, m'a conduite à sa voiture.

Il m'a ramenée à mon appartement et s'est prestement débarrassé de la baby-sitter pendant que je feignais d'être pressée d'aller aux toilettes. Nous nous sommes installés à la cuisine et il a fait du thé. Du thé et encore du thé jusqu'à ce qu'il me ressorte par les oreilles. Entre deux tasses de thé, je pleurais, je versais toutes les larmes de mon corps, je ne pouvais pas m'en empêcher. Il me serrait dans ses bras.

– Chut, Jackie, pleure pas. Tout va bien, je suis là maintenant et personne te fera plus de mal.

Malgré moi, je lui ai tout raconté. Je lui ai parlé de Jeffrey, de sa manie du jeu et des raclées. Mais, surtout, je lui ai raconté ce qui s'était passé ce soir-là. Et pour la deuxième fois de notre vie on est restés dans les bras l'un de l'autre à regarder le soleil se lever.

Je l'ai raccompagné à la porte.

– Je peux te voir ce soir ?

– Je ne sais pas, Johnser. Je n'aime pas laisser les enfants deux soirs d'affilée.

– Alors demain soir ?

– Je ne sors qu'une fois par semaine.

– Allez, Jackie...

– Je ne sais pas.

– Je t'appelle, alors ?

– NON. Mon ton était plus dur que je ne l'aurais voulu. Excuse-moi, ce n'est pas ce que je voulais dire, je n'ai pas le téléphone.

J'étais dépassée. C'était le manque de sommeil et la perspective de devoir affronter ma mère, évidemment. Les enfants ne remarqueraient peut-être rien d'anormal, mais elle, si. Par-dessus le marché, j'avais encore une journée de travail devant moi. Seigneur !

– Je peux te téléphoner, Johnser ?

Il m'a tendu une carte. Je l'ai lue, puis j'ai souri.

– Oh là là ! Nous avons fait du chemin...

– Lâche-moi, Jackie Clarke.

J'ai tâché de masquer les ecchymoses sous du

maquillage, mais je n'étais pas sûre du résultat. Inutile de m'inquiéter, je serais bientôt sur le pas de porte de ma mère et la tête qu'elle me tirerait me donnerait la réponse.

49

Après cette nuit-là, j'ai plus pu me sortir Jackie de la cervelle.

Elle occupait toutes mes pensées. Du fond de ma mémoire me revenaient des souvenirs vieux de plusieurs années. Des trucs qu'on avait faits ensemble, d'autres qu'elle m'avait dits, d'autres encore que je lui avais dits... des trucs nuls... des trucs qui m'ensoleillaient.

Je me réveillais de bonne humeur, curieux de savoir si elle était déjà debout. Évidemment que oui, puisque je me réveillais rarement avant midi.

Ça servait à rien de me lever de bonne heure, mes sosses (sans déc, Johnser, arrête de te raconter des histoires !), d'accord alors, mes junkies avaient pas encore fait surface. Et les rares qui l'avaient fait seraient occupés à se procurer le flic de leur futur fix.

À chaque heure qui passait, je me surprenais à me demander : « Qu'est-ce qu'elle fait en ce moment ? Est-ce qu'elle va chercher les enfants à l'école ? » etc. Le plus zarbi, ces pensées me faisaient toujours chaud au cœur.

Quand elle m'a avoué que son ménage avait pas marché, je l'ai plainte sincèrement. Si ç'avait été une autre, j'en aurais rien eu à cirer, mais je savais qu'elle avait dû se donner à fond, elle avait dû se battre bec et ongles pour le maintenir sous perf. Je savais aussi qu'elle devait se le reprocher, même si c'était pas sa faute. Elle m'avait tout dit de Jeffrey le bourge, comment il avait joué tout ce qu'ils possédaient. Pire que tout, elle m'avait raconté que ce bâtard la battait.

Parole, si je lui mettais la main dessus, je le laisserais pour mort ! Mais c'était un petit futé, personne l'avait aperçu depuis qu'elle l'avait viré.

Je voyais le minois de Jackie partout, pas celui de l'autre soir, mais celui qui m'avait aidé à tenir tant de nuits solitaires en zonzon.

Ses cheveux noirs et raides, elle portait toujours la frange (comme Kiki Dee quand elle avait chanté cette chanson en duo avec Elton John), ses yeux bleus presque toujours souriants, ses dents éblouissantes de blancheur. Ces dents qu'elle voulait tout le temps cacher parce qu'elles étaient pas aussi droites qu'elles auraient dû l'être. Je lui répétais qu'elle avait des dents ravissantes, mais elle a toujours cru que je me foutais de sa gueule.

– Lâche-moi, Kiely, regarde tes crocs de carnassier ! qu'elle rétorquait.

Et son corps, son corps qui avait pas beaucoup changé même après dcux enfants, je me rappelle la fois où elle est venue me voir en prison, j'ai pensé secrètement : « Seigneur ! elle est superbe, ce que je donnerais pour la baiser. » Et elle l'était, superbe, je veux dire...

Elle s'était arrondie aux bons endroits. Ses nichons étaient plus gros que dans mon souvenir, son cul aussi. Elle avait un chouïa de ventre qu'elle avait pas avant, mais c'était attendrissant. Elle avait dû surprendre mon regard, parce que tout à coup elle s'était redressée sur sa chaise et on voyait plus rien. Elle avait toujours été parano pour son ventre. Même quand elle en avait pas, c'était la seule fille de ma connaissance capable de s'asseoir, de discuter, de bouffer et de boire en rentrant l'estomac.

Et ses jambes, elles étaient aussi belles qu'autrefois, peut-être un peu plus charnues aujourd'hui, mais ça mettait leur galbe en valeur.

Pour moi, elle était toujours aussi ravissante, aussi bandante. C'était toujours la même fille qui descendait du bus 18 il y a toutes ces années.

J'ai pas la grosse tête, mais j'aurais pu trouver des gonzesses plus canons. Des jeunes, avec des seins en silicone défiant la pesanteur et une peau si tendue que tu voyais l'ossature du visage. Sapées hyperbranché et prêtes à essayer tout ce qu'elles avaient vu sur la vidéo de docteur Éros.

Des vidéos érotiques, mon cul ! C'était du porno, avec des voix de bourges. Qu'on montre pas une allumette suédoise en train de tailler une pipe et de balader son 95 B à l'air prouvait pas que c'était pas du porno. Est-ce qu'on avait vraiment besoin d'un docteur pour savoir que la meuf avec la teub dans la bouche faisait une turlute au sosie de Brad Pitt ?

Mais de toute façon, comme je dis, je les avais toutes eues. C'était comme si j'étais une star et, comme toutes les stars, j'étais blasé. J'avais la nostalgie des choses normales de la vie ; exemple un trajet en bus, un grand plat d'œufs au bacon... et Jackie.

Je commençais à rêver en plein jour. Non, pas les fantasmes torrides auxquels tu t'attendrais, mais des rêveries tendres, romantiques. Jésus ! je l'avais dans la peau.

J'avais toujours pris les gars romantiques pour des tantes. Je croyais que je préférerais passer sous un train qu'être vu tenant la main d'une fille en public. Ce cinéma à l'eau de rose était juste une couverture pour les tendances homo.

Et maintenant voilà que je cogitais des trucs comme louer une limousine pour débarquer chez Jackie en chantant *Two outta three ain't bad*, grimper son escalier de secours et lui demander d'être ma *Pretty Woman*.

Pendant qu'au-dessous de nous, un ivrogne titubant traverserait la rue en braillant : « Bienvenue à Dublin, la terre de l'égalité des chances, où tous les rêves deviennent réalité. »

Mon Dieu ! J'avais pas mesuré à quel point l'amour peut transformer son homme.

Elle avait quand même mon numéro et m'avait promis de reprendre contact dès que possible. Il me restait plus qu'à attendre.

La véritable horreur de ce qui s'était passé la veille ne m'est apparue que le lendemain soir.

Toute la journée, pendant que je travaillais, je l'avais refoulée.

Je savais que Cathy et les autres avaient remarqué mes bleus, mais je n'allais pas leur raconter ce qui m'était arrivé. Je ne voulais pas qu'elles sachent. Je ne voulais pas qu'on sache à quel point j'avais été débile. Comment avais-je pu être si gogole ? Franchement, comment avais-je pu croire qu'un mec comme ça attendait autre chose qu'une séance de baise des filles de mon espèce ?

Je devine les commentaires des copines si je m'étais confiée :

– Oh ! Sans déc, Jackie, tu devais bien te douter qu'il voulait seulement vider son sac...

Elles ne croiraient pas que j'ignorais qu'il était marié. Et puis même ? Ce n'était pas comme si une de nous cherchait à se placer, on voulait seulement rigoler. D'ailleurs, où était la différence entre mentir sur ce qu'on faisait dans la vie et mentir sur sa situation de famille ?

Mais il y avait une différence.

Mentir sur son boulot était un enfantillage, alors que mentir sur son conjoint était fourbe et hypocrite.

Je m'imaginais très bien le même bâtard qui m'avait tabassée en train de retourner auprès de sa petite femme modèle et de ses jeunes enfants modèles. Ses enfants allaient sans doute en pension pour apprendre à pisser droit, tandis que Mrs Robert composait des bouquets et s'allongeait dans la position du missionnaire une fois par mois.

Ils devaient s'embrasser sur la joue pendant qu'elle préparait le repas. Steak grillé-salade (car on doit surveiller nos calories !), arrosé d'un verre de vin, deux pour elle le soir du missionnaire. Et même si elle savait quel bâtard c'était, elle entrerait dans son jeu.

Enfin ! comment allait-il lui expliquer sa blessure au crâne, son bras fracturé, ses fringues maculées de sang, ses dents cassées et ses phares pulvérisés ? Comment lui expliquerait-il sa présence devant une discothèque à cette heure de la nuit ? Et comment lui expliquerait-il les lambeaux de vêtements féminins éparpillés dans toute sa voiture ?

J'étais contente que Johnser lui ait mis une branlée.

Johnser. J'avais failli mourir. Il y avait mille circonstances, un million d'endroits où j'aurais voulu le voir.

Ça m'aurait même été égal de le croiser au supermarché avec mon survêt (celui que je portais quand Jeffrey m'avait demandée en mariage).

Ça m'aurait été égal de le rencontrer pendant mes ménages dans les immeubles de bureaux.

Mais qu'il tombe par hasard sur moi à moitié dévêtue dans une voiture, Seigneur !

J'aurais dû le remercier de m'avoir trouvée à ce moment-là, mais non. Je maudissais Robert de m'avoir fait ce qu'il avait fait, d'avoir gâché la soirée, de m'avoir effrayée, d'avoir déchiré ma belle jupe, mais, par-dessus tout, d'avoir permis à Johnser de me voir dans cet état. Oui, j'étais contente que Johnser lui ait shooté ses dents blanches trop parfaites.

Je me suis mise à rêver à Johnser, à fantasmer sur lui, mais chaque fois le souvenir de cette terrible nuit resurgissait, je me rappelais comment Johnser m'avait vue. Et même si je savais que tout avait été la faute de Robert, je ne pouvais m'empêcher d'éprouver un sentiment d'humiliation. Je me sentais souillée et surtout... dévalorisée.

Je ne pouvais quand même pas appeler Johnser, pas question. Jésus ! la honte.

Trois jours plus tard, j'étais à la cabine téléphonique.

Je m'apprêtais à raccrocher quand il a décroché. J'ai reconnu sa voix à l'autre bout du fil. Il avait l'air distrait, comme si le coup de téléphone avait interrompu une activité importante.

Le temps que je réponde, il avait déjà répété « allô » deux fois.

– Salut, Johnser, c'est moi.

S'il avait demandé « Qui ça ? », je lui aurais raccroché au nez. Mais il ne l'a pas fait. Son ton a changé, il avait l'air heureux de m'entendre.

– Mon Dieu, Jackie ! J'espérais plus de nouvelles. Attends une minute, tu veux ?

Il a plaqué sa main sur le combiné, mais j'ai entendu sa voix étouffée dire à quelqu'un de sortir de la pièce.

Mon imagination s'est emballée. C'était sans doute une grosse vache, une autre Tara. Une fois de plus j'avais hésité, et une fois de plus une autre lui avait mis le grappin dessus. Bon, qu'elle aille se faire voir. Et toi aussi, Johnser, va te faire voir ! je vous emmerde tous autant que vous êtes...

Avant que j'aie eu le temps de raccrocher, il était revenu en ligne et se confondait en excuses.

– Excuse, c'est les affaires, tu connais... allô, Jackie, t'es toujours là ?

Le bip-bip me signalait que je devais remettre de

l'argent, mais au moment où je cherchais des pièces dans mon porte-monnaie, ça a coupé.

Je me suis maudite.

« Tu es débile, Jackie ! tu es vraiment débile ! »

50

Elle changerait jamais, elle serait toujours la même Jackie, jalouse comme une tigresse. Qu'est-ce qui lui prenait ? Qu'est-ce que je devais faire pour lui montrer qu'elle était la seule et unique ? Son attitude me renvoyait des années en arrière, elle me rappelait l'époque du canal. La fois où elle m'avait flanqué un coup dans les couilles, tout ça parce qu'elle avait décidé de jouer au feu rouge et de m'interdire son corps. Jésus ! était-ce étonnant que je sois sorti avec Tara ?

Mais Jackie pouvait aller se faire voir cette fois. Je me dévoierais plus. J'avais droit à une seconde chance et j'allais pas la gâcher à cause de sa jalousie maladive.

Elle était si imprévisible, on aurait dit qu'elle avait ses ragnagnas en permanence. Tu vois ce que je veux dire, cette période du mois où tu sais jamais sur quel pied danser avec les meufs. Un moment, elles te disent que t'es top et celui d'après elles t'arrachent la tête ! Mais je me laisserai pas faire, je lâcherai pas l'affaire, j'allais lui courir après.

Après tout j'avais couru après tout ce que j'avais

voulu dans la vie et je l'avais obtenu. Or je voulais Jackie.

Jonathan était déchaîné. Il rigolait au moindre petit truc qui se passait, il n'avait pas de limites, et ça commençait vraiment à me taper sur le système. Edward le provoquait, ils étaient censés prendre leur repas, mais Edward mâchonnait ses bâtonnets de poisson pané et les faisait ressortir entre ses dents. Je les avais prévenus que s'ils n'arrêtaient pas de faire des cochonneries ils iraient au lit sans dîner, on verrait si c'était si drôle. La sonnette a retenti.

– Vous feriez mieux de vous calmer vous deux, je vous préviens.

Jonathan s'est mis à faire des bulles dans son lait. Cette prouesse a entraîné un regain d'hilarité. J'ai ouvert en criant par-dessus mon épaule :

– Jonathan, Edward, calmez-vous, merde ! ou vous le regretterez, je suis sérieuse.

Et soudain, le voilà planté devant moi.

– Ça va, Jackie ?

Je me suis sentie devenir écarlate. Mes mains se sont machinalement portées à mes cheveux, puis ont volé vers ma jupe pour tenter de la rajuster.

– Johnser ! Qu'est-ce que tu fais ici ?

Il souriait.

– Oh ! c'est charmant, Jackie. Je suis content de voir que t'as pas perdu tes talents de maîtresse de maison.

– Excuse-moi, entre.

Il est entré dans l'appartement avec son aisance

habituelle, comme s'il avait toujours habité là. Il n'a pas regardé autour de lui et je lui en ai su gré. J'étais contente qu'il n'ait pas dit qu'il aimait le papier peint ou que l'appartement était agréable, parce que ce n'était pas vrai et qu'on le savait tous les deux. Il est allé à la cuisine, où il s'est tout de suite mis à jouer avec les enfants. Ils se gondolaient. Johnser m'a fait un clin d'œil ; je lui ai répondu par un sourire.

– Johnser, ne les excite pas. Ils sont déjà assez insupportables.

Mais il a continué. Et après le dîner, il les a emmenés au parc pour jouer au foot avec eux. Puis ils sont rentrés à la maison et ils ont joué encore un peu jusqu'à ce que ce soit l'heure d'aller au lit.

Là, ç'a été un concert de pleurs et de grincements de dents :

– Oh maman, oh maman, s'il te plaît, encore cinq petites minutes...

– C'est entièrement ta faute, Johnser Kiely, ai-je lancé en riant.

Les enfants se sont précipités vers lui.

– Tu reviendras jouer avec nous demain ?

Il m'a regardée et leurs yeux ont suivi les siens.

– On verra, dis-je. Mais ça ne risque pas si vous n'allez pas au lit... tout de suite.

Mes visites à Jackie sont devenues régulières. Je pouvais pas m'en empêcher, j'adorais l'ambiance là-bas. C'était comme être dans un autre univers, situé à des années-lumière du monde sordide où je vivais. Et aussi bizarre que ça puisse paraître, je préférais le sien.

Des fois Jackie m'agaçait vraiment. Elle me laissait jamais lui donner un coup de main. Je me rappelle, un jour j'ai proposé de faire les commissions, elle a failli m'arracher la tronche.

Je parlais pas de les « faire », plutôt de les payer. Pas question de me voir pousser un caddie dans un supermarché. On peut raconter ce qu'on voudra sur le néo-macho, mais je veux bien être pendu si je changeais ! je me trompe peut-être, mais je trouve toujours qu'il y a quelque chose d'efféminé dans le fait de pousser un engin muni de quatre roulettes et d'une poignée. Sans que tu t'en aperçoives, elles te forceraient à pleurnicher sur des films cucul la praline et à changer les couches...

Les meufs ont la manière avec ces machins, ce sont des professionnelles. C'est comme dans *The Generation Game*, le jeu télévisé, quand Bruce amène un pâtissier, un vrai pro, pour glacer les gâteaux. Avec lui, on dirait un jeu d'enfant. Mais faites entrer les concurrents et le gâteau a l'air d'avoir été attaqué par les vers de terre !

Idem pour les couches.

Une femme enlève une couche, nettoie les fesses du gosse, le talque et en remet une sèche sans même que l'intéressé se réveille.

Le mec, lui, met tant de temps que la merde a séché entre les fesses, le gosse pique sa crise, lui pisse direct à la gueule et, le temps que toute l'opération soit terminée, le mouflet est de nouveau sale.

Les caddies de supermarché ont leurs caprices. Pousser un de ces machins revient à danser avec ta grand-mère. Tu vas d'un côté, il part de l'autre, jusqu'à ce que tu finisses par valser en rond. En plus, ils ont toujours l'air pressés d'arriver à l'allée suivante avant toi.

Mais les meufs, elles peuvent les trimbaler toute la journée sans le moindre tracas.

Le truc qui me hérisse plus que les caddies de supermarché, c'est les blaireaux qui sont toujours à comparer les prix.

– Oh, regarde, ma poule ! ce pot de confiture coûte un penny de moins au supermarché de Walkinson...

– Oh, vraiment, mon amour ? Alors, on le prendra peut-être là-bas.

Sans déconner, ils sont censés essayer d'économiser, pas faire des kilomètres et des kilomètres pour tout dépenser en essence !

Dans le temps, on aurait traité ces mecs de pédés.

En tout cas, comme je dis, tout ce que j'avais fait c'était proposer de payer.

Mais, à sa manière de réagir, t'aurais juré que j'avais offert de braquer la caisse.

Elle m'avait remonté les bretelles.

– Je ne demande pas la charité, Johnser Kiely. Si c'est comme ça que tu nous vois, je préfère que tu ne viennes plus.

– Sans déc, Caroline, laisse béton.

Tout ce qui m'intéressait, c'était de l'aider. Attends, le fait que je sois là pour le petit déjeuner, le déjeuner et le goûter devait être rajouté aux frais de bouffe.

On pouvait pas discuter, elle écoutait pas. Mais vouloir, c'est pouvoir. Au final, j'ai trouvé la solution. Je les emmenais dîner dehors deux fois par semaine et, le week-end, j'apportais des plats préparés.

Fin du problème. Vie sans tracas. Bonheur.

Je passais de plus en plus de temps avec eux. Elle me laissait même rester une nuit ou deux. J'avais des fringues de rechange dans la penderie et j'espérais avoir bientôt les pieds en permanence sous la table. Tout roulait.

51

Je promettais sans arrêt d'emmener les gosses manger une pizza. Ils adoraient ça, mais ils avaient jamais eu droit à une vraie. C'était toujours cette daube surgelée.

– Je peux vous le dire, le jour où vous goûterez à la vraie pizza, vous pourrez plus avaler cette cochonnerie...

– Alors on saura jamais si tu nous emmènes pas à la pizzéria !

– Jonathan, ne sois pas si insolent.

– Non, Jackie, il a raison. Tenez, si votre maman est d'accord, on y va aujourd'hui, ce soir.

Jackie ayant donné sa bénédiction, nous voilà partis.

Je les ai invités dans un de mes restos préférés. On y servait la meilleure pizza de Dublin. Les murs étaient tapissés de couvertures du magazine *Rolling Stone*. Elles y étaient toutes, certaines en double ou en triple.

Dylan, les Stones, James Taylor, Tom Petty, la liste était infinie.

Les garçons commençaient juste à s'intéresser à la musique et étaient épatés de voir que certaines de leurs idoles existaient déjà à notre époque.

– Mon Dieu ! ça veut dire que John Travolta est aussi vieux que toi ?

– Va te faire voir, petit effronté ! ai-je rétorqué en feignant de tomber sur Jonathan. Enfin, je veux dire, pas de pizza pour toi.

– Oh, non, Johnser ! c'était pour t'embêter, t'es beaucoup plus jeune que lui...

– Jonathan Adams, tu es le plus grand fayot que je connaisse !

Jackie se marrait.

– Qu'est-ce que *Rolling Stone* a de si spécial, d'abord ? demanda Edward.

Pendant que Jackie essayait de le lui expliquer, j'ai pris mon meilleur accent texan et entonné le vieux classique de Dr Hook :

– ... *You keep getting richer, but I can't get me picture on the cover of the Rolling Stone*[1].

Ils se bidonnaient.

– Tu te fiches de moi ! cria Jonathan à travers la table en s'efforçant de garder son sérieux.

– C'est vrai, t'aimes pas la musique moderne. Tu préfères que Bosco te chante tes berceuses préférées, hein, Jonathan ?

1. « Tu continues à t'enrichir, mais moi je peux pas me faire la couverture de *Rolling Stone*. » *(N.d.T.)*

Jackie était pliée en deux. Le même rire que du temps où on était jeunes, quand on descendait au bord du Naller et qu'elle avait quelques verres dans le nez. Son rire me disait qu'elle m'aimait, qu'elle aimait les trucs que je faisais, ma manière de bouger, l'air que je respirais, elle aimait tout et j'étais content. Parce qu'à cet instant précis, moi-même je l'aimais plus que je l'avouerais jamais.

Peu après, on damait deux immenses pizzas avec toutes les garnitures possibles et imaginables. Les garçons croyaient pas à leur taille, ils croyaient qu'une pizza était à peine plus grande qu'une assiette à dessert. Ils avaient jamais rien vu de pareil.

Je les ai regardés tenir tant bien que mal les énormes parts dans leurs mains, et du mal ils s'en sont donné, jusqu'à ce qu'il reste plus une miette, à l'exception de la croûte, bien sûr. Je pense pas qu'il y ait un gosse sur la planète qui mange la croûte. Tandis qu'ils étudiaient attentivement la carte des desserts, j'ai repensé soudain malgré moi à ma propre enfance.

Je venais de vanner Jonathan pour sa musique de bébé, je sais, mais je me rappelle, petit, ces conneries me donnaient des boutons.

Seigneur ! elles me prenaient la tête. Attends, tout le truc « Je t'aime, tu m'aimes, on forme une famille heureuse. » Sans déconner, y en a qui pensent vraiment que les gosses croient à ce délire ? Sincèrement, ils pensent que les gosses regardent par la fenêtre et gazouillent sur le premier truc qu'ils voient ?

Mon nez plein de morve collé contre la vitre sale, je me voyais mal chanter :

« Oh maman ! viens voir par la fenêt'e
Le facteur est juste à la maison
Devine pour qui toutes les factures sont
Avant qu'elles tombent dans la boîte.
Oh papa ! voici un msieur avec une hachette
Il crie que t'as des dettes
Il dit que s'il te met la main dessus
De papa on en aura plus. »

Toujours est-il que je crois pas que j'étais le genre de gamin que les auteurs de ces chansons avaient en tête pour les composer. Pourtant, que ça leur plaise ou non, y a des tas de mômes comme moi en liberté.

Pendant que Jackie commandait un cappuccino, mon esprit s'est remis à vagabonder. Un cappuccino, pas moins ! Où était le vieux Dublin, hein ? On était loin des friteries crasseuses, où tu avais de la chance si on te servait ton thé dans un gobelet propre. Quant au café, eh ben, s'il y en avait, c'était certainement pas un cappuccino de luxe, non, ç'aurait été une petite tasse d'eau brunâtre tirée d'un thermos.

De nos jours, y a plus de variétés de cafés que de bières. Mais, en fin de compte, le nombre de marques sur le marché me laissait de marbre, cause j'étais un amateur de thé. Pas de l'Earl Grey des bourges, ni du goût menthe ou citron, ni des autres lavasses baptisées thé. Qu'on me donne juste une petite théière avec deux sachets de thé et un pot à lait, et j'étais un homme heureux.

J'adorais ces restos exotiques, je dois l'admettre. C'était vrai ce qu'on disait sur le fait d'en avoir pour son argent. Et c'était marrant grave, parce que, même si je me régalais dans les endroits les plus chics, je commandais toujours les plats et les boissons les plus basiques. C'était comme si j'étais encore gamin à Ballyer, à la seule différence qu'avec ce que je déboursais ici pour un plat, ma mère aurait fait les courses pour toute la semaine.

C'était zarbi, mais je suis jamais arrivé à commander un plat gastronomique. C'était pas parce que j'avais peur de pas savoir prononcer le nom, j'en avais absolument rien à cirer. Ça tenait davantage à la volonté de pas oublier mes racines. Je prenais un dessert, une coupe de glace à la gelée ou un banana split, aucun problème, parce que c'étaient les délices de mon enfance. Ceux qui nous faisaient rêver. Autrefois il y avait un resto sur O'Connell Street qui avait, dans sa devanture, des photos de toutes les différentes sortes de glaces vendues sur place. On passait des heures à les contempler pour essayer de décider laquelle prendre. Je choisissais toujours soit une glace à la gelée, soit un banana split. Je sais pas pourquoi on se compliquait la vie, car on avait aucun espoir de s'en payer une. Le mieux qu'on pouvait espérer (si on avait du pot !), c'était un cornet de Mr Eskimo quand il passait dans son camion. C'était pas tout à fait pareil.

Alors maintenant, chaque fois que l'occasion se présentait, je m'offrais l'une ou l'autre.

Les bruits de déglutition d'Edward m'ont ramené au présent.

Seigneur ! c'était un grand jour, tout marchait super.

J'étais vraiment heureux et je savourais d'avoir une

petite famille à moi. Tout à coup, Jackie a changé de visage, elle avait cessé de rire et lorgnait du côté de la porte. Visiblement, elle était pas ravie de voir la personne qui venait d'entrer.

J'ai capté la voix avant d'avoir eu le temps de me retourner.

– Oh ! on est bien au chaud...

Il y avait pas d'erreur possible sur la propriétaire de la voix. C'était Tara.

– Elle a pas attendu longtemps pour réapparaître d'un coup de baguette magique, hein ? Surtout que maintenant elle sait que t'as du fric...

J'ai pivoté sur moi-même et l'ai tirée vers une chaise.

– Assieds-toi, Tara.

– Non, t'es gentil, je veux pas m'imposer. Attends, loin de moi l'idée de briser un foyer heureux, c'est pas comme un de ma connaissance...

Elle a foudroyé Jackie du regard mais Jackie l'a pas vue, occupée qu'elle était à tenter de détourner l'attention des enfants vers les affiches couvrant les murs. Bien entendu, ils étaient pas dupes, ils voulaient savoir ce qui se passait, ils avaient pas l'intention d'en manquer une.

Tara avait élevé la voix et elle montrait les gamins du doigt.

Jésus, Johnser ! tu me sidères, là. Tu nous la joues paternelle avec ces deux petits bâtards. Pendant ce temps, tes propres gosses sont à la maison sans rien à damer...

J'ai murmuré entre mes dents :

– Tara, ferme-la et rentre chez toi.

– Tu serais trop content ! Que Tara disparaisse du paysage avec tes gosses pendant que tu régales au resto, les moutards d'une pétasse...

Elle parlait à tue-tête pour être sûre que les autres clients en perdaient pas une. Tous les yeux étaient braqués sur notre table et je savais, à son air, que Jackie remettrait plus jamais les pieds dans ce resto, aussi longtemps qu'elle vivrait.

J'ai empoigné Tara par le bras et je l'ai entraînée dehors, j'avais envie de l'étriper en chemin, mais au final je l'ai poussée sous un porche.

– Oh Jésus, Johnser ! J'adore, t'es trop viril...

C'était une violente garce. Même à ce moment-là, alors qu'elle savait bien que j'étais prêt à l'exploser, il fallait encore qu'elle fasse la maligne.

– Tara ! Merde, à quoi tu crois jouer ?

– Moi ? À quoi je joue ? T'as un sacré culot. C'est pas moi qui joue la fille de l'air, c'est pas moi qui sors avec ma poule.

– Tu ferais bien de surveiller ton langage.

– Et pourquoi ? Qu'est-ce tu vas faire, Johnser, me frapper ?

Elle se doutait pas à quel point elle était proche de la vérité.

– Écoute, Tara, pourquoi tu fais ça ? Où tu veux en venir ?

– À notre mariage, Johnser, au fait que je suis ta femme. Et avant que tu cherches à nier, rappelle-toi que j'ai les papiers pour le prouver.

– Au diable tes papiers ! je me tape de tes fameux papiers...

– Enfin ! papa dit que...

La coupe était pleine. C'était déjà assez moche qu'elle nous ait ridiculisés en plein restaurant, sans devoir entendre les commentaires de ce naze de Blue. Je l'ai attrapée par les épaules.

– Bon, tu vas m'écouter. Je vous ai déjà dit, à toi et à ton reupe, que je vous devais rien. Tu m'entends ? Rien.

Des passants commençaient à descendre sur la chaussée pour nous éviter, mais cette tactique les empêchait pas de ralentir le pas pour essayer de voir ce qui se passait.

Tara a eu vite fait de régler ce problème.

– Vous vous êtes bien rincé l'œil, oui ? Vous voulez voir la couleur de ma petite culotte tant que vous y êtes ?

Elle a relevé sa jupe et un couple s'est sauvé, visiblement terrifié par la tournure des événements.

– C'est toi, Johnser Kiely, qui ferais mieux de m'écouter. Je suis ta femme et à ce titre tu me dois bien quelque chose. T'as juré jusqu'à ce que la mort nous sépare. C'est pas encore le moment, si ? Parce que, moi, je vois pas de couronne funéraire sur ta tête... (Elle m'a mis sous le nez un médaillon en or gravé à son nom.) Et je lis pas non plus « Repose en paix » sur ce collier, alors j'imagine que je suis toujours vivante aussi !

– Tara, pour la dernière fois, pourquoi tu fais ça ? Pourquoi tu joues tout d'un coup à la petite femme outragée ? Tu sais bien que je t'ai jamais aimée...

– Aimée ? Parce que tu crois qu'il s'agit d'amour ? Depuis quand on parle d'amour ? Tu m'as pas dit une seule fois que tu m'aimais, même quand tu me sautais ou que tu m'obligeais à te sucer, je t'ai jamais entendu le cracher. Alors va pas raconter maintenant que si tout est fini entre nous c'est parce que tu m'aimes pas. En fin de compte, t'es toujours mon mari et je veux qu'on prenne un nouveau départ.

Elle a tendu la main et m'a caressé le visage, l'air sincère.

– Et puis il y a les enfants, les petits chéris...

Je me suis reculé.

– Ils sont pas de moi

– Ils sont plus de toi que les deux du resto. Après tout, un des siens est né pendant que t'étais en taule, alors qu'est-ce t'essaies de me dire ? Que tu t'es branlé et que tu lui as envoyé le résultat par la poste ?

Je me suis écarté d'elle.

– Tara, c'est idiot. Pourquoi tu m'écoutes pas ? Tout est fini entre nous et plus tôt tu l'accepteras, mieux ce sera pour nous deux. C'est fini, *kaput, finito...*

– N'essaie pas de m'embrouiller avec tous tes mots étrangers. Tout ce que je demande, c'est qu'on fasse un nouvel essai. Je veux dire, il doit bien y avoir eu quelque chose au début ?

– Y a eu... tu t'es gourée.

C'était en dessous de la ceinture, je le savais, mais je m'en tapais.

– Écoute, Tara. Je suis désolé, mais on peut pas revenir en arrière. Comme je t'ai déjà dit, c'est fini. Maintenant le seul truc que je veux bien, c'est subvenir aux besoins de la petite, je te crois sur parole quand tu dis que c'est ma fille. Mais je veux être pendu si j'entretiens le bâtard de Stan. Voilà mon offre. À prendre ou à laisser.

- Sur la tête de mes enfants, Johnser Kiely, tu t'en sortiras pas comme ça. Tu paieras sans problème, on va voir si tu le fais pas.

C'est clair, elle serait jamais satisfaite, quoi que je dise ce serait jamais assez bien. Alors à quoi bon user ma salive ? De toute façon, j'en avais marre que les gens nous matent.

Je me suis retourné et je suis parti.

Elle braillait dans mon dos :

– Tu banqueras ce que tu me dois, tu m'entends, espèce de bâtard lécheur ? Attends un peu...

En rentrant dans le restaurant, je savais que la soirée était gâchée. Les gosses étaient très sages et je voyais bien que Jackie faisait de son mieux pour retenir ses larmes.

Dans la voiture, l'ambiance était à couper au couteau.

Personne n'a ouvert la bouche. Arrivés à la maison, les gosses sont allés tout droit au lit, sans moufter. Ils savaient que quelque chose d'important se préparait, je crois, et ils étaient pas sûrs d'avoir envie d'y assister.

Après les avoir bordés, Jackie est revenue au salon et nous a servi à tous les deux une vodka bien tassée. Elle m'a tendu la mienne et s'est assise. Pas à côté de moi comme d'habitude, mais à l'autre bout de la banquette.

Les choses s'annonçaient mal.

Elle a avalé une bonne gorgée avant de se jeter à l'eau.

– Johnser, il faut que tu règles la situation.

– Je sais, Jackie, je vais la régler, t'inquiète.

– Je suis sérieuse, Johnser. Ne te débarrasse pas de moi par de belles promesses. Je ne peux pas vivre comme ça, je ne peux plus supporter toute cette tension. Chaque fois que nous franchirons la porte, je ne veux pas avoir peur qu'il se reproduise une autre scène comme celle de ce soir. Et surtout pas devant les enfants...

– Bon, attends une minute, Jackie. J'ai pas apprécié ce qui s'est passé ce soir plus que toi, mais on s'est embarqués tous les deux dans cette relation avec des bagages.

Elle s'est levée pour aller à la fenêtre, les rideaux étaient fermés, mais elle s'est postée devant comme pour regarder dehors.

– Aucun de nous n'est parfait, je sais bien, mais au moins mon passé est derrière moi, il ne revient pas me harceler chaque fois que je passe la porte d'entrée. Moi aussi j'ai un mariage brisé, mais Jeffrey au moins ne rôde pas dans le coin pour m'espionner. Sans déconner, Johnser, on dirait *Liaison fatale !*

Si c'était pas si sérieux, j'aurais rigolé. J'imaginais très bien Tara en train d'ébouillanter le lapin des enfants.

– T'as besoin de régler certaines choses, Johnser...

Sa voix chevrotait, mais elle a poursuivi :

– Et... Je ne crois pas que ce soit bon de se voir... tant que tu ne l'as pas fait...

J'ai tenté de discuter, mais je savais que c'était inutile. Et s'il me fallait être honnête avec moi-même, je devais avouer que, dès l'instant où Tara avait pénétré dans le resto, j'avais su que les choses se passeraient ainsi. J'en voulais à Tara de nous avoir fait cette vacherie. Sincèrement, je peux affirmer que si elle était entrée à cet instant précis, je l'aurais étranglée. Je savais que Jackie avait raison, j'avais besoin de régler ce gros point noir une bonne fois pour toutes.

On a terminé nos verres, elle m'a raccompagné à la porte. Après un baiser rapide sur la joue, elle m'a regardé regagner ma voiture. J'ai remarqué que deux keums marchaient dans ma direction, mais j'étais si absorbé par ce qui se passait dans ma tête que je n'y ai pas fait vraiment attention. Au moment où ils me croisaient, un des deux s'est retourné de mon côté et j'ai senti une terrible douleur à la nuque.

Je me suis écroulé. La douleur empirait à chaque nouveau coup qu'ils me décochaient. Ils me gueulaient dessus, mais j'étais à moitié dans les pommes, j'avais du mal à capter ce qu'ils me disaient. La dernière chose que j'ai entendue avant de tourner de l'œil, c'est le hurlement de Jackie.

Quand je suis revenu à moi, j'étais à l'hosto.

Ma tête me donnait la sensation de m'être cuité à la bière la veille, elle décollait de mon corps. J'ai tenté de la soulever de l'oreiller, mais j'ai vite compris que c'était une mauvaise idée, une très mauvaise idée. Jackie était assise près de moi et, selon elle, j'avais de la veine d'être en vie. J'avais perdu des litres de sang et j'avais eu droit à vingt points de suture sur le crâne.

Je me doutais qu'elle exagérait un peu, mais qu'est-ce ça pouvait foutre ! Le principal, c'est qu'elle était ici avec moi, à mon chevet, et me tenait la main.

Je commençais à penser que ce coup de bambou sur le crâne était peut-être pas une si mauvaise chose, après tout.

– Qu'est-ce qu'ils voulaient, ces deux mecs, Johnser ?

– J'en ai aucune idée, Jackie.

– Johnser, ils parlaient de drogue. Qu'est-ce qu'ils voulaient dire, alors ?

52

Johnser était très gentil pour moi et les enfants. Il m'a même aidée à surmonter l'épisode Jeffrey.

Pendant les quinze jours qui ont suivi mon agression, j'avais eu les nerfs détraqués. Dès que je voyais un keum en costard descendre la rue, je paniquais, j'étais sure qu'il allait m'agripper. Bien entendu, ce n'était pas vrai, n'empêche que j'étais pétrifiée.

À la fin, je me suis calmée et j'ai découvert un moyen de prendre ma petite revanche à moi.

Je nettoyais toujours les toilettes des bureaux et les exhibitionnistes continuaient leurs allées et venues, mais je les attendais au tournant désormais. Au moment où ils sortaient leur zizi et me disaient de poursuivre mon travail, je m'inclinais. Malheureusement pour eux, j'envoyais toujours une petite goutte d'eau de Javel sur leur beau costume, semblait-il. À une époque, je crois, il y a eu tout un bureau plein de costards tachés d'eau de Javel ! Rien que de minuscules éclaboussures, mais le costume n'en était pas moins fichu. C'était seulement une petite victoire, je le sais bien, mais c'était quand même une victoire.

Johnser était si adorable avec les enfants que ça me tourmentait parfois. Je m'inquiétais au cas où il les laisserait tomber, je craignais qu'ils finissent par compter sur lui, qu'ils se mettent à le voir comme leur père et qu'il lève le camp et bousille leurs vies, comme il avait déjà bousillé la mienne voilà des années.

Puis je me disais que j'étais ridicule et qu'il fallait cesser de vivre dans le passé. Profiter de ce que j'avais pendant que je l'avais, profiter de Johnser. Somme toute, j'avais passé la moitié de ma vie à l'attendre ; aussi, à présent que je l'avais, je devais jouir de mon bonheur. Mais même si je m'efforçais de le refouler, il y avait en permanence ce petit soupçon de doute au fond de mon esprit. D'accord, on était revenus ensemble, il vivait pratiquement chez moi, mais que savais-je de lui, en définitive ? Rien. J'ignorais même comment il gagnait sa vie. Je pouvais supposer que son activité n'était pas légale, quelle que soit sa nature, mais je n'avais toujours aucune idée de sa nature. Tout au fond de moi, je n'avais pas réellement envie de savoir, j'imagine, parce que ce qu'on ne sait pas ne risque pas de vous atteindre. Comme disait ma grand-mère, « ce qui n'est pas cassé n'est pas à réparer ».

Alors je ne posais pas de questions. J'étais heureuse

de sa présence, j'étais heureuse qu'il ait les poches pleines, mais l'important, c'est que je savais qu'il était là parce qu'il désirait être avec moi et les enfants. Je ne jouerais donc les trouble-fête que si la situation affectait les enfants. En plus, après des années de malheur, d'économies sur tout, je savourais toutes ses attentions, j'appréciais d'avoir de nouveau quelqu'un qui prenne soin de moi. Ce n'était pas seulement la sécurité matérielle non plus. Grâce à Jeffrey, j'avais appris que celle-ci pouvait disparaître aussi vite qu'elle était venue. Non, c'était plus que ça, c'était la manière dont il traitait les gosses, le temps qu'il nous consacrait, à eux comme à moi.

Pour cette raison je l'aimais.

Je passais ma journée à penser à lui. Pendant que je vaquais à mes ménages, je souriais aux anges en songeant aux trucs qu'il inventerait avec les garçons. Comme la fois, à Halloween, où il s'était discrètement éclipsé pour sonner à la porte. Les enfants s'étaient presque pissé dessus quand ils avaient ouvert et qu'il leur avait sauté dessus déguisé en gorille.

Parfois je riais tout haut et les autres filles me demandaient ce qui était si drôle. Je ne le leur disais jamais et je savais qu'elles m'en voulaient parce que, après tout, nous étions censées tout partager, le moindre petit détail, ne pas avoir de secrets. Rappelle-toi notre devise : « Tous les hommes sont des bâtards ! »

Mais Johnser n'était pas un bâtard, et je n'avais aucune envie de les mettre au courant. D'accord, je savais que Tommie aimait bien qu'Ann s'habille en infirmière, je savais aussi que le dernier copain de

Cathy était un travesti, je savais même que le mari de Bernie Cash s'était fait surprendre au lit en compagnie de la laveuse de carreaux après que Bernie s'était vantée qu'il la sautait.

Mais je ne voulais pas partager mes secrets et ceux de Johnser avec elles, notre relation comptait trop pour moi. Cathy tordait le nez, elle me vannait sans arrêt sur ma discrétion.

– Oh ! ne lui racontez pas vos petites affaires parce qu'elle ne vous dira rien...

Elles savaient toutes que j'avais un copain, d'ailleurs j'avais arrêté de sortir avec elles le mardi soir parce que les mardis soir avaient perdu leur importance pour moi. J'étais beaucoup plus heureuse à la maison avec ma nouvelle petite famille, je me rends compte que ça semble chiant, mais j'adorais ça, c'était tout ce que j'avais toujours voulu. Même du temps où j'étais jeune et où je hantais les coins de rue, je rêvais de me caser et d'avoir des enfants. Je me rappelle, à l'époque j'en voulais huit, ils devaient tous s'appeler John, Johnser ou Joan, n'importe quelle variante de son nom.

Maintenant j'étais heureuse de rester à la maison, entourée des trois hommes de ma vie.

Au sein de notre cocon familial, j'oubliais la mesquinerie de l'appart, l'ennui de mon job routinier, mon passé. J'oubliais tout en regardant Johnser batifoler par terre avec les enfants. Jusqu'au jour où, soudain, surgis du néant, me vinrent des doutes. La pensée qu'on n'était pas mariés, qu'il lui serait facile de nous plaquer quand ça lui chanterait, commençait à me tracasser. Au fond de mon cœur, j'étais sûre qu'il ne le ferait jamais, mais cette certitude ne m'empêchait pas de me tracasser.

Chaque fois qu'on se disputait, chaque fois qu'il avait cinq minutes de retard, chaque fois qu'il proposait de m'acheter quelque chose et que je refusais, je m'affolais. Et s'il se lassait que je sois toujours sur la défensive, que je tienne toujours à être autonome ? Mais ce n'était pas le cas, il était toujours là pour moi. Je savais qu'il ne pouvait pas comprendre mon besoin d'indépendance et j'aurais eu mauvaise grâce à le lui reprocher, il y avait des moments où je ne me comprenais pas moi-même.

En rentrant du travail, je passais toute la soirée à clamer que mon boulot était nul et que je l'avais en horreur. Cette attitude le crispait.

– Enfin ! si c'est si nul, pourquoi tu donnes pas ta démission ?

– Non, c'est impossible.

Il levait les yeux au ciel et je lisais dans ses pensées : « Si tu ne démissionnes pas, arrête de geindre, alors ! »

Mais je ne pouvais pas démissionner, parce que j'avais beau me comporter en femme légitime, je ne l'étais pas. Nous n'étions pas mariés, par conséquent je n'étais pas sûre de lui à cent pour cent. Alors je gardais mon emploi et gagnais mon argent. Peu importait que le montant ne soit pas énorme, au moins c'était le mien.

J'étais la plus grande pessimiste du monde. Même si je détestais mes pensées morbides, elles se révélaient toujours exactes. Si je pensais seulement à la redevance audiovisuelle, j'avais la garantie de recevoir un courrier par la poste m'informant de sa prochaine échéance, et c'était toujours au moment où j'étais dans l'impossibilité de payer. Si quelqu'un prononçait le mot « ragnagnas », j'avais les miennes. Si je voyais un tube d'aspirine, j'attrapais la migraine. Je te jure, c'était incroyable ! Et malgré ce que tu peux penser, j'avais quand même parfois des pensées agréables, mais elles ne se réalisaient jamais. Quel que soit le nombre de fois où j'ai rêvé de gagner au Loto, cela ne m'est jamais arrivé, ou si j'espérais obtenir une augmentation de salaire, eh bien, c'était presque certain que j'allais me faire virer.

Cela s'est passé ainsi avec Johnser et moi.

Je n'avais pas plus tôt pensé « C'est trop beau pour durer » que tout s'est écroulé autour de moi. Attends, à un moment on était attablés au resto, on s'amusait comme des petits fous, et celui d'après elle était plantée devant moi, comme si de rien n'était. Brusquement, toutes mes vieilles angoisses sont revenues. J'avais eu la belle vie jusqu'à son apparition.

On avait passé en revue toutes les couvertures des magazines et on était tombés sur une photo de Mick Jagger. Je leur racontais comment certaines de mes copines avaient été folles de lui, mais pas moi. Je le trouvais naze, le style anorexique aux grosses lèvres lippues, il avait quelque chose d'un fauve de la jungle. Quant à sa manière de danser, on aurait dit une poupée en caoutchouc. Nous rigolions en voyant Johnser imiter *Satisfaction*. Son jeu de moues et sa façon d'agiter les mains dans les airs étaient du Jagger craché. On s'éclatait bien. Je me rappelle, je me disais que c'était le côté de Johnser que j'adorais, j'aurais aimé que tout le monde le voie sous ce jour. Au lieu de Johnser le dur, ou Johnser le taulard, j'aurais voulu qu'on voie Johnser le père de famille.

Le problème, c'est que la plupart des gens craignaient Johnser. S'il entrait dans un pub où il était connu, les autres devenaient nerveux, ils avaient peur qu'il leur explose la tête pour un mauvais coup vieux de dix ans.

J'aurais dû me sentir privilégiée, j'imagine. Vraiment. Les enfants et moi, on était les seuls avec qui il se sentait assez à l'aise pour baisser sa garde.

Donc j'étais là, la fille la plus heureuse, la plus veinarde de la terre. Ensuite, cette grosse vache a fait son entrée.

Pourquoi a-t-il fallu qu'elle nous trouve ? Pourquoi, entre tous les restaurants de cette putain de ville, a-t-il fallu qu'elle choisisse celui-là ?

La voilà plantée au milieu de ce resto étranger, en train de brailler comme une romanichelle. Elle aurait pu aussi bien vendre du poisson en plein Moore Street ! Si ce n'avait pas été pour les enfants, je lui aurais rendu la monnaie de sa pièce, mais ils étaient là. Donc j'étais impuissante, je n'allais pas m'abaisser devant eux. Elle a trouvé la cadence dès qu'elle a remarqué qu'elle avait un public, elle remuait ciel et terre, elle était candidate à l'Oscar. Et le temps que Johnser la tire enfin dehors, il était trop tard, elle avait tout détruit.

C'était une sale bête, elle gâchait ma vie pour la deuxième fois et j'avais envie de la massacrer. Je ne pardonnerais jamais à Johnser ce qu'elle avait fait. Oh !

je sais bien que ce n'était pas sa faute, il ne lui avait pas raconté où on allait. Il ne lui avait pas dit : « Oh ! à propos, Tara, Jackie et moi on va au resto, ça te dit de dîner avec nous ? »

Mais il était responsable de Tara, pas moi. Il me semblait donc autant à blâmer qu'elle.

Séance tenante, j'ai décidé qu'il lui fallait régler ses problèmes avant de s'engager davantage avec moi. Je savais que son absence me briserait le cœur. Mais il n'y avait pas d'autre solution.

Je n'avais aucune intention de m'inscrire dans un triangle amoureux.

De retour à l'appartement, je nous ai servi à tous les deux un verre bien tassé et je lui ai fait part de ma décision.

J'avais les yeux qui me piquaient, mais je savais que je devais retenir mes larmes, j'aurais tout le temps de pleurer après son départ.

Au moment où je le regardais s'en aller, j'ai eu envie de le rappeler, de lui dire que j'avais changé d'avis, que ça m'était égal, que je l'aimais et que j'avais besoin de lui. Mais j'ai tout gardé pour moi. Je l'ai laissé partir.

Si j'avais été seule, les choses auraient peut-être été différentes, mais je ne l'étais pas. J'avais les garçons et ils passaient en premier.

Comme je le suivais toujours des yeux, subitement j'ai pris conscience des deux hommes. Et avant que je sache ce qui arrivait, ils étaient sur lui, ils le frappaient à coups de barre de fer et criaient quelque chose au sujet d'un certain Frankie. Il m'a semblé entendre une phrase sur la drogue, mais je n'en étais pas sûre. J'ai hurlé en courant vers eux, mais dès qu'ils m'ont vue ils sont partis.

Ils ne se sont pas sauvés ni affolés, ils ont juste remonté la rue d'un air désinvolte.

Je croyais qu'il était mort. Que faire ? je ne savais pas conduire et je n'avais pas le téléphone.

« Ô Seigneur ! aide-moi », ai-je prié silencieusement.

J'ai couru à la maison d'une voisine et elle m'a permis de téléphoner. Je maudissais l'ambulance qui mettait tant de temps à arriver. Cela n'a pris sans doute que cinq minutes mais, alors que je suppliais Johnser de ne pas m'abandonner, à genoux par terre, j'ai eu l'impression d'avoir attendu des heures.

Il ne m'a pas abandonnée, il n'est pas mort. Il avait perdu beaucoup de sang et il a eu droit à vingt points de suture à l'arrière du crâne, mais au moins il était vivant.

S'Il épargnait la vie de Johnser, j'ai promis à Dieu de donner mon sang jusqu'à la fin de mes jours.

Quand il a repris conscience, j'étais à son chevet.

Je lui ai demandé ce qui était arrivé, ce qui se passait, ce qu'il y avait là-dessous. Je l'ai prévenu que je n'acceptais plus de mensonges, que je voulais qu'il me dise la vérité.

Il a pris son inspiration. J'étais sûre qu'il allait tout me raconter. Ce que j'entendrais n'allait pas me plaire, je le savais aussi.

Je n'en crus pas mes oreilles. J'étais une idiote. Johnser n'était pas un saint, je le savais. À l'époque où nous errions au centre commercial, il avait toujours été sur un coup ou un autre, mais que je sois assise là à l'écouter m'avouer qu'il était dealer, non, ce n'était pas vrai. Il ne se justifiait pas, il n'accusait personne, nul ne l'y avait forcé. Non, il faisait ça parce qu'il voulait être le plus grand voyou de Dublin, le plus coriace.

J'étais paralysée. Je n'arrivais pas à saisir, la vérité me passait loin au-dessus de la tête. C'était comme s'il me racontait un roman. Un roman sur la contrebande de drogue, les braquages de banque, le blanchiment d'argent et l'assassinat. Merde alors ! ça commençait à ressembler de plus en plus à un scénario de film. On avait un gros problème de drogue, d'accord, la presse et la télé en parlaient sans arrêt. Mais, pour moi, « gros problème » désignait la seringue abandonnée dans le préau du collège, ou le mec au coin de la rue qui fourguait des cachets aux petits jeunes. Pas ça ! J'avais du mal à accepter qu'il parle de l'Irlande, ce genre de truc n'arrivait pas en Irlande, ni à Dublin, ni à Ballyer. Non, ce genre de chose arrivait seulement dans les films sur la Mafia, dans ceux où Robert de Niro ou Al Pacino jouaient les méchants. Mais Johnser me disait que si, ça arrivait et, le pire, il était un des méchants. Lui, le père de Tara, un certain la Brosse et un autre du nom de Frankie. Jésus ! J'avais l'impression de faire un mauvais rêve.

Le truc qui me révoltait le plus, c'était la drogue.

Je pouvais comprendre qu'on veuille attaquer une banque, même casser la gueule d'un pédophile était pardonnable. Après tout, j'avais moi-même des enfants et je savais que j'aurais envie de tuer tous ceux qui abuseraient d'eux, mais pas la drogue, non, je ne l'admettais pas. Je ne pourrais jamais lui pardonner de vendre de la drogue.

Seigneur ! quand je pense que je faisais continuellement la leçon aux enfants sur les dangers des drogues, je me rappelle la fois où Edward est rentré de l'école avec une décalcomanie au bras, il disait qu'un monsieur lui en avait fait cadeau. Sans déconner, j'ai failli devenir ouf, je croyais que c'était de l'ecstasy. Gerry Ryan était passé à la radio pour alerter les parents à propos des décalcomanies. Je n'oublierai jamais ce jour-là.

J'ai appris par la suite que c'était un des pères des autres enfants qui la lui avait donnée. Mais j'ai trouvé quand même que ma réaction avait été légitime.

Et Johnser était présent ce jour-là. M'avait-il donné raison ? je ne m'en souvenais pas. Je me suis mis dans l'idée qu'il considérait peut-être mes enfants comme sa future génération de clients. Qui sait ? Était-ce pour cette raison qu'il recherchait notre compagnie ? Il voulait initier mes enfants à la drogue.

« Arrête, Jackie, reprends-toi », je me répétais.

Mais c'était au-dessus de mes forces. Une pensée m'obsédait, j'avais introduit ce démon, ce monstre dans ma maison. Je l'avais nourri, j'avais couché avec lui, Seigneur ! je l'avais même laissé seul avec les enfants. Comment pouvais-je avoir été aussi naïve ?

J'avais viré Jeffrey parce qu'il était joueur et qu'il me battait uniquement pour le remplacer par un dealer. Jésus ! quel genre de mère étais-je donc ?

Je dévisageais Johnser, je ne le reconnaissais plus.

Ce n'était pas l'homme que j'aimais, ce n'était pas l'homme avec qui j'avais rêvé de passer ma vie.

Il a tenté de retenir ma main, mais je me suis dérobée.

– Je ne peux pas croire que tu viens de me dire que tu étais dealer...

– Mon Dieu ! Jackie, parle moins fort. Tu veux que l'infirmière entende ?

– Ah ! C'est bien toi, tu t'inquiètes au cas où quelqu'un entendrait ton gros, ton sale secret... Tu connais mon opinion sur les drogués et les dealers, sans déconner, tu étais chez moi et tu m'as donné raison....

– Je te donne toujours raison.

Je me suis levée en criant :

– Je t'interdis de dire que tu me donnes raison ! Tu es un salaud de dealer, tu es pire que n'importe quel junkie...

Il a tendu le bras pour reprendre ma main.

– Mais je t'aime...

– Tu m'aimes ! Tu introduis de la drogue chez moi, tu exerces ton commerce à ma porte et ensuite tu me dis que tu m'aimes ! Tu espères vraiment que je vais avaler ça ? Seigneur, Johnser ! Toi et ta sale vache, ça doit vraiment vous brancher de vous foutre de ma gueule...

– Sois pas ridicule, c'est pas ça.

J'ai attrapé mon sac.

– Vraiment, Johnser ? Eh bien, c'est l'impression que j'ai. Si tu crois que je vais rester là pour que tu te payes ma fiole...

Je me suis précipitée vers la porte. Au moment de l'ouvrir, je me suis retournée.

– Rends-moi service, Johnser. Si tu m'aimes vraiment ou si tu éprouves quelque chose pour mes enfants, ne me contacte plus.

Pendant que je me sauvais dans le couloir, la vue brouillée par les larmes, je l'ai entendu qui me criait de revenir.

Je suis allée chercher les enfants chez ma mère. Elle voyait bien que quelque chose ne tournait pas rond, mais elle ne voulait pas me questionner devant les petits.

– Si tu as besoin de moi, tu sais où je suis.

– Merci, maman.

L'assurance qu'elle était disponible pour moi me mettait du baume au cœur, mais pour le moment je n'étais pas en veine de confidences.

Plus tard, le même soir, Jonathan m'a demandé si je voyais toujours Johnser. Je l'ai pris dans mes bras.

– Non, je ne le verrai plus.

Après ce soir-là, le nom de Johnser n'a plus eu droit de cité.

53

Je pensais tout le temps à Jackie. Mais je savais que j'avais pas mal de trucs à régler avant même de tenter d'aller la voir.

J'ai appris que Frankie Fitz et ses hommes cherchaient à s'emparer de mon territoire, et j'ai fait passer le message que la prochaine fois qu'un d'entre eux montrerait son vilain zen, il aurait affaire à moi directement.

J'ai pas eu longtemps à attendre.

J'ai ouï-dire qu'un de ses copains piratait une de mes discothèques et utilisait les toilettes comme base. Je me suis pointé et j'ai fait foirer la transaction qu'il s'apprêtait à conclure. Alors que le camé retournait à la piste de danse, le dealer a voulu le suivre. Je l'ai agrippé.

– Hé ! Attention à mon costard.

– Tu peux te le foutre au cul, ton costard

– Hé, man, je crois que tu fais une grosse erreur. Je pense pas que tu sais à qui tu te frottes ?

– Vraiment ?

– Ouais, un mot de ma part et Frankie Fitz te niquera.

– Merde alors ! je tremble dans mes bottes.

Je l'ai pris au collet.

– Maintenant, écoute-moi, MAN, c'est mon territoire, ma boîte ! Alors tu diras de ma part à Frankie qu'il faudra plus de quelques points de suture pour m'impressionner.

Je lui ai flanqué un coup de genou dans les couilles, il s'est écroulé par terre.

– Juste au cas où ton boss comprendrait pas l'oral, vaut mieux que le message soit visuel...

Le temps que je finisse de le chahuter, je le plaignais presque. Mais c'était sa faute et, s'il devait s'incruster dans ce bizness, il allait devoir se reprogrammer. Les balafres de sa face lui rappelleraient en permanence que, n'importe comment, on défiait pas Johnser Kiely.

Je commençais à me lasser de la came connexion. Je m'étais trop habitué à la vie tranquille avec Jackie et les enfants, et elle me manquait.

Exploser des mecs juste pour prouver qu'on devait pas te défier était de la folie. On trouvait toujours son maître. Toujours devoir surveiller ses arrières, toujours veiller à protéger ton territoire, toujours devoir être sur le qui-vive, cela commençait à ressembler un peu trop à une corvée.

C'était pas que je m'attendrissais, parce que, crois-moi, c'était pas le cas. C'était parce que j'avais été initié à un nouveau mode de vie, une vie d'où les stupéfiants étaient exclus.

Le lendemain, alors que j'étais prêt à sortir, on a frappé à ma porte. Tu imagines ma surprise quand j'ai ouvert et que j'ai vu Tara et Blue plantés sur le palier.

Ils sont entrés. Elle s'est mise à déambuler dans la pièce et à ramasser des objets pour les examiner. On aurait cru un commissaire-priseur de Christie's de passage pour une estimation globale.

– T'as des goûts de luxe, hein, Johnser ?

Blue a passé un bras autour de ses épaules et m'a souri.

– Il les a toujours eus, chérie. Sûr. N'a-t-il pas épousé ma princesse ?

– Vous êtes pas venus tous les deux jusqu'ici pour admirer mes talents de décorateur, j'imagine ?

– Tu sais bien pourquoi je suis là.

Elle veut seulement ce qui lui revient de droit, a ajouté Blue.

– Mais qu'est-ce que t'es ? Son avocat en plus de son père ?

– Papa m'accompagne parce que t'as aussi une dette envers lui.

– Oh ! Pas possible.

Blue s'est assis, a allumé une clope.

– Je suis intéressé par ta gestion de la came, t'as les discothèques dans la poche. Et je me dis qu'il est temps que tu partages.

Je me suis marré.

– Et toi, Tara, qu'est-ce tu veux ? Maintenant qu'on parle tous à cœur ouvert...

– J'aimerais qu'on se remette ensemble toi et moi, on aimerait tous.

Des yeux, elle a quêté le soutien de Blue. Il a incliné la tête pour montrer son accord.

– C'est exact, mon grand. Beaucoup d'eau a coulé sous les ponts, je sais, mais réfléchis. Si on s'associait tous les deux, personne pourrait nous égaler.

– C'est pas la solution. Elle et moi, c'est fini. Tout ça a été une grosse erreur. Maintenant c'est terminé.

– Elle a droit à quelque chose, Johnser.

J'ai traversé la pièce pour me diriger vers un tableau accroché au mur. En le décrochant, j'ai dévoilé le coffre-fort caché derrière.

– Oh ! Très original, a persiflé Blue.

J'ai plongé le bras à l'intérieur, J'ai sorti une mallette, posé celle-ci sur la table et l'ai ouverte. Ils sont restés bouche bée à la vue de tout l'argent qu'elle contenait.

– Y a là-dedans vingt-huit mille livres, c'est tous les sous que j'ai sous le soleil. Tu peux les prendre, Tara. Tout est à toi désormais.

Je suis retourné au coffre et en ai tiré une enveloppe.

– Là, y a le titre de propriété de l'appartement et de mon entrepôt, voici les clés. Tu trouveras toute la came que j'ai dans l'entrepôt, tu trouveras aussi un carnet avec la liste de mon réseau, elle est codée mais tu sauras la déchiffrer, j'en suis sûr. Alors, vous êtes contents ? Vous avez un bel appart tout payé, une affaire rentable et plein d'oseille...

J'ai pris les clés de ma BMW et les ai jetées sur la table.

– Et tu auras besoin d'une voiture, ça va sans dire ! Maintenant, vous vous demandez sans doute pourquoi je vous donne tout ça ? Vous voulez connaître mes exigences ?

Tara s'est levée d'un bond.

– Je m'en doutais. Merde ! je m'en doutais...

– Tais-toi, Tara, ferme-la et écoute.

Princesse semblait jeter Blue hors de ses gonds.

Il s'est tourné face à moi.

– Continue.

– Y a deux clauses à ce marché. Une pour chacun.

– Nous t'écoutons.

– À toi d'abord, Tara. Je veux plus te voir ni entendre parler de toi. C'est tout ce que tu obtiendras de moi, alors t'as intérêt à le faire durer. Je veux plus entendre parler non plus de la petite, c'est fini, terminé. On se comprend bien, tous les deux ?

Elle a rien répondu.

– Et la deuxième clause ? demanda Blue.

– La deuxième, c'est que je garde ma société de surveillance et partout où j'ai des gars sur le terrain, c'est une zone hors came.

– Ça représente pas mal de boîtes.

– Pas tant que ça, maintenant que je deale plus.

Le père et la fille ont échangé des regards comme s'ils avaient du mal à croire à ce qui leur arrivait. Au final, Blue s'est levé et m'a tendu la main.

– Ça me paraît honnête.

Tara s'est limitée à un signe de tête. Pour la première fois de sa vie, elle était sans voix. Je leur ai tourné le dos et j'ai quitté l'appartement.

Pendant que j'attendais l'ascenseur, j'ai entendu Tara chanter à tue-tête. J'aurais dû me douter que son mutisme était trop beau pour durer.

– Des pépettes, des pépettes, des pépettes

Je la voyais très bien jeter des poignées de billets en l'air en s'égosillant.

Je suis sorti dans la rue, j'ai hélé un taxi. Il n'y avait qu'un endroit où je désirais aller, c'était chez Jackie.

54

Quand j'ai ouvert et que je l'ai vu planté là, mon cœur a bondi. Je ne pouvais pas croire qu'après tout ce que je lui avais sorti, il reviendrait.

Je me suis précipitée pour fermer la porte du salon. Je ne voulais pas que les enfants le voient, je ne voulais pas qu'ils s'emballent en croyant à son retour.

– Qu'est-ce que tu veux, Johnser ? Je croyais t'avoir dit de ne plus passer ici. Je ne veux plus avoir aucun rapport avec toi ou ta drogue.

– Mais ça y est, t'as plus de rapport avec la drogue.

– Johnser, n'essaie pas de me mener en bateau. Tu y as réussi trop souvent au cours des années.

– Jackie, je t'aime.

– Je sais, Johnser, moi aussi je t'aime. Et je suis capable d'encaisser beaucoup de choses. En réalité, tu m'as obligée à encaisser un sacré tas de merdes au fil des ans, mais je ne supporte pas ton trafic de drogue.

– Jackie, t'as plus à le supporter.

– Ah Johnser ! sans déconner, tu es bouché.

J'avais envie de lui gueuler dessus, mais je ne pouvais pas prendre le risque que les enfants entendent.

– C'est pas parce que je ne vois pas ce qui se passe que que je suis pour autant indifférente. Je connais les dangers de la drogue et je ne suis pas prête à y exposer mes enfants.

– Tu veux bien m'écouter un peu, Jackie ? T'as plus rien à supporter. J'ai tout plaqué.

– Ouais, d'accord...

– Je te jure, Jackie. Ça signifie plus rien pour moi, j'ai tout largué.

Je le regardais fixement, je ne savais plus quoi penser.

– Et Tara ?

– T'auras plus à te tracasser à cause d'elle. Je leur ai donné mon actif, à elle et à son père. Ils ont tout. L'appart, la bagnole, le trafic de drogue, j'ai plus rien à voir là-dedans.

Avant que je puisse réagir, il m'a agrippée, m'a serrée contre lui et m'a embrassée. Je l'ai repoussé.

– Johnser, je ne peux pas suivre. J'ai du mal à croire que tu fasses tout ça pour moi.

– Pour nous.

Il m'a prise dans ses bras et soulevée de terre. J'ai éclaté de rire.

– Johnser, arrête. Pose-moi, espèce de grand nigaud !

Mais il n'en a rien fait. D'une poussée, il a ouvert la porte et franchi le seuil en me portant.

Les enfants ont sauté en l'air en nous voyant entrer dans le salon. À leur expression, je savais qu'ils étaient aussi heureux que moi.

D'ailleurs, ce soir-là fut un des plus heureux de ma vie.

Je ne croyais toujours pas à ce qui arrivait. Je ne croyais pas qu'il ait tout plaqué pour moi.

Soudain une pensée m'a traversé l'esprit.

– Comment tu vas gagner ta vie maintenant ?

Ma question semblait très brutale, surtout après le geste qu'il avait eu pour moi. Mais il fallait quand même que je lui pose la question, il fallait que je sache.

Il s'est marré.

– J'aurais dû m'en douter, tu t'intéresses qu'à mon argent.

– Ce n'est pas ça, Johnser...

– On se calme, Jackie, je te taquine. Prends pas tout au sérieux. T'en fais pas, je contrôle la situation. La seule chose que j'ai gardée, c'est ma société de surveillance.

C'est moi qui l'ai embrassé.

– Jésus, Johnser ! Tu es incroyable.

– Ouais, je sais. Alors maintenant, tu vas me payer en nature ?

J'ai souri en l'entraînant sur la banquette.

55

Ça m'a pris du temps de convaincre les videurs qui bossaient pour ma pomme que je dealais plus. J'étais surpris du nombre d'entre eux qui voulaient encore rester avec moi. La plupart me disaient qu'ils étaient bien contents, et que la seule raison pour laquelle ils avaient d'abord accepté, c'était parce qu'ils désiraient garder leur job. Ils étaient ravis à la perspective de transformer les boîtes de nuit où ils travaillaient en zones interdites à la drogue.

Et ils ont tenu parole. Toutes les boîtes où j'avais des gars en place étaient hors came. Et si le changement plaisait pas au propriétaire, il pouvait toujours louer les services des vigiles d'une autre société. Tu serais surpris de la quantité de discothèques qui voulaient plus faire appel à nous. Mais j'y pouvais rien. C'était leur oseille, en fin de compte, le choix de leurs employés leur revenait.

Au final, il me restait quatre discothèques. Mais c'était six jours par semaine, par conséquent le recrutement des portiers m'assurait encore un revenu correct. Je commençais vraiment à voir la vie en rose.

T'y trompe pas, c'était pas le grand chambardement, j'étais toujours le même. J'appréciais toujours ma pression et un petit pan sur les canassons par-ci par-là. Mais désormais moi aussi j'avais droit à un peu de fun. Quand je me baladais dans la rue, les gens me saluaient bel et bien. Ils commençaient à comprendre qu'ils avaient pas besoin de se terrer dès que j'entrais quelque part.

Par malheur, les keufs ne se sont pas laissé convaincre aussi facilement. Sincèrement, qui pourrait les en blâmer ? Comment je pouvais espérer qu'ils croient qu'un des criminels les plus endurcis de Dublin marchait droit désormais ? Le message passerait certainement pas du jour au lendemain.

Au courant que la société de surveillance avait été une couverture me permettant de dealer dans les discothèques, ils avaient rien pu prouver. Heureusement pour moi !

Le bruit courait que j'avais raccroché. Et d'autres se sont dépêchés de faire main basse sur mon ancien territoire. La police a dû comprendre que ce serait jamais arrivé si j'avais encore été dans le circuit.

De temps en temps, il y avait encore un ou deux problèmes avec des gens qui essayaient de dealer dans les boîtes où bossaient mes gars. C'étaient des embrouilles à la petite semaine, qui ont jamais vraiment porté à conséquence.

Jusqu'au soir où Frankie Fitz a débarqué.

J'avais reçu un coup de fil m'avertissant qu'il tournait autour d'une de mes discothèques. Je suis monté dans ma voiture et suis descendu en ville. Il était là, bien sûr, entouré de quatre autres taches. Je me suis avancé jusqu'à la table où il trônait.

– Ah ! Johnser, mon vieux, tu prendras bien un verre avec moi ?

– Je prendrai que dalle avec toi.

– Allons, allons, Johnser, ton attitude n'est pas de mise. Je suis ici seulement pour boire un verre tranquillement. Qu'est-ce que je ferais d'autre dans une zone hors came ?

Deux de ses potes se sont esclaffés.

– C'est exact, Frankie. Une zone hors came, et elle le restera. Personne fera rentrer de la drogue ici tant que je serai là.

– Eh bien, Johnser, nous y voilà. T'as mis dans le mille. Ma manière de voir les choses, c'est que tu ne seras pas là longtemps. Tu vois, Johnser, j'en ai par-dessus la tête qu'on me dise où dealer, quoi dealer et à qui dealer. Alors, à partir de demain soir, mes hommes feront du bizness ici. Bon, on ne se mêlera pas des affaires de tes videurs si eux ne se mêlent pas des nôtres.

Je l'ai empoigné par le col de sa chemise et je l'ai plaqué contre le bar.

– Tu dealeras pas ici, Frankie. Effectivement, tu respecteras la zone de sécurité autour de cette boîte. C'est clair ?

Sans lui laisser le temps de répondre, je lui ai tordu le bras dans le dos et je l'ai poussé vers la porte. Je l'ai jeté dans la ruelle et lui ai écrasé la gueule contre un mur.

– Maintenant, pour la dernière fois, reviens plus ici.

Mes gars m'avaient suivi dehors, chacun avait cravaté un des clowns de Frankie.

Au moment où je rentrais, Frankie a marmonné quelque chose. Sa voix était étouffée parce qu'il saignait du nez. Je me suis retourné vers lui.

– Toi et cette racaille de Blue vous avez suffisamment de junkies accros à votre came. Alors je t'avertis pour la dernière fois, cette boîte t'est interdite. Compris ?

56

C'était merveilleux de revivre normalement.

Non que la vie avec Johnser puisse être qualifiée de normale, mais elle l'était assez pour moi.

Nous nous sommes installés dans un joli pavillon neuf et, tous les jours, nous avions un ouvrier qui exécutait de menus travaux dans la maison. Si je devais être complètement honnête, je t'avouerais que ce n'était pas fameux. Le goût de Johnser en matière de décoration était à chier, mais c'était quand même notre chez-nous et je l'adorais. Nous étions heureux.

Il ne touchait pas des masses d'argent, mais il gagnait assez bien sa vie et nous ne manquions de rien. Johnser tenait à ses demis, il sortait presque tous les soirs pour en prendre un ou deux. Il prétendait que c'était plus une affaire de liberté que d'alcool. Il trouvait mortel de pouvoir s'attabler dans un pub et discuter foot, chevaux ou cinéma. Il adorait l'accueil que les autres lui réservaient, la manière dont les barmen rigolaient et blaguaient avec lui, il trouvait l'ambiance top. La plupart des gens considèrent ces trucs-là comme normaux, mais Johnser les mettait au même niveau qu'un carton plein au Loto. Voilà ce qui lui avait manqué durant toutes ces années. Les choses de la vie de tous les jours, que les trois quarts d'entre nous prennent comme allant de soi.

Johnser avait toujours pensé que le simple fait de vivre dans un secteur déshérité te donnait le droit d'aller voler, mais qu'on n'osait pas. Il n'avait jamais remarqué que la majorité des habitants de ces quartiers se démenait pour vivre décemment. Ils ne choisissaient pas la voie de la facilité. Ils ne se tournaient pas vers la délinquance et la drogue simplement parce qu'ils se sentaient défavorisés. Ils bougeaient leur cul et partaient à la recherche d'un travail. Peu importait ce que c'était : balayage des rues, ménage de bureaux ou livraison du charbon en plein hiver. Du moment que ça payait les factures et remplissait le frigo, ils ne se plaignaient pas.

À présent, Johnser commençait enfin à comprendre.

Il s'apercevait que le « normal » pouvait avoir ses charmes, que les choses simples de la vie pouvaient être tout aussi excitantes que l'inaccessible.

Et ce n'était pas seulement parce qu'il avait mis fin à son trafic et trouvait la vie de famille inédite, il y avait autre chose. Il avait l'air authentiquement heureux, il profitait du moindre instant de sa nouvelle existence.

J'adorais vraiment l'avoir dans mon paysage, c'était un compagnon génial. On s'amusait beaucoup ensemble. Je ne dis pas que la vie était rose tout le temps, parce qu'on sait tous que ce n'est pas possible. Mais c'était une vie agréable.

On avait nos engueulades, exactement comme tout le monde. Tu sais, celles qu'on a quand les finances sont pile poil trop justes, ou quand ton mec rentre du pub avec une heure de retard, les classiques du genre. Et c'est rigolo, vraiment, parce que les plus grosses disputes éclatent toujours pour les raisons les plus insignifiantes. Je dois être honnête et t'avouer que, neuf fois sur dix, c'est moi qui commençais. Je suis très forte pour faire tout un fromage à partir de rien. Je suis l'être le plus entêté du monde pour les prétextes les plus futiles. Mais on se réconciliait toujours le lendemain matin sur l'oreiller et, les trois quarts du temps, on finissait par rire de notre débilité.

Une fois de temps en temps, Johnser rentrait à la maison avec un film porno. On se marrait en le visionnant. Je sais qu'ils sont censés te chauffer, mais moi je trouvais que c'était à se tordre, plus efficace que n'importe quelle comédie. Je n'en avais jamais vu avant que Johnser s'installe chez moi.

Jeffrey n'était pas intéressé par ce genre de chose, il était plutôt traditionnel question sexe. Tu vois le genre, laisser la lumière allumée égale goûts spéciaux. Mais pas pour Johnser !

La première fois que Johnser a voulu m'attacher les mains au montant du lit, j'ai paniqué. Je croyais qu'il était devenu patho. Le voilà qui entrait dans la chambre, cool comme pas possible, avec un bout de corde à la main. Je suis restée bouche bée.

– J'espère pour toi qu'il y a un cheval ici, parce que tu peux te brosser si tu crois que tu vas m'attacher.

Il se tenait les côtes de rire. Il a lutté avec moi pour me coucher sur le lit et m'attacher.

Une fois qu'il a eu ligoté mes mains, il a commencé ses attouchements. Il me caressait à tous les bons endroits, c'était mortel.

J'ai cherché à savoir d'où il tenait toute sa science, mais il a refusé de répondre, il a juste rigolé. En réalité, ça m'était égal, je savais qu'il avait jeté sa gourme il y avait longtemps. Johnser n'était pas puceau !

Il savait où me doigter. Seigneur ! il affolait mes sens. Et quand j'ai eu ma dose, il m'a détachée et m'a fait venir.

Ensuite on a fait l'amour, c'était plus fort que tout ce que j'avais déjà ressenti.

Je n'oublierai jamais le jour où il a voulu m'acheter un vibromasseur.

On se baladait dans Capel Street ; il m'a attirée dans une embrasure de porte. Comme il y avait des rideaux en dentelle aux fenêtres et que la porte était fermée à clé, j'ai cru que c'était la maison d'un particulier. Mais cela n'a pas arrêté Johnser.

Il a sonné et un mec à l'allure gay nous a ouvert, sans même nous regarder. Le tout avait un petit air mystérieux.

Au moment où nous entrions, j'ai remarqué que deux autres mecs se trouvaient déjà à l'intérieur. Je n'avais aucune idée de l'endroit où on était, je croyais que c'était un coiffeur pour hommes, mais pourquoi Johnser voulait-il m'emmener chez ce coiffeur ? Mystère.

Moins de trente secondes après, j'ai compris que ce n'était pas un coiffeur. Les bras m'en sont tombés.

Partout, des photos de femmes nues. Et puis il y avait ce gros machin noir sur le comptoir, il devait mesurer au moins un mètre de long. J'ignore ce que c'était censé être, mais le seul truc dont je suis sûre, c'est que ce n'était pas une zigounette, parce que je n'en avais jamais vu de semblable. Ça ressemblait plutôt à une bougie sans mèche, je trouvais.

Johnser m'a montré ce machin qui, lui, ressemblait bien à une zigounette, sauf que des lanières y étaient fixées.

– Seigneur, Johnser ! la honte...

Il se tordait de rire.

Toutes les deux ou trois secondes, le garçon gay criait :

– Ne touchez pas à la marchandise !

On faisait le tour de la boutique, Johnser n'arrêtait pas de dire qu'il allait m'acheter un vibromasseur, mais je lui répondais de me lâcher, je voulais juste jeter un coup d'œil.

Je n'avais jamais rien vu de pareil aux articles exposés dans cette boutique.

Il y avait des tasses en forme de verges, d'autres en forme de nichons. Jésus ! quel genre de vicelard boirait son thé là-dedans ? Un des keums qui était là à notre arrivée tripotait une boîte. J'ai jeté un regard en biais pour essayer de lire ce qui était écrit dessus. J'ai manqué défaillir en voyant ce qu'il en a sorti. Une chatte gonflable. Je croyais halluciner.

C'était le machin le plus zarbi que j'aie jamais vu. Ça s'appelait *Miss Pussy*. Il n'y avait ni jambes, ni cul, ni taille, ni quoi que ce soit. C'était un simple morceau de caoutchouc sur lequel était collée une touffe de poils. On aurait dit plutôt un bout de moquette !

Notre homme pompait comme un malade et soudain l'intérieur est sorti. J'ai pouffé de rire. Pardi ! ce n'était pas prévu. Mais l'autre continuait à pomper, à pomper. Ça commençait à ressembler à un ballon.

Entre-temps, Mou-de-la-branche braillait toujours :

– Ne touchez pas à la marchandise...

Mais l'autre ne semblait pas l'entendre. Il s'escrimait toujours sur son gonfleur. Je l'imaginais dans sa chambre, avec Miss Pussy enfilée sur sa zézette et lui qui pompait tout son soûl.

Il en aurait écrabouillé sa zézette !

Au moment où Miss Pussy se transformait en Miss Ballon, elle a éclaté. Le garçon gay a sauté à bas de son tabouret.

– Oh ! Les casseurs sont les payeurs. Je vous ai dit de ne pas toucher à la marchandise.

J'ai cru que c'était à moi qu'il parlait.

– Lâchez-moi, c'est pas moi, c'est sa chatte

Johnser se gondolait, il était plié en deux de rire.

Ce jour-là on est sortis du magasin en se tordant. Sans vibromasseur, dois-je le préciser.

La soirée s'annonçait vraiment bien.

Johnser était rentré tôt et on allait faire l'amour.

Jusqu'au moment où cet inconnu a fait irruption chez nous. Il pressait un flingue contre le crâne de Johnser, il tchatchait à Johnser mais il me regardait. On aurait dit qu'il sortait d'un film.

– Johnser Kiely, je suis ton pire cauchemar. Je suis la dernière vision que tu emporteras avec toi. On m'a envoyé pour racheter tous les péchés que tu as commis et je suis certain que t'aimerais bien connaître mon nom. Je suis sûr qu'avant que j'appuie sur la détente pour te shooter, t'aimerais savoir le nom de celui qui aura finalement buté Johnser Kiely. Tu t'es toujours cru trop malin, tu changeais toujours les règles, tu t'es toujours cru immortel. Mais tu t'es gouré, Johnser, y a des gens plus forts que toi par ici, qui recrutent des gens comme moi pour supprimer la caillera de ta race. Est-ce que tu veux savoir combien ils me payent pour ça ? Deux mille livres. Mille livres par balle, parce que c'est le nombre de balles que je vais te mettre dans la gueule. Je pourrais me limiter a une, mais ce serait pas marrant, tu souffrirais pas. Alors avant de te faire mes adieux, je vais me présenter...

– Te donne pas cette peine, je sais qui tu es, Peter bouffon Brady ! Il y a longtemps, quand on était tous les deux en taule, le même gars qui te paye m'a demandé de te tuer.

C'était comme d'être au cœur d'un mauvais rêve.

Je ne croyais pas à la conversation qui se déroulait.

Mais pourquoi Johnser ne paniquait-il pas ? Pourquoi n'essayait-il pas de se défendre ? Comment pouvait-il bavarder tranquillement avec quelqu'un prêt à l'abattre ?

J'ai tenté de bouger. Impossible. Une pensée m'est brusquement venue à l'esprit. Johnser n'était pas au courant pour Jonathan. Il ne savait pas que Jonathan était son fils. Je ne le lui avais jamais dit. Je devais aller le trouver, je devais lui dire.

« Je vous en supplie, ô mon Dieu, je vous en supplie, faites que mes jambes marchent. »

Je devais m'avancer, il fallait que je voie son visage empreint de fierté quand je lui annoncerais la nouvelle.

– Johnser...

BANG ! BANG !

Je n'ai plus vu son visage. Il était trop tard.

Remerciements

Un grand merci à Poolbeg pour son soutien, son professionnalisme et sa volonté éditoriale de publier de nouveaux talents irlandais. Merci aussi à toute son équipe grâce à laquelle ce livre a vu le jour, et en particulier à Kate Cruise O'Brien pour son aide et son enthousiasme inépuisable.

Il y a longtemps, deux enseignantes m'ont beaucoup influencé, Dymphna McCarthy et Angela Russell. Je suis heureux de pouvoir leur montrer que leurs efforts n'ont pas été vains.

Merci à mes parents pour tout ce qu'ils ont fait au long des années. Malheureusement, mon père est mort avant que je ne sois publié. Il était le plus grand modèle qu'un fils puisse souhaiter. Sa présence me manque.

Je remercie Harry de ne jamais avoir écourté une longue histoire, Bri et Linda pour leur énergie, et Mick, Lucy et toute la bande pour leurs pensées de l'étranger.

Merci à Joanna, dont l'arrivée en ce monde a coïncidé avec ma signature chez Poolbeg. Puisses-tu être toujours mon porte-bonheur !

Enfin et surtout, je remercie Jean de m'avoir épaulé et encouragé quand je ne recevais que des lettres de refus polies. Ses conseils ont transformé mon style et je lui en saurai toujours gré. Ce livre est autant le sien que le mien.

La traductrice tient à remercier M. D., Rachid Djaïdani pour son livre *Boumkoeur* (éditions du Seuil), *La Tchatche des banlieues* (Mille et Une Nuits), la revue *Radikal* et la radio Skyrock.

Composition : P.F.C. Dole

Cet ouvrage a été réalisé par la
SOCIÉTÉ NOUVELLE FIRMIN-DIDOT
Mesnil-sur-l'Estrée
pour le compte de France Loisirs
en juillet 2001

Cet ouvrage est imprimé
sur du papier sans bois et sans acide.

Imprimé en France
Dépôt légal : juillet 2001
N° d'édition : 28040 - N° d'impression : 56254